Fouad Laroui · DIE LEIDEN DES LETZTEN SIJILMASSI

Fouad Laroui

# DIE LEIDEN DES LETZTEN SIJILMASSI

Roman

Deutsch von Christiane Kayser

Merlin Verlag

*Wer sich heutzutage nicht ganz davon zurückhält*
*und sich nicht mit Gewalt isoliert, ist verloren.*

GOETHE, GESPRÄCHE MIT ECKERMANN.

(2. JANUAR 1824)

## 1

# Über der Andamanensee

Eines Tages stellte sich Adam Sijilmassi in dreißigtausend Fuss Höhe plötzlich folgende Frage:

„Was tue ich eigentlich hier?“

Er flog nicht selber wie ein Vogel: Nein, er saß zusammengekrümmt auf Platz 9A eines Linienflugzeugs der Lufthansa. Gerade hatte er sich die Frage gestellt („Was tue ich eigentlich hier?“), und jetzt untersuchte er sie von allen Seiten.

Mit einem Blick in die Runde versicherte er sich, dass ihn niemand beobachtete, denn er konnte nur in Ruhe meditieren, wenn er allein in seiner Ecke saß, unbeachtet, ohne kollektive Aufmerksamkeit.

Adam dachte also nach. Und es gelang ihm nicht, eine Lösung für dieses Rätsel zu finden: warum befand sich sein Körper auf dreißigtausend Fuß Höhe und wurde mit Überschallgeschwindigkeit von Reaktoren durch die Luft geschleudert, die in der Nähe von Seattle oder Toulouse entwickelt worden waren – sehr weit von seinem heimatlichen Azemmour entfernt, wo die Karren, die zum Markt fuhren, selten schneller waren als ein trottender Maulesel, wo die handbetriebenen Wägelchen sich dem Tempo des sich von Problem zu Hindernis schleppenden Bettlers anpassten. Die Boeing war da etwas anderes. Neunhundert Kilometer in der Stunde ... Warum denn so eilig, großer Gott? Durch das Bullauge machte sich das Universum in einem manchmal von durchsichtigem Weiß zerfetzten Blau bemerkbar, doch es hätte auch nicht viel geändert, wenn es mit Violett oder Gold durchwirkt gewesen wäre, denn hier ging es nicht um Natur, sondern eher um die Geschichte des Menschen, die Verteilung des Menschengeschlechts auf dem Planeten. Das passte: der Planet wiederum war auf der anderen Seite des Bullauges in seiner Nacktheit sichtbar. Sicher hatte dieser Umstand unseren Helden zum Grübeln gebracht: losgelöst von der Erde, von der Schwerkraft befreit, ohne Kontakt zum festen Boden wurde er zum reinen Geist. Und dieser reine Geist hatte gerade eben begriffen, dass etwas Unwürdiges in dieser geschäftigen Übertragung eines menschlichen Körpers entlang der Vermessung der Welt lag.

In seinem Bauch zog sich ein Angstknäuel zusammen, ein paar Schweißtropfen standen ihm auf der Stirn, seine rechte Hand begann unkontrolliert zu zittern.

„Was tue ich hier?“

Wie ein Echo hallte ein anderer Satz durch seinen Kopf:

„Du lebst das Leben eines Anderen.“

Wieder sah er sich im Flugzeug um. Überall saßen Geschäftsleute über Magazine, Berichte, Computermonitore gebeugt … Fast schien es ihm, dass sie ihm alle ähnlich waren, den gleichen dunklen Anzug trugen, das gleiche weiße Hemd, die gleiche Krawatte. Sicher konnte man in ihren Augen die gleichen Überlegungen, die gleichen Zahlen lesen …

„Bin das wirklich ich?“

Er dachte an seinen Großvater, den Hadj Maati, einen würdigen Greis, der unbeweglich im Hof seines Hauses saß, seine Tage und Nächte damit verbrachte, weise Traktate durchzuarbeiten, die 1000 Jahre zuvor in Bagdad oder Andalusien geschrieben worden waren, Schätze in Kufisch oder in Naschi, deren Schriftzüge anderes von der Welt enthüllten als den Preis von Asphalt oder Säure – oder das Bankkonto eines indischen Käufers.

Adam fiel auf, dass sein Großvater niemals die Geschwindigkeit eines durch die Doukkala-Ebene galoppierenden Pferdes überschritten hatte – und dieser Galopp beinhaltete alles Edle, das sich ein Mensch nur wünschen konnte. Zwischen der unbeweglichen Weisheit des Hadj und dem hochtrabenden Lauf des Vollblutpferdes lagen alle Bewegungen, die uns hienieden beschäftigen können, in der kurzen Zeit eines schönen Lebens, ohne auf der Erde andere Spuren zu hinterlassen als ein wenig Zuneigung im Herzen der Menschen – nicht etwa jene tiefen Schmutzspuren, die die Boeing genannten Maschinen in der Luft hinterlassen; sie sterben niemals, denn man kann Hunderte von ihnen aneinandergereiht in der hintersten Ecke einer Wüste in Arizona sehen, sie verabschieden sich in einen endlosen Traum. Um jene Geräte zu bauen, hatte man doch heftig graben müssen, tief in der Erdkruste wühlen, ihr Eisen oder Bauxit entreißen müssen, hatte die Erde mit blutenden Venen hinterlassen, unsere Mutter, unsere Ernährerin im Todeskampf – man glaubt ihre Seele seufzen zu hören, traurig und wehklagend, durchbohrt von den Schwertern der Tunnelbauer.

Und wozu all das?

Er dachte an seinen Vater, Abdeljebbar, der nie ein Auto besessen, nie ein Flugzeug bestiegen hatte; mühsam hatte er sich dem Tagesgebot angepasst und einen schwarzen Solex-Motorroller gekauft –, plötzlich wurde Adam klar, dass auch sein Vater sich nie schneller bewegt hatte als das Vollblutpferd von Hadj Maati.

Er, Adam, war der erste in der Familie, der absurde Schnelligkeit erreichte – und wozu eigentlich, großer Gott? Asphalt verkaufen, Schwefelsäure kaufen, an die Kommission des indischen Agenten denken. Welch ein Elend! Das nennt man Fortschritt – „vorwärts marschieren, vorankommen"; doch mit welcher Geschwindigkeit? Muss es denn die einer Boeing sein?

Das Brummen des Flugzeugs lullte ihn ein, doch Adam *wusste*, dass dies das letzte Mal war, dass sein Körper mit jede Vorstellungskraft übersteigender Geschwindigkeit durch den Raum flog. Er sah sich auf seinem Sitz, eine aufgeblasene Milbe in Anzug und Krawatte, durch den unendlichen Raum rasend, *zischschsch*. Es war lächerlich. Eines Enkels von Hadj Maati unwürdig. Ehrlich, es war wirklich peinlich.

Er entschied *hic et nunc*, dass er nie mehr in ein Flugzeug einsteigen würde.

Das geschah irgendwo über der Andamanensee, an einem Dienstag, beim Anbruch eines Jahrtausends.

Es war der Anfang vom Ende für Ingenieur Sijilmassi.

## 2

# Auf dem Karren

Bei der Ankunft in Casablanca holte Adam seinen Koffer an der Gepäckausgabe ab und ging zum Ausgang des Flughafens.

Es war herrliches Wetter an diesem ersten Frühlingstag. Adam hielt auf dem Bürgersteig vor der Flughafenhalle inne und hob die Augen zu der riesigen blauen Decke, die von keiner Wolke befleckt war, außer einigen weißen Streifen, sehr hoch oben, die die Aluminiumalbatrosse hinterlassen hatten. Er blinzelte, um sich wieder an das Licht seines Landes zu gewöhnen. Offensichtlich war es nicht das gleiche wie in Asien. *Unser Himmel ist nicht wie die ihrigen.*

Eine Meute von Taxifahrern stürzte sich auf ihn, der eine bemächtigte sich seines Koffers, als sei es sein eigener, der andere versprach ihm das bequemste Auto, der dritte zog ihn einfach am Ärmel. Er entledigte sich ihrer so gut er konnte, wiederholte immer wieder, er habe ein Auto, das ihn im Parkhaus erwarte. Warum diese Lüge? Er hatte den Eindruck das sagen zu müssen, weil es wahrscheinlicher klang als die Entscheidung, die er soeben getroffen hatte: er würde *zu Fuß* nach Casablanca gehen.

Zumindest war das seine Absicht. Nachdem er eine lange Rampe hinuntergelaufen war und so den Flughafen verlassen hatte, marschierte er am Rande der Straße, zog seinen Rollkoffer hinter sich her und erreichte bald seine Normalgeschwindigkeit: 4 km pro Stunde. 7 Millionen Jahre lang hatte kein *Homo*, weder der *erectus* noch der *sapiens*, diese Geschwindigkeit für längere Zeit übertreffen können: im

Vergleich der Jahrtausende blieb er in der Norm. Eine leichte Brise kühlte die Luft ab, die jedoch im Gegenzug von einer unbarmherzigen Sonne erhitzt wurde. Wie spät war es überhaupt? Seine Uhr zeigte 3 Uhr nachmittags. Gut. Zum Abendessen würde er zu Hause sein.

Nach wenigen Minuten überholte ihn ein apfelgrüner Simca und hielt etwa hundert Meter vor ihm mitten auf der Straße, mit heftig quietschenden Bremsen. („Jetzt ist es so weit", dachte Adam; oder vielmehr erschien dieser Satz deutlich vor seinen Augen. Er wusste genau woher er kam: aus *Tex,* einem Comic-Heft, das er in seiner Kindheit gelesen hatte. Jedes Mal wenn er Banditen oder Indianer oder die Grizzlybären sah, dachte Tex (in einer Sprechblase): „Jetzt ist es soweit". Das sollte soviel heißen wie: Die Probleme fangen an. Man musste sich *auf alles gefasst* machen.)

Ein Mann zwängte sich schwitzend aus dem Auto, wischte sich die Stirn ab, betrachtete ihn einen Augenblick und rief dann mit rauer Stimme:

„Gibt es ein Problem, mein Bruder?"

Dann, ohne auf Antwort zu warten:

„Ich kann dich in Casa absetzen, wenn du willst."

Für Adam konnte ein Mann, der mitten auf der Straße einfach so anhielt, ohne zu versuchen, an der Seite zu parken, nur ein Polizist in Zivil – oder ein gefährlicher Idiot – oder beides sein.

Er antwortete bestimmt:

„Nein, danke."

Darauf der Andere:

„Wo willst du denn überhaupt hin?"

Jetzt war Adam auf der Höhe des Kerls angekommen. Die beiden Männer warfen sich abschätzende Blicke zu. Äußerlich bildeten sie in allem einen Kontrast. Adam war mittelgroß und dürr; der Andere sehr klein und rundlich, er hatte kindliche Züge, Augen von einem bestimmten Blaugrün, das man nur im Rif-Gebirge findet; Adams Gesicht war hart, verschlossen; der Andere wirkte mitteilsam, leichtlebig, mit einem Hang zum Witzeerzählen. Adam trug Anzug und Krawatte, der Andere eine Dschellaba.

Der gute Samariter schien bereits zu bereuen, dass er für so einen aussichtslosen Fall seinen Simca angehalten hatte; er wiederholte seine Frage. Adam zögerte kurz und sagte dann:

„Ich will nach Casablanca. Ich möchte zu Fuß gehen. Dennoch vielen Dank für das Angebot."

Das waren drei Sätze. Wenn man die Interpunktion mithörte. Einer der Sätze war problematisch. *(„Finden Sie den Fremdkörper.")* Der Mann im Simca wich zurück. Sein Körper sandte nun einen Haufen Signale (Ticks, Stirnrunzeln, dumpfe Tierlaute ...), die alle das Gleiche zu bedeuten schienen: Ein Irrer! ... Ein Irrer! Lasst die Hunde von der Leine! Er war sicher kein Polizist. Polizisten sind unerschütterlich. Wie Felsen. Sie *sind* die Ordnungsmacht. Ihnen kann keiner was.

Der kleine Rundliche gab eine Art Seufzer von sich und riss sich dann zusammen. Er zwang sich zum Lächeln.

„Mein Bruder, du hast Sinn für Humor, hihihi... Du treibst deinen Spaß mit mir, was? Hi, hi, ha, ha... Oder du kennst dich hier nicht aus, wie? Hu, hu, hu... Niemand, verstehst du, *niemand* geht von hier aus nach Casa zu Fuß. (Sein Zeigefinger zeigte zu Boden und beschrieb einen Kreis, um genau anzugeben, wo ‚hier' war.) Wenn du zu Fuß nach Casa willst, rate ich dir, einen anderen Ausgangspunkt zu suchen: zum Beispiel in Casa. (Er gluckste fröhlich vor Begeisterung über seinen schlauen Spruch.) Diese verdammte Stadt ist so schon groß genug, dich und deine Kinder in die Erschöpfung zu treiben. Dazu noch dein Koffer."

Adam schwieg. („Meine Kinder? Ich habe keine Kinder.") Der Andere wartete auf eine Antwort, die nicht kam. Er hob die Hände zum Himmel, was seine Dschellaba hochzog und die Sicht auf seine weißen Waden freigab (er sah aus wie eine leicht dickliche Vogelscheuche), und fasste zusammen:

„Nun gut, ich habe getan, was ich konnte, mein Freund. Gott helfe dir."

Er stieg wieder in seinen Wagen (bei näherem Hinsehen, war es kein Simca – gibt es die überhaupt noch? –, sondern eine chinesische Nachahmung). Der Motor knatterte kurz, rülpste, furzte zwei oder drei Mal, dann, *pfffft*, verschwand er hinter dem riesigen Horizont.

Adam zog weiter. Sein Koffer machte viel Lärm (krrrr... krrrr...krrrr...), aber er gewöhnte sich daran. Nach kurzer Zeit hörte er ihn gar nicht mehr. Er hatte den Eindruck, sich in der Stille zu bewegen. (In *mit Watte eingehüllter* Stille.)

Doch das währte nicht lange. Ein Fiat 127 fuhr an ihm vorbei und hielt dann am Straßenrand. Man konnte die Umrisse eines Fahrers und eines Beifahrers erkennen. Diesmal stieg niemand aus dem Wagen. Als er das Auto eingeholt hatte, warf der Mann-der-zu-Fuß-geht einen Blick in das durch Pappkartons auf den hinteren Fenstern verdunkelte Fahrzeuginnere. Zwei Augenpaare leuchteten im Halbdunkel und sahen Adam an.

Er blieb stehen. Sie riefen ihm zu:

„Gibt es ein Problem, mein Freund?"

Es war ein Paar, sicher Eheleute. Er beugte sich vor, um sie besser sehen zu können. Um die Dreißig. Europäisch gekleidet. Barhäuptig, eleganter blauer Schal. Beamte, vielleicht ein Lehrer und eine Krankenpflegerin. (Ich sollte aufhören, mir nach einem einzigen Blick das Leben der Leute auszumalen.) Sicher hatten sie sich kurz abgesprochen. Hast du gesehen?

Was? Dahinten! Ah, ja ... Na und? Ein Landsmann, der auf der Straße herumirrt. Was tun? Wir helfen ihm. A... (*Auch wenn der Teufel mit im Spiel wäre*), wir sind doch Muslime.

„Wir können dich bis Casa mitnehmen, wenn du dahin willst."

Adam holte tief Atem und antwortete dann bestimmt:

„Nein danke. Es ist alles in Ordnung."

Der Mann und die Frau sahen sich erstaunt an.

„Aber ... wo willst du denn hin, so zu Fuß?"

Der Fahrer hatte die Frage gestellt. Die Beifahrerin zupfte ihren Schal zurecht, wandte den Kopf ein wenig, um Adam besser zu sehen. Trotz seiner klar geschnittenen Züge hatte er etwas Träumerisches. Da war etwas in seinem Blick ... Genau! Er erinnerte sie an den Helden jener türkischen Serie, nach dem die Frauen in allen arabischen Ländern seit ein paar Monaten verrückt waren. Wie hieß er noch (der Türke)? Sie schloss die Augen, eine ottomanische Lethargie überkam sie, der Geschmack von Rahat Lukum, sie war eine Odaliske im Serail ...

Ihr Ehemann wiederholte seine Frage. Adam zögerte kurz und sagte dann:

„Ich will nach Casablanca. Doch ich möchte zu Fuß gehen. Danke für das Angebot. Gute Reise."

*Zu Fuß gehen?* Auf der Stelle wurde der Fiat 127 zur Nebelkammer, sehr interessante Dinge ereigneten sich darin; wenn man genau hinhörte, konnte man verschiedene Geräusche hören, Schreie und Flüstern, Knistern. Hinter verschlossenen Türen wurde heftig diskutiert. Dann wurde es wieder still. Der Kopf des Fahrers erschien am Fenster. Er wirkte umsichtig, fast beunruhigt.

„Du bist wohl ein Migrant? Lebst in Europa? Du Armer. Lass mich dich aufklären. *Man geht nicht zu Fuß nach Casa.*

Das ist unmöglich. Das gibt es nicht. Wenn du zu Fuß nach Casa willst, steigst du am besten in eine Zeitmaschine; schließlich ist die Zeit ja relativ, oder? ... Lass dich ein Jahrhundert zurückversetzen, als Casa Anfa hieß und ein kleines unbedeutendes Dorf war.“ (Er wandte sich zu seiner Frau, voller Stolz über seinen Scherz – schließlich hatte er Geschichte, Geographie und Einstein in einem einzigen Satz untergebracht –, sie lächelte ihn verliebt an, den Türken hatte sie schon vergessen.)

Er setzte nach:

„Wir sind hier nicht in Schweden.“

„Wie bitte? Schweden?“

„Oder in der Schweiz“, fügte der Mann hinzu. (Nun schien er an der Schlagkraft seines Arguments zu zweifeln.)

„Was hat denn Schweden damit zu tun?“

„Egal. Hör zu: wenn du nach Casa willst, steig' ein, wir nehmen dich mit. Ansonsten, viel Glück!“

Adam schwieg. Er stellte sich die eine Frage, die ihn regelmäßig beschäftigte: Warum tendierten seine Landsleute dazu, jede Diskussion mit einem Hinweis auf ein fernes skandinavisches Land zu beenden? Der Fiat fuhr los und verschwand in einer Abgaswolke; das Paar schrie ihm laut zu:

„Gute Reise! (Er ist verrückt!) (Es ist ein Migrant! (Er wähnt sich in Schweden?)) Gott stehe dir bei! (Er ist erledigt!) Gib Gas!“

Adam ging weiter. Jetzt machte sein Koffer einen Höllenlärm: er war nicht für marokkanische Asphaltstraßen konzipiert, sondern für gedämpfte Flughafenhallen, er quietschte und knarrte, doch Adam gewöhnte sich an den Protest. Nach wenigen Minuten hatte er wieder den Eindruck, in Watte zu waten.

Doch das währte nicht lange (*Zugabe*). Ein blitzender Geländewagen überholte ihn, verlangsamte und hielt elegant am Straßenrand. Auf dem Rücksitz plärrten Kinder. Ein großer, gebräunter Mann mit Schnurrbart und blendendem Lächeln stieg leichtfüßig aus. Er öffnete eine Tür und ein Zwerg, nein, ein Kind erschien. Der Mann und das Kind – an der Hand seines Vaters (?) – warteten geduldig, bis Adam auf ihrer Höhe angekommen war. Er blieb stehen und warf einen Blick auf das Gefährt. Es war wirklich ein Geländewagen, ein Japaner, ein brutaler Fußgängerschreck; mit einem Kühlergrill in Form eines chromblitzenden Büffelstoßfängers, der in den Straßen Casablancas unbedingt erforderlich ist (weil dort ja so viele Büffel herumspazieren). Der Mann beugte sich zu dem Knirps und fragte ihn auf Französisch, wobei er jede einzelne Silbe betonte:

„Wie sagt man?"

Das Kind wandte Adam ein unschuldiges Gesichtchen zu und säuselte:

„Sssönen Tag, Monsieur."

Adam zögerte kurz (er verstand sich besser mit Katzen als mit Kindern), dann überkam ihn der Wunsch, den Knirps zu verhauen, einfach so, aus keinem Grund (weil er eben da war); ein Schlag auf den Hintern, eine etwas zu fest gekniffene Wange; eine mit bösartigem Daumen flachgedrückte Nase. Er murmelte:

„Guten Tag ..."

Andere Kinder schrien im Inneren des Wagens. Warum hatten die kein Recht auf die pädagogische Konfrontation mit Adam? Der Mann tätschelte den Kopf seines Sohnes und fragte Adam:

„Gibt es ein Problem, mein Freund?"

Wie von einem Skrupel erfasst hielt er seine Hand hin und enttarnte sich:

„Ich heiße Anas Kettani. Das (Handbewegung) ist mein Sohn Jaad. (Väterlicher Klaps auf den Schädel des Erben.) Also, was ist los?"

Adam schüttelte diesem Anas Kettani lustlos die Hand.

„Ich heiße Adam Sijilmassi. Und ... es ist nichts los."

Kettani war um die Vierzig. Seine Kleidung war *bequem-vornehm.* (Eine solche Kategorie *muss* es einfach geben, sagte sich Adam, ein Marketingcrack *muss* sie erfunden haben.) Wahrscheinlich war er Banker. Oder Immobilienhändler. Unternehmer? Mitglied im *Sun Beach* an der *Corniche.* Wochenenden in Marrakesch. Vielleicht Rotary? Lions Club? Eine elegante, rassige Frau, leicht neurotisch. Kinder an der Französischen (oder der Amerikanischen) Schule? Ziel: Lycée Lyautey, die Grandes Ecoles in Paris, ein MBA in den USA usw. Von Vater zu Sohn. Die dritte Generation wendet sich dann der Kunst zu.

Adam warf einen Blick auf das Kind. Anas Kettani war dabei, ihn *auszubilden.* Pass auf, Freundchen, ein Mann, der die Straße in Anzug und Krawatte entlangläuft mit einem brandneuen Rollkoffer (wichtiges Detail), das ist kein Hinterwäldler, kein Bauerntölpel, kein *'aroubi.* Folglich ist er einer von uns. Wer weiß? Vielleicht ist er sogar ein Kettani. Könnte zur Not ein Alami sein. Sogar wenn er Guerjoum oder Sandoq hieße, wir sind großzügig, solange er sauber ist (und uns nicht nervt). Was tun, Jaad? Wie? Ja, mein Kind, *wir helfen ihm."*

Der putative Banker gab sich beflissen und fuhr fort:

„Wir können *Sie* nach Casa mitnehmen, wenn Sie dorthin wollen. Das stört uns nicht. Die Kinder rücken ein wenig zusammen."

Adam zögerte einen Moment lang (er wollte den Mann

nicht vor seinem Sohn bloßstellen, das könnte zu einem psychologischen Trauma mit katastrophalen Langzeitfolgen führen – mein Gott, er hätte einen *Serial Killer* auf dem Gewissen), dann antwortete er sehr höflich, tat so, als sage er ja, während er ablehnte:

„Danke, es ist alles in Ordnung."

Der Mann und das Kind bewegten sich keinen Millimeter. Der Unternehmer murmelte mit hochgezogenen Augenbrauen:

„Aber ... entschuldigen Sie, wenn ich mich in Dinge einmische, die mich nichts angehen ... Wohin wollen Sie? Hier in der Ecke ist nichts. Nichts. Nicht mal ein Weiler. Keine Villa am Horizont ..."

Die Vordertür des Geländewagens öffnete sich kreischend. Eine schöne Frau mit schwarzem Haar in einer hellblauen Bluse, einer weißen Hose und mit einem Schal um den Hals stieg aus. Sie rückte ihre Sonnenbrille zurecht, stellte sich auf die Zehenspitzen, kreuzte die Arme und legte sie auf die offene Tür; ein leichter Hüftschwung machte sie vollends – wie heißt es in den Illustrierten? – *unwiderstehlich*; sie betrachtete Adam (der seinerseits ganz und gar widerstehlich war). Wer war dieser Typ? Eher klein, aber „gut gebaut" – jedenfalls nicht fett. In welchem Fitnessclub war er Mitglied? Schickte es sich, ihn das zu fragen? Trotz seiner leicht hervorstehenden Wangenknochen und seiner zu geraden Nase wirkte er wie ein Idiot (etwa wie „der Idiot, der die Mission erfüllt hat", nicht einmal fähig, den Preis eines Hemdes im Basar zu verhandeln). Etwas in seiner Haltung ... Genau! Den kenne ich doch. Ich erkenne ihn. Das ist doch der Mann von Naïma. Man sollte ihm aus dem Weg gehen, anscheinend ist er unsympathisch. So ein komplizierter Mensch, er redet unverständliches Zeug.

„Anas! Was tust du? Wir kommen zu spät!"

Kettani wiederholte seine Frage („Wohin wollen Sie?").

Adam seufzte:

„Ich will nach Casablanca. Zu Fuß. Fahren Sie weiter, Ihre Frau wird ungeduldig. Danke für das Angebot."

Er zwang sich, das ihn mit offenem Mund anstarrende Kind anzulächeln.

Der verdutzte Kettani fuhr sich langsam, in einer ausholenden kreisenden Bewegung mit der Hand über die Brust.

„Aber ... Sie wissen, wie weit es von hier bis Casa ist? Sie werden stundenlang laufen! Und bei Bouskoura gibt es Slums, das ist vielleicht nicht sehr ... eh, wie sagt man? Eh, *Safe*? *Secure*? (Entschuldigen Sie, ich habe lange in den *States* gelebt, mein Französisch ist ein wenig eingerostet.) Jedenfalls rate ich Ihnen davon ab, an der Straße entlangzulaufen. Wissen Sie, in Los Angeles hat mich die Polizei einmal verhaftet, weil ich einen *Highway* entlanglief. Dabei war es Sonntag und schönes Wetter. Ich hatte zwei gute Gründe spazieren zu gehen." Er gluckste begeistert, weil er in den „*States*" ein Abenteuer erlebt hatte. „Nachdem sie meine Papiere geprüft hatten, haben diese Bullen mir gesagt, ein herumspazierender Typ mache sich verdächtig. Klar, wir sind hier nicht in den *States* ..."

„Auch nicht in Schweden."

„Anas! Anas! Wir kommen zu spät! Meine Eltern erwarten uns, meine Mutter macht sich bestimmt Sorgen. Ich möchte eine Runde im Pool schwimmen. Was tust du? Jaad bekommt einen Sonnenstich."

„In Schweden? Das verstehe ich nicht."

„Es ist nichts, nur ein Scherz. Aber glauben Sie mir, ich brauche keine Hilfe. Danke."

Der Mann und das Kind sahen sich an; dann schüttelte

sich der Immobilienhändler (Banker? ... Mühlenbesitzer?), erhob die Linke zu einer Art fassungslosem Abschiedsgruß und alle stiegen wieder in den Geländewagen, während auf dem Rücksitz die Indianer die Cowboys skalpierten. Ein Aufbrüllen, ein beißender Geruch nach verbranntem Erdöl, dann stürmte der Drache in Richtung Horizont der Reichen.

(... Ich glaube das ist Naïmas Mann ... Welche Naïma? Naïma Alami? Ist es Ingenieur Sijilmassi? ... Ja, ich glaube, er ist es. Ein merkwürdiger Mensch. (Ein wenig autistisch, wie es scheint.) ... Was sucht er denn *on the road* mit einem kleinen Koffer? ... Ich habe dir doch gesagt, er ist merkwürdig. (Manisch?) ... Wieviel Uhr hatten deine Eltern noch gesagt?)

Adam zog wieder los. Die vorbeifahrenden Taxis bremsten ab, sogar wenn sie voll besetzt waren. Die Fahrer hupten, machten unverständliche Zeichen, wiesen in alle Richtungen, manche schrien: „Casa? Casa?" Er tat, als sehe er die metallischen Hummeln nicht, die schnell ihren Flug fortsetzten. Schwachköpfe. Was wollen die? Was würde passieren, wenn ich auf ihre Aufforderungen einginge? Ich dürfte mich in den Kofferraum zwängen? Auf das Wagendach setzen? *Die Reisenden der Oberklasse* ... Oder würden sie jemanden hinauswerfen (den Ärmsten?) und mir seinen Platz anbieten?

Nun gab der Koffer ein unangenehmes Kreischen von sich. Schade, dass ich mir nicht angewöhnt habe, ein kleines Fläschchen Öl in der Tasche zu haben; ich hätte die Laufrollen schmieren können. („Die Laufrollen schmieren", ich hatte noch nie Gelegenheit, diese Worte zusammenzubringen. Eines Tages beschließt man, nicht mehr zu fliegen, am nächsten Tag ist man gezwungen, den Ausdruck „die Laufrollen schmieren" zu erfinden. Kurz gesagt, die Welt gerät aus den Fugen und ich schmiere die Laufrollen, um dem etwas entgegenzusetzen.)

Er glaubte hinter sich ein Klappern zu hören. Als er sich umwandte, sah er einen von einem Maultier gezogenen Karren, der ihn langsam einholte.

*Jetzt ist es so weit.*

Oder vielmehr es war noch nicht so weit. Was konnte ihm schon passieren? Was gab es Harmloseres als einen Hinterwäldler samt einem Maultier gepaart mit einem Karren?

Der Mann war ein Bauer mit traurigen, vielleicht leeren Augen; seine Kleider hingen in Fetzen an ihm herab und eine Art Strohhut schützte ihn nur mühsam vor den Sonnenstrahlen.

Jetzt hatte der Karren ihn eingeholt. Der Bauer grummelte nur *„Salam Aleikum"*, ohne Adam den Kopf zuzuwenden. Das Maultier würdigte ihn keines Blickes. Klapper-klapper-klapper ... Jetzt waren sie schon zehn Meter vor ihm.

„He!"

Adam hörte den Zwischenruf und bemerkte dann, dass er selber gerufen hatte. Das war doch wirklich seltsam. Alle schienen sich für ihn zu interessieren (der kleine Runde, die Taxen, Kettani ...) außer dem Bauern, der hautnah an ihm vorbeigetrottet war. Er schrie erneut:

„Eh, Sie da!"

Der Bauer zog die Zügel an, ohne sich umzudrehen und der Karren blieb stehen. Das Maultier senkte den Kopf. Kein einziges Auto fuhr auf der Straße vorbei. Die Stille war absolut.

Adam näherte sich dem Gespann und hielt dem Bauern die Hand hin; der betrachtete sie (es war zweifellos eine Hand) und schüttelte sie schwach. Ihre Blicke trafen sich. Die Augen des Bauern drückten völligen Gleichmut aus. Es hätten Achatkugeln sein können. Das war weder tierisch noch pflanzlich, hier war etwas Mineralisches, Unorganisches. Adam lief ein Schauer über den Rücken – Zombies auf der Straße? (*„Das* *grausame Ende des jungen Ingenieurs. Verschlungen von einem Zombie auf der Straße zum Flughafen. Sein Gepäck ist unversehrt.*")

Kurz streichelte er den Schweif des Maultiers und wandte sich dann an dessen Herrn.

„Fährst du nach Casablanca?"

Der Mann bedachte ihn mit einem herrlich gleichgültigen Blick. Lange war es still. Dann sagte er:

„Casa? (Schweigen.) Hmmm... (Schweigen.) Wer weiß? Vielleicht. So Gott will."

„Kannst du mich dann mitnehmen?"

Der Bauer schob den Strohhut nach hinten und kratzte sich am Kopf. Jetzt drückte sein Blick etwas anderes als Gleichgültigkeit aus: eine Art dumpfes Misstrauen, uralt, von zwölf Jahrhunderten *Makhzen* genährt; die Weisheit der Schwachen, die es seinen Genen ermöglicht hatte, seit tausend Jahren zwischen Razzien und Despotismus zu überleben; eine mit Verschlagenheit und Schläue vermischte Weisheit. Er nahm sich Zeit, Adam genau zu betrachten. Anzug und Krawatte. Elegante, wenn auch verstaubte Schuhe. Ein bartloses, glattrasiertes Gesicht. Der Rollkoffer ... Da stimmte etwas nicht. Er murmelte:

„*Chouf* ... Ich will keinen Ärger."

„Was für Ärger? Ich bitte dich, mich nach Casablanca zu transportieren. Natürlich zahle ich."

„Nimm ein Taxi. Auf dieser Straße fahren welche vorbei."

„Ich will kein Taxi nehmen."

„Du willst kein ... Warum?"

Ohne die Antwort abzuwarten, stellte er Adam dann die außergewöhnlichste Frage, die jemals an ihn gerichtet worden war.

„Hast du jemanden umgebracht?"

## 3

# Ordnungskräfte

Da die Unterhaltung in marokkanischem Arabisch verlief, hatte der Bauer genau genommen folgende Frage gestellt:

„Hast du *eine Seele* umgebracht?“

Für „Seele“ hatte er das Wort *rouh* benutzt. Zuerst war Adam versucht ihn zu verbessern: in diesem Fall hätte er *nafs*, das Wort für animalische, tierische Seele benutzen müssen, und nicht *rouh*, die ewige unsterbliche Seele, die uns Gott bei unserer Geburt einhaucht (durch die Nüstern?) – oder geschieht es bei unserer Empfängnis? (Doch hat eine befruchtete Eizelle überhaupt Nüstern? Aha, vielleicht denken die Muslime deshalb, das menschliche Wesen existiere in Wahrheit erst ab dem dritten Monat ... Eine Frage der Nüstern. *Jan und Hein und Claas und Pit, die haben Nüstern, die fahren mit ...*)

Dann riss er sich zusammen. Diese mit platten Wortspielen durchsetzten philosophischen Betrachtungen am Straßenrand, neben einem Maultier (oder war es ein Maulesel?), inmitten von Verhandlungen mit einem Bauern, brachten gar nichts. Einem Bauern, der ihn gerade als Mörder bezeichnet hatte.

Moment mal! Vielleicht ist es ein Scherz. Ich kann nicht glauben, dass die Frage *ernst* gemeint war. Andererseits ... wer weiß? Vielleicht sind sie in den Dörfern und Weilern Morde gewohnt. Sie massakrieren sich gegenseitig, schlachten sich fröhlich ab. Du siehst mich schief an? Hier, für dich! (Zack, eins mit der Hippe aufs Maul!) Was!? Du hast meine Alte beim Truthahnrupfen beäugt? Bumm! Die Holzplanke landet auf dem Schädel von ...

„Nein, nein“, sagte Adam schließlich. (Wie konnte er es

ihm *erklären*?) „Ich möchte nur gerne auf deinem Karren fahren. Das wird mich an meine Kindheit erinnern. Ich bin bei Azemmour aufgewachsen, im Doukkala-Gebiet. Manchmal fuhren wir mit dem Karren zum Strand."

Die Lippen des Bauern verzogen sich zu einem Lächeln.

Sieh mal einer an, ich habe ihn mit meiner Kindheitsgeschichte berührt. Nostalgie ist also doch allgemein verbreitet. *Doch unsrer kindlichen Liebe grünender Garten …*

Nun lachte der Bauer schallend. Er war aber schnell wieder zum Tierreich zurückgekehrt, dieser Herr „Achatkugelauge". Das war nicht mehr der schöne Gleichgültige, der „Stellen wir uns tot, der *Makhzen* wird uns schon nicht verschlingen." Wahrlich nicht! Er lachte sich schief, der Schmutzfink! Es sah eher aus, als wiehere er. Hi, wi, wi! Er schlug sich auf die Schenkel. Sein Maulesel wurde angesteckt und vergnügte sich ebenfalls. Zuchtesel, Prachtduo. Ha, ha, hi, hi, wieher, wieher! Prust, prust! Ein vorbeirasendes Taxi hupte anhaltend! Vor Glück? Es verschwand in einer Rauchwolke. Der Hinterwäldler posaunte seine Heiterkeit *urbi et orbi* heraus.

Gut, jetzt reicht es, man kann auch übertreiben. Immerhin habe ich nicht den Witz des Jahrhunderts erzählt. Um Himmels Willen, wie albern wir drei hier am Straßenrand wirken. *Der Habenichts, sein Lasttier und ich.*

Der Bauer hörte auf zu lachen, wischte sich die Tränen aus den Augen, gluckste noch einmal und beugte sich über Adam:

„Du, ein Doukkali? Das ist zu komisch!"

Ach so, *das* brachte ihn zum Lachen. Sicher glaubt er, alle Doukkali seien tonnenschwere Riesen, die in wenigen Minuten ein ganzes Schaf hinunterschlingen. Eher nicht. Siehe meine Wenigkeit. Ein Meter fünfundsiebzig, alles in allem fünfundsechzig Kilo.

Der Bauer wurde wieder ernst, doch man konnte spüren,

dass er am Abend in seiner Kate etwas zu erzählen haben würde. („Hab' so ein Bürschchen aus der Stadt getroffen, ein Männchen, ganz klein, ganz dünn, der behauptete ein Doukkali zu sein ...")

Er brummte:

„Also gut: ich nehme dich bis Casablanca mit und du gibst mir zwanzig Dirham. Wenn wir auf Gendarmen stoßen, springst du vom Karren und schlägst dich durch. Und Achtung: ich hab' dich im Blick."

Adam kletterte so gut es ging auf den Karren und setzte sich hinten auf eine Plane, seine Füße ließ er baumeln. So reiste er gewissermaßen rückwärts und konnte von weitem die Autos sehen, die vom Flughafen kamen; sie näherten sich blitzartig, hupten der Form halber, bevor sie das Gefährt überholten –, dann sah er alle Nuancen der Verblüffung auf den Gesichtern des Fahrers und der Passagiere, sofern es welche gab.

„Was tut diese *junge dynamische Führungskraft* hinten auf diesem Karren, der aus der Zeit der Typhusepidemie stammt?"

Unerschütterlich sah er ihnen direkt in die Augen. Der ratlose Fahrer sagte nichts, bewegte sich nicht, außer um die Gangschaltung zu betätigen, er begnügte sich damit, sein Erstaunen durch alle Poren triefen zu lassen. Die Passagiere genauso, außer es handelte sich um Kinder. Diese Schlingel brachen in lautes Gelächter aus, hampelten herum und schnitten Grimassen.

Nach einer halben Stunde Fahrt hielt der Karren an. Adam bemerkte es nicht einmal, so gedankenverloren war er.

Ein fataler Irrtum.

Zehn Zentimeter vor seinem Gesicht erschien plötzlich eine prächtige Fresse. Schwarze, unter buschigen Augenbrauen hervorstechende Augen, üppiger Schnurrbart, Kartoffelnase, das Ganze in einer grauen Uniform mit Käppi aus dem gleichen Stoff. Der Atem roch stark: sicher Knoblauch, vielleicht Piment, Thymian ... Ein Gendarm. Ein schönes Exemplar. Ein echter Ordnungshüter. Er zögerte kurz und hielt dann zwei Finger an seine Kopfbedeckung (so verlangt es die Vorschrift) und knurrte mit rauer Stimme:

„Papiere bitte!"

Jetzt war Adam endgültig wach; er öffnete den Mund, brachte aber keinen Ton heraus. Er hatte die Arme über seinem Koffer verschränkt, den er an sich presste, auch wenn sein Anzug dadurch Flecken bekommen konnte, seine Beine hingen am Karren herab und er wusste nicht, was er sagen sollte. Der Bauerntölpel hatte vergessen ihn zu warnen; vielleicht hatte er ihn auch ganz einfach vergessen; jedenfalls hielten sie jetzt an der Straßensperre der Gendarmerie auf der Flughafenroute.

Er hatte nichts getan, fühlte sich aber schuldig wie alle Marokkaner vor einem Uniformierten. Er hätte egal was gestanden.

„Ihre Papiere!"

Adam riss sich zusammen. Schuldig? Na, das werden wir ja noch sehen! Er räusperte sich.

„Wie das, meine Papiere? Ich bin doch nicht der Fahrer dieses Karrens. Überhaupt frage ich mich ... Braucht man irgendeinen Führerschein, um einen Viehwagen zu lenken?"

Der Gendarm filterte alle diese Worte in seinem Gehirn. Am Ende ergaben sie einen Sinn. Ein paar Sorgenfalten gruben sich in sein Gesicht. Scheiße, ein Intellektueller. Das musste er an den Chef übergeben.

„Chef!"

Der Offizier trat heran, umsichtig, vorsichtig, ganz in Ruhe. Tex Willer kannte sich mit Indianern aus. Dieser hier sah schlau aus wie ein Sioux. Beide Männer betrachteten sich abschätzend.

Der Sioux wirkte gelassen, aber in Wahrheit war es eine Finte: er stand kurz vor einer Panikattacke. Was er hier vor Augen hatte – und es war *sein* Problem – war unverständlich. Ein glattrasierter Anzugträger mit Krawatte, der holpernd wie ein Bauerntrampel reiste? Das ergab keinen Sinn. Es sei denn ...

„Verstehe", murmelte er. „Verstehe. Sie hatten eine Autopanne und haben Ihren Wagen zurückgelassen und dann ... und dann ... haben Sie diesen Typen aus dem Kaff gebeten, Sie zur nächsten Werkstatt zu bringen ... (er strich über seine Schnurrbartspitzen) ... mit seinem Karren. Sie hätten ein Taxi anhalten sollen, die gibt es hier haufenweise, oder egal welches Auto. Jeder Autofahrer hätte Ihnen geholfen. (Gespielte Empörung:) Verdammt noch mal, wir sind doch alle Brüder! Wir helfen einander! (Eisig:) Vor allem, da der Karren nicht weiterfährt, die sind in der Stadt verboten."

Sein Untergebener war starr vor Bewunderung. Wie der Chef alles so schnell verstanden hatte. Adam Sijilmassi sprang vom Wagen. Er setzte seinen Koffer ab, entstaubte seine Hosenbeine und richtete sich auf.

„Merkwürdig. Sie sagen, die Karren seien in der Stadt verboten. Doch ich sehe die ganze Zeit jede Menge davon *in der Stadt* (er betonte die Worte). Ich habe sogar einen auf der Autobahn gesehen."

„Nichtsdestotrotz: sie sind verboten. Sie fahren nicht weiter mit M'barek. Er kehrt um und benutzt die nicht asphaltierten Wege, um dorthin zu gelangen, wohin ihn Gott ruft. Und Sie nehmen ein Taxi, um in die Werkstatt zu fahren und einen Mechaniker zu holen."

„Tja ... Eigentlich brauche ich weder einen Mechaniker noch einen Elektriker oder Thermodynamiker. Ich habe keine Autopanne. Ich wollte vom Flughafen zu Fuß nach Casablanca gehen, aber da ich von allen Seiten belästigt wurde (jede Minute blieb ein Wagen stehen), habe ich beschlossen, mit ... wie nennen Sie ihn noch? ... M'barek in die Stadt zu fahren. Dem ich im übrigen zwanzig Dirham schulde."

„Zwanzig Dirham? Schieben Sie rüber, das ist genau die Höhe der Strafe, die er zahlen muss, weil er mit seiner Schrottkarre auf der Straße gefahren ist. Danke. Jetzt beantworten Sie mir zweierlei: Wer sind Sie und wollen Sie mich auf den Arm nehmen?"

„Ich heisse Adam Sijilmassi und nehme Sie nicht auf den Arm."

„Und was macht er so im Leben, der Adam Sijilmassi?"

„Er ist Ingenieur beim Office des Bitumes du Tadla." (Jetzt rede ich schon in der dritten Person Singular von mir. Komme mir vor wie Julius Cäsar. Am Ende besetze ich noch Gallien.)

Der Chef und sein Untergebener mimten perfekt koordiniert eine Art Brechreiz. Sie sahen sich an. Alle Wetter! Der Tag begann interessant zu werden. Beim Löffeln der *Harirasuppe* würden sie heute Abend ihren Kindern was zu erzählen haben.

Der Chef fasste Adam sanft am Arm und sagte mit süßlicher Stimme:

„Also, wir tun jetzt Folgendes: ich werde Sie persönlich nach Casablanca und nach Hause fahren, geben Sie mir Ihre Adresse, ich fahre Sie in meinem Jeep. Sie sind dann zu Hause und vergessen mich, ich streiche Sie aus meinem Gedächtnis, es ist nichts geschehen. Das Leben verläuft weiter wie ein langer träger Fluss."

„Unter einer Bedingung, *Capitaine*."

„Die wäre ..."

„Sie fahren nicht schneller als fünfzig Stundenkilometer zwischen hier und meiner Wohnung."

„Das ist doch albern! Ich *bin* die Gendarmerie und kann so schnell fahren wie ich will. Auch mit 200!"

„Eben, Sie gehen mit gutem Beispiel voran."

„Kein Auto kann nur mit 50 fahren!"

„Ihres kann das."

Nach einer kurzen Beratung zwischen dem Chef und seinem Untergebenen saß Adam im Jeep zur Rechten des *Capitaine*.

Der hielt sein Versprechen: er fuhr nicht schneller als es innerhalb des Ortes Casablanca erlaubt war. Manchmal erfasste ein nervöses Zittern sein Bein, als wollte es sich befreien, autonom werden, heftig auf das Gaspedal treten, damit das Auto, endlich losgetreten, rasen konnte wie es wollte, sich zwischen den Wagenreihen, die nach Casablanca hineinströmten, durchschlängeln, der Meute bei der Eroberung der Verkehrskreisel folgen; doch der *Capitaine* biss die Zähne zusammen und beherrschte sein Bein.

Adam verfolgte diesen Kampf zwischen dem Mann und seinem rechten Bein aus den Augenwinkeln.

Seltsam. Dabei ging es doch nur darum, nicht zu schnell zu fahren.

Sie waren im Stadtzentrum, am Boulevard Bir Anzarane vor Sijilmassis Gebäude angekommen. Der Gendarm hatte – wer weiß wohl warum – darauf bestanden, den Jeep auf den Bürgersteig zu fahren, dabei hätte er ihn am ziemlich leeren Straßenrand parken können: da hätte sogar ein Diplodocus hineingepasst. Aber nein: besetzen wir den Bürgersteig! Ein

Gendarmending, sagte sich Adam. Der *Makhzen* beweist, dass er über dem Gesetz steht.

„Vielen Dank für die Spazierfahrt, *Capitaine*."

„Ich werde Sie sehr schnell vergessen."

Der Jeep heulte endlich befreit auf und galoppierte dem Horizont entgegen (es ist wirklich eine Art Tick, es scheint als sei die Hauptattraktion der Geschwindigkeit, dass man sich jener fernen Linie entgegenschleudern kann, die jedoch immer wieder wegrückt).

Der Hauswart des Gebäudes begrüßte Adam zurückhaltend. Er hatte den Jeep gesehen. *Gestern wurde Ingenieur Sijilmassi beim Aussteigen aus einem Fahrzeug der Königlichen Gendarmerie beobachtet.* Sieh mal an! Was hat das zu bedeuten? Interessant! Was ist das für eine Information? Kann man sie zu seinem Vorteil nutzen? Sich damit großtun? Sie verkaufen, aufbauschen? Kohle damit machen?

Im Aufzug fragte sich Adam, ob er seiner Frau Naïma von dem Entschluss erzählen sollte, den er in dreißigtausend Fuß Höhe über der See von Andaman gefasst hatte.

Natürlich musste er das tun, und zwar sobald wie möglich.

Nach allem, was ihm zwischen dem Flughafen und seinem Haus widerfahren war, ahnte er, dass sein Entschluss ihm Schwierigkeiten bereiten würde. Mindestens würde es heftig stürmen. *Ein kleiner Orkan.* Es würde ordentlich krachen.

## 4

# Ja, aber Naïma versteht nicht

Seltsam. Wenn ich von einer Reise zurückkomme, senkt sich, noch bevor wir überhaupt ein Wort miteinander gesprochen haben, ihr Blick so ziemlich überall hin, auf meine Hände, auf meine Schultern, auf meinen Koffer, aber niemals sieht sie mir direkt in die Augen. Ach ja, sie sucht nach *dem Geschenk.* (Aber warum die Schultern? Ich werde ihr doch wohl kaum ein Äffchen schenken, oder einen Papagei … (Sieh an, es wäre amüsant eines Tages mit einem Äffchen auf der Schulter nach Hause zu kommen. Oder einem Papagei. Ich würde mich als Pirat verkleiden, mit einer Augenklappe … *Hohoho und 'ne Buddel voll Rum! ...*))

Er klingelte. Dann:

„Aber ich komme doch zu mir nach Hause! Warum habe ich mir angewöhnt zu klingeln, wenn ich nach Hause komme?"

Er wühlte in seinen Taschen, suchte nach seinem Schlüssel. Zu spät. Naïma hatte bereits geöffnet.

Sie sah ihn abwesend an und hielt ihm die Wange hin. Er drückte einen Kuss darauf, als zahle er seinen Teil der Zeche. Sie sah auf die Hände ihres Mannes, seinen Koffer, seine Schultern, dann zuckte sie mit den Schultern und setzte sich ins Wohnzimmer.

Der Kater saß neben dem Fernseher und betrachtete den Ingenieur aufmerksam, dabei klopfte er mit dem Schwanz auf den Boden. Sobald er ein paar Tage weg gewesen war, wurde der Kater zurückhaltend. Arrogant. Oha, was will dieser Zweibeiner wohl von mir … Man musste ihn wieder gefügig machen, ihn zähmen, erziehen. Zum Glück ging das schnell. Aber dennoch …

Nachdem er geduscht hatte, begann Sijilmassi sich zu rasieren. Sein Gesicht war voll Rasierschaum, er strich vorsichtig mit der Klinge darüber und sagte sich: „Packen wir den Stier bei den Hörnern."

In Wahrheit sagte er sich nichts dergleichen. Er dachte an etwas Wirres, so etwas wie einen *männlichen Entschluss,* und beim Rasieren dachte er daran, dass man so etwas in Büchern las, „den Stier bei den Hörnern packen". Seltsam … Hat es jemals auf der Welt einen Mann gegeben, der stark genug war, um einen Auerochsen zu packen … Sieh mal an, jetzt hatte er an „Auerochs" gedacht ...

Glatt rasiert, angekleidet und gekämmt, gut nach Aftershave duftend ging er ins Wohnzimmer zurück. Der Kater hob misstrauisch den Blick. Naïma tat es ihm nach.

Gut. Jetzt sind wir „unter vier Augen". Perfekt. Los geht's. *Den Stier bei den H...*

„Naïma, im Flugzeug ist mir etwas Seltsames passiert."

„Hast du die Benzekri getroffen?"

Verblüfft hielt er einen Augenblick inne. Dann:

„Warum die Benzekri? Was wäre denn seltsam daran, den Benzekri in einem Flugzeug zu begegnen? Was …?"

„Dann eben die Mikou?"

„Aber nein, ich habe niemanden getroffen. Und wieso …?"

„War das Flugzeug leer?"

„Es war zum Bersten voll. Ein Flugzeug ist nicht leer, nur weil weder die Benzekri noch die Mikou darin sitzen … Diese vier Leute sind nicht die Gesamtheit der Menschen, die zwischen Marokko und dem Rest der Welt fliegen."

Es fing alles wirklich auf wunderliche Weise an. Es war schwierig, mit Naïma ein normales Gespräch zu führen.

*Diskursethik,* das war echt nicht ihr Ding (da pfiff sie drauf). Oft ging das Gespräch in alle Richtungen – und im Allgemeinen fiel alles auf Adam zurück.

„Also, der Flieger war voll, aber das ist nicht die Frage. Es geht nicht um die Leute, die ich gesehen oder nicht gesehen haben soll. … Es geht um eine Erfahrung … Also, eine … (Heraus mit den *großen Worten;* ich weiß, ich mache mich lächerlich) … Eine *Epiphanie.*"

Naïma zuckte zusammen, riss die Augen auf, einen Moment fiel ihr die Kinnlade herunter (sie konnte perfekt Empörung darstellen), dann keifte sie los:

„Stefanie? Ist das eine Französin? Du hast eine Französin im Flugzeug kennengelernt? Wer ist diese Nutte? Hat sie sich gezielt neben dich gesetzt?"

Da ist es ... Bumm! Die orientierungslose Abwehrrakete ... Zielrohr in alle Richtungen ... *Alle Mann in Deckung!*

Adam hob die Arme zum Himmel.

„Aber nein, aber nein, nicht *Stefanie.* Beruhige dich! Ich habe *Epiphanie* gesagt. Das bedeutet (plötzlich war er sich nicht mehr sicher, was es bedeutete), das bedeutet so etwas wie *Offenbarung.*"

(Naïma hatte nicht groß studiert. Sie hatte gerade mal das Abitur an einer Privatschule geschafft. Französisch sprach sie korrekt, aber man durfte sie nicht mit Worten wie „Epiphanie" nerven: da schmollte sie sofort. „Jaja, ich weiß, du warst an der Missionsschule, bring hier nicht deine Hochkulturen mit den komplizierten Worten an, das ist alles nur Angeberei und wozu soll es überhaupt gut sein usw.")

Er wollte das Gespräch wieder aufnehmen.

„Hör zu Naïma, es ist schwer zu erklären, was ich im Flugzeug gespürt … was ich plötzlich verstanden habe ..."

„Stefanie?! Womöglich ist es gar nicht mal eine Französin, vielleicht ist sie eine dieser russischen Huren, die nach dem Tod Maos hier aufgetaucht sind. Und du, du rennst ihr nach ..."

„Hör auf, Gespenster in diesem Flugzeug zu sehen. Da waren weder die Benzekri, noch die Mikou, noch Stefanie ..."

„Aha, du gibst es also zu! Sie hat das Flugzeug verpasst? Woher kennst du sie?"

„Naïma, bitte reiß dich zusammen. Es gibt keine Stefanie, es hat niemals eine gegeben, ich kenne nicht eine, vergessen wir das?"

„Diese Nutte …"

„Beruhige dich. Ich habe *Epiphanie* gesagt. Warte, ich bin gleich wieder da."

Adam holte seinen alten *Larousse* (er hatte ihn in der sechsten Klasse bei einer Preisverleihung bekommen, jetzt stand er zwischen dem Leben von Pasteur und den *Prachtstücken der Kathedralen* ... Das war alles so lange her ... Einen Moment hielt er im Flur inne, eine Wolke von Melancholie senkte sich über ihn. Ende Juni, Aussicht auf die Ferien; strahlende Sonne; die kleine Tribüne im Hof des Gymnasiums; die Rede des Direktors; der Austausch freundschaftlicher Blicke mit den anderen Schülern, die an diesem Tag ausgezeichnet wurden; *unsrer kindlichen Liebe grünender Garten …).*

Zurück im Wohnzimmer setzte er sich neben Naïma, öffnete das Wörterbuch an der entsprechenden Stelle und zeigte ihr das Wort.

„Hier: *Epiphanie*. Es bedeutet ‚plötzliche Erkenntnis', so etwas wie eine *Offenbarung*."

„Schon gut, lesen kann ich selber. Du hältst mich immer für eine Idiotin."

„Also, im Flugzeug hatte ich eine E-pi-pha-nie. Ich habe etwas verstanden."

„Was hast du verstanden? Dass du ein Idiot bist?“

Sie kicherte über ihren Witz. Der Kater setzte sich neben sie und behielt ihn scharf im Blick.

„Ja Naïma, in gewisser Weise hast du Recht: ich habe verstanden, dass ich ein Idiot war. Dass ich ein idiotisches Leben führte. Dass das keinerlei Sinn macht. Dass ich entschleunigen will.“

„Entschleunigen? Wie ein Auto?“

„Warum sollten wir uns mit Dingen vergleichen, die wir selbst erfunden haben? Wir ... damit meine ich die Menschen, das menschliche Geschlecht ... Wir waren vor den Fahrzeugen auf der Erde ... Wir existieren seit Millionen Jahren. Ich will entschleunigen *wie ein Mensch*.“

„Egal was. Das bedeutet gar nichts.“

„Das bedeutet *alles*!“

Erregt hockte sich Adam vor das Sofa, auf dem seine Frau saß, nahm ihre Hände in die seinen und ein Schwall von Worten quoll aus seinem Mund. Er erzählte alles, was er am Tag davor über der See von Andaman gedacht, erlebt, gefühlt hatte. Wenn er keine Worte fand, versuchte er seine Erfahrung über Blicke zu vermitteln (wahrscheinlich „fiebernd“), über den Druck seiner Daumen auf die reglosen Hände Naïmas, über leicht lächerliches Keuchen.

Er schloss mit folgenden Worten:

„... kurzum, ich habe beschlossen, mein Leben zu ändern.“

Weder die Frau noch der Kater verzogen eine Miene. Nichts, nicht das leichteste Zittern. Beide Augenpaare, auf der einen Seite kostbares Pechschwarz, auf der anderen düsteres Blaugrün, starrten ihn an; wie in den Filmen: die Zielscheibe im Fadenkreuz. Und die Zielscheibe, das war er, der sich immer tiefer verstrickte.

„Ja, ich werde mein Leben ändern. Ich will nicht mehr

ständig in Flugzeugen sitzen, in Hotels schlafen, die alle gleich aussehen, Gummi oder Feuer essen, in Kuala Lumpur oder Sidney aufwachen und mich fragen, wo ich bin, manchmal sogar wer ich bin; rennen, schwitzen, drohen, schmeicheln; und warum das alles? Um Asphalt zu verkaufen. Asphalt! Der sich im übrigen sehr gut ohne mich verkauft. Warum diese sinnlose Raserei? Ich will *entschleunigen.*"

Die Frau und der Kater atmeten sanft, unisono. Man merkte es kaum, es war fast übernatürlich.

„Was ist mit uns geschehen? Ich meine: mit uns, den Marokkanern? Mein Großvater lebte friedlich in der Nähe von Azemmour, das er nie verlassen hat. Mein Vater hat nie ein Flugzeug bestiegen ... Seit Jahrhunderten lebten unsere Vorfahren im Einklang mit der Natur. Wenn ihr Tag kam, verließen sie die Welt, ohne sie aus dem Lot gebracht zu haben ... Doch wir ... Warum leben wir so, unter Druck, geschäftig? ... Dieses Leben ist absurd. Ich will anders leben. Langsam. Wie mein Vater und mein Großvater."

Adam wusste nicht mehr weiter und kam zu dem Schluss:

*„Tja, das ist es!"*

Er ließ die Hände seiner Frau los, richtete sich auf und setzte sich mit abschweifendem Blick neben sie auf das Sofa.

Sie sah ihn immer noch wortlos an; *um ihre Mundwinkel lagerten sich diese gewissen starren Falten ...*; auch der Kater bewegte sich nicht. Um seine Verlegenheit zu verbergen, nahm Adam die Zeitung *Matin*, die herumlag, und schlug die Sportseite auf. Das Ergebnis war *vernichtend* wie die Sportjournalisten sagen: 3 : 0 Niederlage gegen die schwächelnden Stars von *Mirage du Dakhla.* Was für ein Elend! Keiner hilft uns.

Naïma erhob sich und fragte lässig:

„Willst du ein Glas Orangensaft? Ich habe ihn gerade gepresst, er ist frisch."

Überrascht bejahte er mit einem Nicken. Seine Frau verschwand ein paar Augenblicke, dann kam sie mit einem Glas Orangensaft auf einem kleinen Tablett wieder. Sie hielt ihm das Tablett hin, er nahm das Glas und murmelte „Danke", sie ging und räumte das Requisit weg.

Es vergingen ein paar Augenblicke. Der Kater hatte sich unter dem Tisch zusammengerollt und begann zu schnurren. Naïma kam wieder ins Wohnzimmer, stellte sich vor ihren Mann und sagte mit ruhiger Stimme:

„Ich habe nichts verstanden von deinem Abenteuer über dem Ozean, es kommt mir merkwürdig vor … Ist wohl Philosophie, was? Aber man verändert sein Leben nicht, weil man in einem Flugzeug mit einer russischen Nutte gesprochen hat. Ich werde Mama anrufen. Ich habe den Eindruck, in deinem Kopf stimmt was nicht. Ich möchte, dass wir zu dritt darüber reden."

„Zu dritt? Damit meinst du ihr beide gegen mich? Wie immer?"

„Es wird zwei gegen zwei sein", schloss sie und versetzte dem Kater einen Fußtritt. Der versuchte zu fauchen und schaffte nur ein klägliches Miauen. „Dieses Scheißvieh gehört dir."

## 5

# Was konnte er schon gegen zwei ausrichten?

Nach dem Abendessen klingelte Naïmas Mutter, die im gleichen Viertel wohnte, an der Tür.

Sofort bildeten beide Frauen einer Art Volksgericht, das ihn schonungslos befragte. *Chkoun Stefanie*? Er erklärte ruhig, dass es sich um ein Missverständnis handelte, dass er im Flugzeug mit niemandem gesprochen, keine Messalina getroffen hatte … („Alina?" Erneut holte er den kleinen *Larousse* und zeigte den beiden misstrauischen Frauen den Namen Messalina hinter den Rosaseiten. (Sie wurden dadurch nur noch misstrauischer.))

Eine gute Viertelstunde verging mit semantischen Erklärungen.

Das Gericht beschied, der Angeklagte möge in Zukunft gebräuchlichere Worte benutzen, um Widersprüche zu vermeiden und im Allgemeinen damit aufhören, „allen auf den Geist zu gehen" (*dixit* Naïma, ihre Mutter sprach kein Französisch und kannte solche feinen Ausdrücke nicht).

Gut, dieses Loch war dicht.

Sie kamen auf den Kern der Sache zurück und forderten ihn auf, alles zu erklären. Was war das für eine Laune, diese plötzlichen Entschlüsse? Er konnte nur wiederholen, was er ein paar Stunden vorher schon gesagt hatte. „Mein Leben ändern", „ kein Flugzeug mehr", „nie mehr rennen, sprinten, schwitzen …", „entschleunigen".

Naïma brüllte außer sich:

„Aber … *konkret*, was wirst du tun?"

„*Tun*? Frag mich doch lieber, was ich *sein* werde! Ist das nicht das Wichtigste?“

Naïma sah ihn an ohne zu antworten, mit großen Augen, den Kopf vorgebeugt, den Mund leicht geöffnet, die Fäuste an die Hüften gestemmt. Ihre Mutter grummelte leise in lokalem Arabisch (trotz hunderter Beweise des Gegenteils war sie überzeugt, dass Adam kein Arabisch sprach):

„Jetzt philosophiert er auch noch herum. Ein Idiot. Das habe ich schon immer gewusst. Du hättest den Arzt heiraten sollen.“

Naïma fuhr fort:

„Ich verstehe diese ganze Sache nicht. Es ist nicht das erste Mal, dass du bei den Chinesen warst (für sie waren alle Asiaten ‚Chinesen‘), warum kommst du *dieses Mal* völlig verdreht zurück? Hast du Schlangenfleisch gegessen? Rattenfleisch? Ich habe dir gesagt, du sollst nie etwas bei den Chinesen essen. Also antworte, was wirst du *tun*?“

„Ich weiß es nicht. Wir werden sehen. Sicher werde ich im *Office* kündigen, mir Zeit zum Überlegen nehmen, eine andere Stelle suchen, die mehr, wie soll ich sagen …?, mehr *gesetzt* ist. Ich muss wirklich Bilanz ziehen. Vielleicht versuche ich zu schreiben … Aber nun gut, es ist ja keine Tragödie. Ich werde weiterhin dein Mann sein. Der Mann, den du vor zwei Jahren geheiratet hast.“

Sie wich langsam zurück, wie um ihn besser einzuschätzen. Ihr Mund verzerrte sich, ihre Nüstern zitterten …

Dann explodierte sie:

„Aber ich habe doch nicht dich geheiratet, du Vollpfosten! Nicht *dich*! Dein Gehalt, die Wohnung, den Hauswart, das … *das alles*!“ (Sie machte eine ausholende Handbewegung, die alle Gegenstände um sie herum zu erfassen schien, das Sofa, die Bilder, die Wände, den Esstisch, die Türen, die Fenster, den Couchtisch, die Glühbirnen, die Teppiche, die große chinesische Vase, den Fernseher, die Musikanlage, die Decke ...)

Ihre Mutter machte ihr diskret Zeichen. Beruhige dich, meine Tochter, gib deine Geheimnisse nicht preis ... Naïma ließ sich nicht beeinflussen. Sie schloss mit einem Crescendo, der Spitze des Stiletts, die sich mitten ins Herz bohrt und einem Mann den Rest gibt:

„Nicht dich habe ich geheiratet, du Esel, sondern das *Office des bitumes du Tadla*!"

Grandios, dachte er niedergeschmettert. Nur Ehemännern gibt man den Gnadenschuss. Dabei heiratet man zugleich Gebäude. Was ist die nächste Stufe? Wird sie sich mit einer Bank vereinen? Zu einer Holding werden?

Die beiden Furien warfen sich auf Adam, die eine zerkratzte ihm das Gesicht mit ihren scharfen Nägeln, die andere senkte ihre Fänge in seine Drosselvene ... Moment mal, das ist alles eine Halluzination (und wo ist überhaupt die Drosselvene?), sagte er sich. Er kniff die Augen zusammen: Sie waren immer noch da, standen vor ihm, die eine mit den Fäusten an den Hüften, die andere mit dem Zeigefinger an der Wange, ein Zeichen großer Erregung. Sie sahen ihn an ... Nein, sie betrachteten ihn. Es ist sehr merkwürdig, *betrachtet* zu werden. Er kratzte sich den Bauch durch das Hemd, um die Fassung zu wahren, dann kündigte er an, dass er unten im Café Oslo etwas trinken werde.

Naïma stürzte zur Tür und lehnte sich mit dem Rücken daran, die Arme ausgebreitet zu einer Art moderner Kreuzigungsszene.

Sie schrie:

„Du gehst hier nicht weg, bevor du mir nicht geschworen hast, dass du nicht kündigen wirst!"

*Seltsamer Zwischenfall in Casablanca.*

*Die Polizei hat bestätigt, dass die menschlichen Überreste in einer teuren Wohnung im Stadtzentrum in der Tat die von Ingenieur Sijilmassi sind. Die Nachbarn hatten seit Wochen sein Verschwinden bemerkt. Das Unternehmen, bei dem er beschäftigt war, ebenfalls. Tatsächlich war der arme Mann von seiner Ehefrau und seiner Schwiegermutter festgehalten worden. Gefesselt und geknebelt wurde er mit einem aus dem McDonald's der Corniche entwendeten Strohhalm ernährt (das Rätsel um den gestohlenen Strohhalm aus dem McDonald's ist somit auch gelöst). Die beiden Megären haben gestanden. Eine berufliche Entscheidung des Ingenieurs scheint die Tat ausgelöst zu haben. Ihr Rechtsanwalt fordert ihre sofortige Freilassung, mit dem Argument, es habe in diesem Fall weder Verbrechen noch Gesetzesbruch gegeben. Tausende von Männern halten ihre Ehefrauen in unserem schönen Land in der Wohnung gefangen – warum sollte man nicht auch das Gegenteil erlauben?*

Er schloss die Augen und schüttelte den Kopf. Diese üble Gewohnheit, sein Leben als Zeitungsmeldung zu sehen … Seine Frau klammerte sich weiterhin an die Tür oder tat zumindest so. (Auf keinen Fall wollte sie ihre schönen Nägel opfern, auch nicht für die große Szene im zweiten Akt.)

Fast hätte er sie gefragt:

„Seit wann genau hast du diese zwei kleinen, bitteren Falten an den Mundwinkeln?"

Vielleicht war er dafür verantwortlich? Er hatte sich oft gefragt, ob er ein guter Ehemann war. Nachts wachte er manchmal auf und blickte lange auf die in ein Laken gewickelte längliche Form, die neben ihm lag. „Das ist meine Frau", wiederholte er sich beunruhigt. Manchmal hörte er den Kater schnurren. „Das ist meine Katze."

Machte er sie glücklich? Eine amerikanische Freundin aus seiner Studienzeit hatte ihm (in Englisch) versichert: „Ein guter Ehemann ist vor allem ein guter *Provider*." Er hatte in einem zweisprachigen Wörterbuch nachgesehen: *Provider* = Lieferant. Von ihm erwartete man also, dass er lieferte. (*– Was konnte er schon gegen zwei ausrichten? – Na liefern!*)

Gut. Für den Kater war die Sache geritzt. Einer wusste genau, was man ihm liefern musste: Fressen, eine kleine graue Stoffmaus für seine verrückte Viertelstunde bei Sonnenuntergang, eine Ecke, in der er sich zusammenrollen und schlafen konnte. Aber Naïma?

Was musste man ihr liefern? Kost und Logis? *Check.* Von Zeit zu Zeit ein hübsches Kleid? *Check.* Eine schönere Uhr als die der Frau von Benjeddou? *Check.* Das Versprechen, eines Tages eine Villa in Anfa zu besitzen? *Check.* (Versprechen verpflichten zu nichts.) Und dann? Musste man ihr Zuneigung liefern? Liiieeebe? Auf diesem Gebiet war er eine Null. (Schamhaft? Reserviert? Autistisch? Nein: eine Null.) Doch seltsamerweise schien ihr das nichts auszumachen.

Zu Anfang hatte er versucht, sich zu überwinden. Mehrmals hatte er ihr seine Liebe erklärt, was sie misstrauisch aufnahm. Eines Tages hatte er ihr beim Spaziergang am Strand von Casablanca ein Gedicht von Baudelaire vorgetragen. Als er die erste Strophe beendet hatte (*Dein Haupt, deine Gebärde, dein Betragen sind schön wie eine schöne Landschaft; das Lachen spielt in deinem Antlitz wie frisch ein Wind in einem klaren Himmel*) hatte sie ihn unterbrochen:

„Du hast Recht, der Wind ist frisch, ich werde mich erkälten, gehen wir nach Hause."

Im ersten Jahr ihrer Ehe hatte er sich weiter angestrengt, der Gebrauchsanweisung der *Cosmopolitan* folgend, die er regelmäßig beim Friseur las. Aber es gab ein Problem: er war nicht glaubwürdig. In welcher Sprache sollte er ihr „ich liebe dich" sagen? Auf Französisch? Das hatte er zwei oder dreimal versucht. Sie sah ihn dann zweifelnd an. („Macht er sich lustig über mich?"; „Er hält mich wohl für eine Französin."; „Gleich wird er mich Ginette nennen.") Es war also nichts mit den Liebeserklärungen auf Französisch. In klassischem Arabisch? Das hatte er einmal versucht; fast wäre sie vor Lachen gestorben – im wahrsten Sinne des Wortes. Ganz schnell hatte er ihr ein Glas Wasser bringen, ihr auf den Rücken klopfen müssen, denn sie erstickte an heftigen Lachanfällen, eine Art irres Lachen schüttelte sie von oben bis unten. Als sie sich beruhigt hatte (dabei musste sie immer wieder losprusten, sobald sie ihn ansah …), als sie sich endlich beruhigt hatte, nahm sie ihm das Versprechen ab, nie mehr etwas in klassischem Arabisch zu sagen, nie mehr, und vor allem nicht *ouhibbouki,* das war das Lächerlichste überhaupt, das passierte nur in ägyptischen Filmen – und ehrlich gesagt, wie ein junger ägyptischer Filmheld sah er nicht gerade aus.

Ja oder nein, sollte man ihr Zuneigung zeigen? Ihr schien es daran nicht zu mangeln. Aber die beiden kleinen, bitteren Falten an den Mundwinkeln? *(„… und ihre Mundwinkel zitterten, während sie sprach"*, diesen Satz hatte er irgendwo gelesen.) Er hatte versucht, sie in den Arm zu nehmen, einfach so, nur um sie an sich zu drücken. Manchmal ließ sie es geschehen, befreite sich dann sanft aus der Umarmung und wechselte das Thema. Oft stieß sie ihn zurück. („Du zerknitterst mein Kleid!")

Er hatte sein Bestes gegeben. Die kleinen Falten waren erschienen. Irgendwie kam er sich schuldig vor.

Eingehüllt in Küchengerüche kam seine Schwiegermutter und verhandelte mit Naïma. Sie flüsterte ihr etwas ins Ohr und Naïma gab die Tür frei.

„Nun gut, geh nur, geh etwas im Café Oslo trinken. Als gäbe es hier zu Hause nichts zu trinken ... Nutze die Zeit, um nachzudenken. Vergiss diese absurde Idee. *Du wirst nicht kündigen.*"

Adam ging, ohne eine Antwort zu geben.

Im Treppenhaus zögerte er einen Augenblick. Er brauchte nur noch einmal an der Wohnungstür zu klingeln und sobald sie sich öffnete zu rufen: „April, April! Ihr seid mir beide auf den Leim gegangen!", und das Leben wäre weitergegangen wie vorher. Doch es gab ein Problem, es gab sogar drei.

Erstens war es nicht April.

Zweitens hätten weder Naïma noch ihre Mutter jemals an einen Scherz geglaubt – in ihren Augen war er ein Idiot, kein Witzbold.

Und schließlich (und vor allem) hatte er keinerlei Lust zurückzurudern. Die Entscheidung, die er über der See von Andaman getroffen hatte, schien ihm nun die wichtigste Sache in seinem Leben. Sie gab seinem Leben einen Sinn, eine Richtung.

Er drückte nicht auf den Knopf des Aufzugs. Er nahm die Treppen, ohne Eile, durchquerte die Eingangshalle, wechselte ein paar Worte mit dem Hauswart, und nahm dann den Gehweg bis zum Cafe. Er setzte sich in den hinteren Raum und bestellte eine Mandelmilch. Er warf einen Blick in *Le Matin du Sahara*, schloss dann die Augen und begann nachzudenken.

Was war gerade geschehen? Hatte er sich schlecht ausgedrückt? Hätte er abwarten müssen, die Sache anders darstellen oder ganz einfach nichts sagen sollen? Doch Naïma hätte schnell erfahren, dass er nicht mehr bei den Bitumes du Tadla arbeitete. Im übrigen musste jetzt gespart, die Ausgaben reduziert werden, das wäre ihr aufgefallen ...

Eine Mischung aus Erschöpfung und Wut erfasste ihn. In solchen Augenblicken müsste man doch eigentlich gerade auf seine Frau zählen können, oder nicht?

Er verstand, dass er das Abenteuer nunmehr alleine erleben würde.

Alleine?

War er nicht immer alleine gewesen?

6

## Du freier Mensch ...

Am nächsten Morgen wachte Adam in einem kalten Bett auf, seine Frau hatte anscheinend die Nacht in einem der drei anderen Schlafzimmer der Wohnung verbracht.

Er kleidete sich in Ruhe an, zog die Kleider wieder an, die er am Vortag getragen hatte, als gehe er zurück in der Zeit; nur ein leichter Geruch nach Flughafen und Indien verriet ihn. In der Wohnung gab es kein Lebenszeichen. Alle Zimmertüren waren geschlossen.

Im Flur hielt er einen Augenblick inne, versuchte zumindest, Atemgeräusche zu hören. Nichts. (*Tragischer Zwischenfall … Undichte Gasleitung in einer Wohnung auf dem Boulevard Bir Anzarane. Unfall oder Verbrechen? Zwei Opfer. Drei in Wirklichkeit: die kleine Katze ist tot. Der Ehemann steht unter Verdacht …)*

Er verzichtete darauf, sich einen Kaffee zu kochen, schlich auf Zehenspitzen bis zur Tür, öffnete sie vorsichtig und ging. Er stieg die Treppen bis zum Untergeschoss hinunter. In der Garage blieb er eine ganze Zeit lang mit den Händen auf dem Lenkrad in seinem Auto sitzen und starrte ins Leere. (Oft hatte er in Filmen gesehen, wie die Hauptdarsteller diese Haltung einnahmen. Vielleicht hilft sie beim Nachdenken?)

Noch war Zeit, alles rückgängig zu machen. Er würde wie gewöhnlich zur Arbeit gehen, einen detaillierten Bericht über den indischen Markt schreiben, an endlosen Sitzungen teilnehmen, im Betriebsrestaurant Mittag essen (Fisch, Reis, Karamellpudding), den Nachmittag mit der Vorbereitung seiner nächsten Reise nach Malaysia und China verbringen und schließlich gegen sieben nach Hause zurückkehren. Er würde mit dem Kater spielen, Naïma würde ihre mexikanische Soap im Fernsehen ansehen und dann das Abendessen zubereiten; gegen 8 Uhr 30 würden sie sich an den Tisch setzen.

Seine Schwiegermutter würde auch da sein. Niemand würde die („surrealistische“) Szene des Vortages erwähnen. Das alles würden sie auf die Erschöpfung, den Jetlag, die Überarbeitung zurückführen …

Er schloss die Augen und versuchte sich vorzustellen, in dieses Leben zurückzukehren, das er seit einigen Jahren führte: nächste Woche wäre er wieder in der Luft in Richtung Taiwan, eingelullt vom Brummen der Reaktoren. 27 Stunden Flug, wenn man die Zwischenstopps mit einberechnet … Ein Taxi, das durch die Straßen von Taipeh rasen würde, eine unverständliche Welt, in der er der völlig Fremde wäre.

Nein.

Nein. Alles in ihm schrie nein. Er hatte das deutliche Gefühl, dass sein Gehirn schwerer wurde, dass es langsamer funktionierte, dass es ganz einfach aussetzen würde beim schieren Gedanken daran, sich 24 Stunden lang über der nährenden See wiederzufinden.

Er schreckte auf. Er hatte gestochen klar die Worte „nährende See“ vor seinem geistigen Auge gesehen. Aber man sagte doch „Nährmutter“ oder nicht? Woher kam dieser seltsame Lapsus? Erstaunt startete er den Motor und fuhr aus der unterirdischen Garage. Er wechselte einen Blick mit dem Hauswart, der ihn ... zurückhaltend? ... misstrauisch? ansah.

Am Ziel angekommen parkte Adam sein Auto, nahm den Fahrstuhl in die achte Etage und übergab dem kaufmännischen Direktor der *Bitumes* sein Kündigungsschreiben. Dem fiel vor Erstaunen das Monokel aus dem Auge. (Dieses Requisit existierte nur in Adams Fantasie – *strich er sich mit der*

*Hand über die Stirn, ließ sein Monokel fallen und rieb das Glas* – wahrscheinlicher ist, dass der Direktor sich damit begnügte, die Augen leicht aufzureißen.)

„Wie, Sie kündigen? Sie? Aber Sie sind unser bestes Pferd im Stall!"

Der Direktor erhob sich, ging um seinen Schreibtisch herum und fasste Adam an der Schulter, die er auf betont väterliche Weise herzlich drückte. Einige Sekunden lang sah er ihn nur lächelnd an; dann sagte er in verschwörerischem Ton:

„Ich sollte es Ihnen nicht sagen, Adam, aber Sie sind uns, dem Führungsstab, aufgefallen, wir behalten Sie im Auge, wir *stehen auf Sie* um es mit Maréchal Lyautey zu sagen. Eines Tages werden Sie Direktor sein!"

Er wich ein wenig zurück, um zu überprüfen, welche Wirkung diese Worte auf Adam gehabt hatten. Mann Gottes, er hätte überwältigt sein müssen! Direktor! Ein Dienstwagen! Benzinmarken! Zweimal im Jahr eine Prämie! Eine hübschere Sekretärin als alle anderen! Das obligatorische Salutieren des Büroboten! Eines Tages würde es vielleicht sogar einen Orden geben, einen *Ouissam* ...

Doch Adam begnügte sich damit, langsam zu antworten, jede Silbe betonend, als rede er mit einem geistig Zurückgebliebenen:

„Monsieur, würde das bedeuten, dass ich regelmäßig in Flugzeuge steigen müsste?"

Der Direktor missverstand den Sinn der Frage.

„Flugreisen? Aber sicher! Aber selbstverständlich! Und natürlich in der Business-Class! Automatisch auf die *First upgraded*! Air France, Lufthansa, British Airways! Garuda und die hübschen Indonesierinnen! Cathay Pacific: der Name allein ist ein Gedicht! Sie werden in allen Hauptstädten der Welt in Luxushotels wohnen ... *Room Service* ... Wellness gegen den Stress ... Doppelbetten, was sage ich, sogar King Size, selbst Queen Size!"

Er kam nicht zum Ende. Adam löste sich sanft aus der Umarmung seines Vorgesetzten (eigentlich mochte er Monsieur Jbilou) und murmelte:

„In diesem Fall bestehe ich auf meine Kündigung, Monsieur. Es tut mir leid. Adieu."

Er trat aus dem Büro und hinterließ einen verblüfften Chef.

An jenem Tag verbrachte Adam mehrere Stunden im *Bitumes*, um seinen Weggang „zum Abschluss zu bringen" wie man so sagte. Er unterzeichnete einige Dokumente, ohne sie zu lesen, löschte die Festplatte seines Computers, händigte seinen Firmenausweis und die Schlüssel zu seinem Büro aus. Er hatte erreicht, dass er seinen Kündigungsmonat nicht ableisten musste – das alles würde von seinen restlichen Urlaubstagen abgezogen.

Kurz und gut, gegen drei Uhr nachmittags hatte er abgeschlossen mit dem Betrieb, der ihn regelmäßig in die Wolken schickte, um den „Chinesen" ein chemisches Produkt zu verkaufen.

Den Rest des Nachmittags verbrachte er auf der *Corniche*.

Nachdem er seinen Wagen geparkt hatte, spazierte er ein wenig auf der Promenade und setzte sich dann auf eine Bank. Wie jedes Mal, wenn er das Meer ansah, tauchten vereinzelte Strophen in seinem Kopf auf – doch wenn man es genau betrachtete, war es immer die gleiche Strophe, die wie eine zerfetzte Wolke vorbeizog an ... woran eigentlich? An seinem „geistigen Auge"? Hieß das so? Das „Auge der Seele"? Auf jeden Fall sah er plötzlich ganze Verse vor sich und konnte nicht umhin, sie zu murmeln, als lese er sie.

Manchmal hallten die Worte in seinem Kopf wieder und es war seine eigene Stimme, die sie sprach, dabei hatte er weder den Mund geöffnet, noch die Lippen bewegt. Die Verse lauteten: *Freier Mensch! Das Meer ist dir teuer allzeit! Es ist dein Spiegel, das Meer; du kannst dich beschauen / In seiner Wellen unendlichem rollendem Grauen / In deinem Geist ist ein Abgrund nicht minder weit.*

An diesem Tag bekam Baudelaire eine unerwartete Bedeutung. Adam erinnerte sich an seinen seltsamen Lapsus in der Tiefgarage – die „Nähr*see*". Und in ihm erklang nun wie ein Gong die Aufforderung: *„Das Meer ist dir teuer allzeit!"*

*Die Mutter* ist dir teuer allzeit? Er hatte ja über der Andamanensee (Anda-mamma?) diesen Beschluss gefasst, der sein Leben verändern sollte. Adam misstraute Psychos jeder Couleur, Psy-chologen, -chiater, -chanalysten. Aber das konnte ja wohl alles kein Zufall sein.

Ein kleiner Hund schnüffelte vorsichtig an seinem Hosenbein.

„Doudou!"

Die Stimme seiner Herrin war erklungen, der kleine Hund rannte schnell weg.

Machen wir weiter! Das alles konnte kein Zufall sein. Aber warte mal, du hast reiflich überlegt, bis du zu diesem Entschluss kamst. Du hast ihn, wie sagt man noch? ... *untermauert*. Erinnere dich. „Was tue ich bloß hier?" Alles in allem ist das eine vernünftige Frage, die wir uns alle von Zeit zu Zeit stellen sollten. Dieser Gedanke, er sei zu weit weg von seinem Geburtsort Azemmour ... sieh an „Geburtsort" … Hihi ...

Was, hihi? Man verdankt sein Leben nicht nur einer Mutter. (Was für eine seltsame Wendung.) „... Azemmour, wo die

Karren, die zum Markt fuhren" ... Moment mal ... „Karren"! Das erklärt alles! ... Auf der Straße vom Flughafen! ... Holterdipolter! ... Nein, es erklärt nichts.

Er erinnerte sich, an die „Würde der Langsamkeit" gedacht zu haben. Hmmmm. Ach ja, sein Großvater, „ein würdiger Greis" ... „unbeweglich im Hof seines Hauses" ... das durch die Doukkala-Ebene galoppierende Pferd ...

Woran hatte er noch gedacht in diesem Flugzeug der Lufthansa? Ach ja, die Geschwindigkeit *verschmutzt die Umwelt*. „... jene Schmutzspuren, die die Boeing genannten Maschinen in den Tiefen der Erde hinterlassen ..."; „... Um jene Boeing zu bauen, hatte man doch heftig graben müssen, tief in der Erdkruste wühlen, ... die Erde mit blutenden Venen hinterlassen, unsere Mutter, unsere Ernährerin im Todeskampf ..." aha, aha ... „Mutter, Ernährerin".

Da haben wir es.

„Man glaubt, ihre Seele seufzen zu hören, traurig und wehklagend" ... *Stabat Mater* ... Er kannte den Text auswendig, hundertmal gesungen nach der Melodie von Pergolesi ...

Aber nein, diese Entscheidung hast du gründlich durchdacht, sie ist *vernünftig*, zum Teufel mit den Psychos, an der Sache ist nichts *Unbewusstes*. *Ver-nünf-tig*. Sogar sein Vater kam darin vor. „... sein Vater, Abdeljebbar, der nie ein Auto besessen, nie ein Flugzeug bestiegen hatte ..."

Er schloss die Augen, *sah* seinen Vater auf einem Solex-Motorroller sitzen – und erinnerte sich an jene Geschichte, die man ihm erzählt hatte: sein Vater auf dem Solex in El-Jadida, seine Mutter auf dem Rücksitz – wenn man das so nennen kann, es war nur ein kleines Rechteck aus schwarzem Schaumstoff –, die riesige, flatternde Djellaba seiner Mutter verfängt sich im Rad und beide fallen hin, Blutergüsse, ein gebrochener Arm, sich amüsierende Passanten – das war bestimmt nicht sehr würdig ... Wer hatte den Sturz seines Vaters herbeigeführt, die Maschine oder seine Mutter?

Und er selber, in dreißigtausend Fuß Höhe, der beschlossen hatte, sich nie mehr so hoch hinaus zu wagen, wovor hatte er Angst gehabt? Vor dem Sturz? In die Anda*mamma*see?

Er erhob sich, schüttelte den Staub von seinen Hosenbeinen, warf einen letzten Blick auf den Ozean und fuhr gedankenverloren nach Hause.

## 7

## Und was ist mit der Wohnung?

Zu Hause liefen die Dinge schnell schief.

In seinem Stockwerk angekommen machte er eine Pause, um sich auf die Auseinandersetzung vorzubereiten. Dann steckte er den Schlüssel in das Schloss, drehte ihn und schob die Tür auf.

Der Kater saß mitten im Eingang auf seinem Platz und erwartete ihn ungerührt. Naïma erwartete ihn auch, im Wohnzimmer, die Hände an die Hüften gestemmt. Sie verlor keine Zeit mit Begrüßungen.

„Nun?"

„Nun was?"

„Du hast es doch wohl nicht getan?"

Er atmete tief durch.

„Doch, ich habe es getan. Ich habe Monsieur Jbilou meine Kündigung ausgehändigt. Ich habe meinen Firmenausweis, die Schlüssel meines Büros abgegeben … Ich habe mich von meinen Kollegen verabschiedet …"

Das war gar nicht wahr. Warum hatte er das gesagt? War es eine Lüge? Jedenfalls war sie nicht wahr, diese Sache mit der Verabschiedung von den Kollegen, doch er hatte es ganz natürlich erzählt, und selber ein wenig daran geglaubt. Zählte das als Lüge? Er hatte doch nicht die Absicht gehabt zu lügen, er wollte nur Naïma seine *Verabschiedung kundtun* …

Seltsam … Er hatte diesen Ausdruck, („Verabschiedung kundtun") vor Augen gehabt, ganz deutlich; doch es war ein Irrtum. Um seine kleine Lüge zu rechtfertigen, wollte er denken: „Ich musste ihr das wohl sagen, um ihr *kundzutun*, dass mein Abschied unwiderruflich ist, dass ich mich endgültig von den *Bitumes* verabschiedet habe." Doch vor ihm war ein ganz anderer Ausdruck erschienen … Naïma *ihre Verabschiedung kundzutun.* Sie wegschicken ... War das sein wahrer Wunsch, der aus den Tiefen kam, aus dem *weiten Abgrund?*

Während dieses Brainstormings hatte sich Naïma nicht gerührt. Sie wartete ab. Sie sah ja, dass ihr Mann „abwesend" war, wie sie es nannte. Das kam öfter vor. Mitten in einer Unterhaltung merkte man plötzlich an Adams leerem Blick, dass er intensiv nachdachte. Er bewegte sich nicht mehr, atmete kaum. Wenn sie gut gelaunt war, trällerte Naïma ein Volkslied in lokalem arabischen Dialekt: *Wohin bist du wohl entschwunden, Liebling / Wohin bist du wohl entschwunden?*; das brachte ihn schnell wieder auf den Boden der Tatsachen – und irritierte ihn zudem (sie machte sich nicht einmal die Mühe, die männliche Form von Liebling zu singen (sie entmannte ihn)). Doch diesmal trällerte Naïma nicht. Mit verkniffenem Mund wartete sie darauf, dass er selbst ins Hier und Jetzt zurückfand.

Er schüttelte den Kopf und wiederholte mit fester Stimme:

„Gut, es ist getan. Wie ich dir bereits sagte, habe ich meine Kündigung eingereicht."

Naïma hob langsam die Hand, zeigte an die Decke, dann auf die Wände, dann auf den Fußboden. („Aber was tut sie da?" („Verhext sie mich?"))

Mit eisiger Stimme murmelte sie:

„Und was ist mit der Wohnung?"

So unglaublich es auch schien, er hatte nicht einen Augenblick an die Wohnung gedacht, in der er mit seiner Katze, seiner Frau und – von Zeit zu Zeit – seiner Schwiegermutter lebte. Die Wohnung gehörte den *Bitumes du Tadla* und wurde ihm umsonst zur Verfügung gestellt. Das war eines der Privilegien der „leitenden Angestellten". Natürlich musste er sie räumen. Schade. Sie war groß, sauber, „gut geschnitten". Zudem gab es Tag und Nacht einen Hauswart vor der Tür, eine Tiefgarage ...

Na und? Er kam sich vor, als rezitiere er *in petto* eine Argumentation des Immobilienhändlers („gut geschnitten", das gehört zu ihrem Repertoire, oder nicht? … Dieses leicht verlogene Repertoire, bei dem die Worte nicht genau bedeuten, was …).

Gut, lass die Immobilienhändler beiseite. Fakt ist, ich empfinde rein gar nichts, wenn ich an „groß, sauber, gut geschnitten" denke … oder an „Hauswart" ... „Tiefgarage" ... Die Worte haben keinen Geschmack mehr … *Geschmack*? Nein, die *Dinge* verlieren ihren Geschmack ... Er spürte eine Art Ziehen im Magen, wie eine aufkommende Panik ... „groß, sauber, gut geschnitten". Nein, nichts … Er empfand nichts.

Jetzt ist er schon wieder abwesend. Mein Gott, warum habe ich so einen launischen Mann? ... Warum bloß habe ich einen frankophonen Idioten geheiratet …? Naïma wiederholte ihre Frage:

„Was ist mit der Wohnung?"

Er stammelte:

„Eh... Natürlich müssen wir sie räumen … Ich … Ich glaube wir haben einen Monat, vielleicht. Um uns umzuschauen … Ich muss nachfragen …"

„*Uns umzuschauen*? Wer sind wir denn? Flohmarktgänger?"

„Ja ... Nein ... Das heißt ... etwas anderes zu finden. Hier im Maarif gibt es viele moderne Wohnsiedlungen ..." (Sch... Jetzt rede ich schon wieder wie ein Immobilienhändler …)

„*Modern*? Bildest du dir ein, ich wollte in einer modernen Wohnsiedlung wohnen? Meine Cousine Dounya, deren Mann nur Polizeiinspektor ist, wohnt in einer *topmodernen* Wohnsiedlung. Meine Freundin Iqbal, deren Mann Professor ist, lebt in einer *supertopmodernen* Wohnsiedlung. Und mich willst du dazu bringen, mich mit einer *modernen* Siedlung zu begnügen? Warum nicht gleich *vormodern*? Willst du mich erniedrigen, ist es das? Mich vor meiner Familie und meinen Freundinnen bloßstellen? Ich hätte den Arzt heiraten sollen."

„Aber ... das sind doch alles nur Worte!" (Er hatte automatisch gezählt (alte Gewohnheit eines Mathematik-Fans); sie hatte das Wort „modern" sechsmal in einer Minute benutzt (vielleicht war das ein Weltrekord), und jetzt war dieses Wort dabei abzustumpfen, jegliche Bedeutung zu verlieren. Es waren nur noch zwei leicht gelangweilte Silben, die durch diese Unterhaltung spazierten, aneinandergelehnt wie verarmte Aristokraten (*das Laster gestützt auf das Verbrechen ...)* – warte ich muss mich konzentrieren ...)"

Er wiederholte bestimmt:

„Das sind alles nur Worte!"

„*Chnou,* Worte ...? Lüge ich vielleicht?"

„Nein, du lügst nicht, doch das Ganze hat keine Bedeutung. Worte … Wichtig ist doch nur, wofür ein Wort steht. Wir können eine gemütliche Wohnung finden, kleiner als diese, sicher, aber mit Charakter." (Sch... Nicht schon wieder ... Ich rede wie ein Immobilienhändler ... In ihrem undurchsichtigen Repertoire bedeutet „mit Charakter" ganz einfach „klein" ...)

Naïmas Augen weiteten sich. Dann explodierte sie:

„Egal was! Sieh mich an! Woran denkst du?"

Adam betrachtete seine Frau sorgfältig. Sie trug einen grünen, um den Kopf geschlungenen Schal; Schlangen … nein, melierte Haarsträhnen lugten daraus hervor, ihre Zunge lag seltsam gestreckt zwischen den Schneidezähnen – das war eine Marotte. Ihre Fäuste lagen nicht mehr an den Hüften; seit sie kurz vorher mit theatralischer Geste auf die Decke, die Wände und den Fußboden gedeutet hatte, hatten ihre Hände unablässig fahrige Bewegungen gemacht; doch jetzt war sie wie eingefroren in einer beunruhigenden Haltung – sie streckte ihm die Arme entgegen mit weit geöffneten Händen, die Handflächen nach vorn, als läge ein Würgen in der Luft.

Erneut schrie sie:

„Nun! Woran denkst du?“

Er war wie versteinert und konnte nicht antworten. Ihm fiel nur eins ein und zwar: *Schatzi wird zum Nazi, Schatzi wird zum Nazi* ... Um Haltung zu bewahren, bückte er sich und streichelte den Kater, der jaulend mit aufgestelltem Schwanz flüchtete.

Sie schloss in eisigem Tonfall:

„Gut, du willst nicht antworten, dann gehe ich eben zu Mama. Die ist wenigstens nicht stumm. Wenn du wieder unter den Lebenden weilst, reden wir über diese Geschichte.“

Kurz darauf hatte sie eine Djellaba übergezogen, ein paar Sachen in eine kleine Tasche gepackt und war die Haustür knallend abgezogen.

Der Kater tauchte wieder an der Tür zum Wohnzimmer auf und sah Adam an.

# 8

## Von Mäusen und Menschen

Die Dinge entwickelten sich rasend schnell – das war genau das Gegenteil von dem, was Adam wollte. Doch entwickeln sich die Dinge jemals langsam? Haben sie einen Rhythmus, einen Stil? Jedenfalls erhielt Adam bereits am nächsten Morgen sehr früh einen Telefonanruf von Khiary, dem Mann, der die Gebäude der *Bitumes* verwaltete.

Sein Ex-Kollege schien verlegen, seine Stimme war zögerlich, er machte endlose Pausen, doch schließlich kam er doch zur Sache: da man Adam erlaubt hatte, sofort mit der Arbeit aufzuhören, bat man ihn im Gegenzug darum, seine Wohnung so schnell wie möglich zu räumen.

„Das ist logisch", fügte Khiary hinzu.

„*Logisch*? Nun ... Ich verstehe was du meinst, aber in Wahrheit ist es nicht das passende Adjektiv", antwortete Adam ein Gähnen unterdrückend.

„Wie bitte?"

„Dieses Wort, oder besser dieses Adjektiv, wird egal wie benutzt."

„Welches Wort? Wovon sprichst du?"

„Wenn etwas *logisch* ist, dann kann diese Sache nicht anders sein, das ist ausgeschlossen, das ist sogar *unvorstellbar*. Man kann das Gegenteil nicht einmal denken. Das ist aber nicht der Fall in Bezug auf eine einfache Verwaltungsmaßnahme. Nichts kann das *Office* daran hindern, mich sofort gehen zu lassen und mich dennoch zwei Monate lang in der Wohnung wohnen zu lassen, bis ich etwas anderes gefunden habe. Das wäre nicht *unlogisch*. Das wäre sogar *menschlich*."

Schweigen am anderen Ende der Leitung, dann:

„Hör mal zu, Sijilmassi, ich will keine Scherereien …"

„Wer redet denn von Scherereien? Ich wollte nur klarstellen …"

Der andere unterbrach ihn:

„Und ich stelle Folgendes klar: heute ist Donnerstag, nächsten Dienstag, am 28. März, komme ich zur Bestandsaufnahme und du wirst mir die Schlüssel überreichen. Wir bleiben gute Freunde."

Khiary unterbrach die Verbindung.

Adam legte den Hörer auf. Gut. *Die Dinge überstürzten sich.* Sein Großprojekt der Verlangsamung fing schlecht an.

Er trat aus dem Schlafzimmer und überprüfte, ob die anderen Zimmer der Wohnung leer waren. Naïma war nicht wiedergekommen. Das ärgerte ihn ein wenig.

Nachdem er sich rasiert und seine Zähne geputzt, nachdem er den Kater gefüttert hatte, der ihm einen leichten Kratzer verpasste, ging er hinunter, um mit dem Hauswart zu sprechen.

Der saß mit dem Rücken gegen die Wand auf einem Hocker am Eingang des Gebäudes. Adam begann das Gespräch.

„Guten Morgen, Maati. Schöner Tag heute, was?"

„Guten Morgen."

„Tja ... Ich wollte dir sagen … Tja nun, ich gehe, ich ziehe aus."

„Ich weiß", antwortete der Hauswart lakonisch.

Adam war starr vor Erstaunen. Wie konnte dieser lange, grobe Mann bereits Bescheid wissen?

Eine absurde Frage. „Der Hauswart weiß Dinge über dich, die du selber nicht weißt." (*Dixit* Belarbi, der vorgab, alles über die marokkanischen Geheimnisse zu wissen.) Er hat gesehen, wie Naïma wegging und nicht wieder kam … Im Gebäude wird geklatscht, gequasselt, getratscht, die Hausangestellten kümmern sich darum, dass die Information zirkuliert, sie plappern beim Krämer (der sich kein Wort entgehen lässt, er ist ein Polizeispitzel); manchmal geben sie sich von einem Fenster zum anderen, von einem Gebäude zum anderen Zeichen, das geht schneller ...

Der Hauswart ist das Zentrum dieses großen Netzwerks, in dem sich die Botschaften kreuzen, vergleichen lassen, Gehör finden ... Vielleicht hat Khiary ihn informiert? („Halten Sie ein Auge auf Ingenieur Sijilmassi, er muss die Wohnung räumen, achten Sie darauf, dass er nicht mit den Wasserhähnen abhaut ... mit den Glühbirnen ... den Türen und Fenstern ...")

„Ich weiß", wiederholte der Hauswart, ohne eine Miene zu verziehen. „Na und?"

Adam glaubte in seiner Stimme eine winzige, fast nicht erkennbare Veränderung festzustellen. Sie war ... Wie soll man sagen? ... Ein bisschen weniger ... beflissen? Unterwürfig?

„Ja", sagte Adam, „und ich versuche eine neue Wohnung in diesem Viertel zu finden. Ich brauche ein Dach über dem Kopf ..."

„Etwas in diesem Viertel zur Miete?"

Der Hauswart erhob sich. Adam hatte ihn immer nur im Sitzen gesehen. Er war groß und massig. Ein echter Doukkali. Er beugte sich über Adam:

„Hast du es eilig?"

Da war nichts mehr von Unterwürfigkeit zu spüren. Jetzt war die Stimme unverschämt, irgendwie spöttisch, mit einer Prise verhaltener Gewalttätigkeit.

„Nein, ich habe es nicht eilig."

„Aber du musst deine Wohnung diese Woche räumen. Sobald Khiary sie abgenommen hat, darfst du da nicht mehr hinein. Also hast du es eilig."

(Also doch!)

„Alle Welt hat es eilig, mich hinauszuwerfen", berichtigte Adam bitter. „Wie auch immer. Fakt ist, ich muss eine Wohnung finden. Ich habe mir gesagt, du kennst dich vielleicht aus mit dem, was im Viertel los ist, was ... freisteht."

Der Hauswart ... Was ist los mit ihm? … Sehr merkwürdig … Was soll dieses Theater? ... Er schaut mich durchdringend an, wendet den Kopf sehr leicht und fixiert etwas über meiner Schulter … In Richtung Horizont … Dann weicht er zurück und beäugt mich erneut … Durchdringend … Gleich tätschelt er mir den Kopf ... Dann sieht er in die Ferne, grüßt die Ehefrau von Ingenieur Zaki, die das Gebäude verlässt (sie hat mir einen bedeutungsschwangeren Blick zugeworfen … Sie *weiß Bescheid* …) ... Dann sieht er mich erneut mit halb zugekniffenen Augen an ... Dann ...

Ach ja! Ich weiß genau, was er tut … Ich hatte den Kater eines Tages dabei beobachtet, wie er eine kleine Maus fing … Eine winzige Maus … Er hatte sie zwischen die beiden Vorderpfoten geklemmt … Auch der Kater hatte dieses Spiel gespielt ... Es war faszinierend … Er schielte auf irgendetwas hinter der Maus, wandte dann den Kopf nach rechts, nach links, tat so, als interessiere er sich für *ein kleines Stück gelber Mauer* … Dann, hops!, entdeckte er erneut ... tat so, als entdecke er erneut seine Beute, das arme, jämmerliche Opfer ... Das gleiche Spiel, mehrmals hintereinander … Warum?… Wegen der immer wiederkehrenden Lust an der Entdeckung ... Der Wiederholung ... zwanghaft ... Nicht sehr anders als der Kater, mein Bauer … Und ich schlimmer noch: Maus …

Von der Business-Class der Lufthansa bin ich abgestiegen zu einem kleinen, verstohlenen Nagetier.

Endlich hörte der Hauswart auf mit Adam zu spielen. Jetzt war seine Stimme fest und bestimmend, fast schneidend (jetzt bin ich nichts mehr für ihn, nur noch ein ehemaliger Ingenieur, ein Individuum, ein Kerl der ihn braucht, um eine Wohnung zu finden; ein Obdachloser halt):

„Du hast Glück. Mein Vetter Bouchta, er ist der Hauswart im Gebäude gegenüber, kennt einen *Samsar*, der immer etwas zu vermieten hat. Was suchst du? Eine Drei-Zimmer-Wohnung?"

„Ja, genau."

„Na gut. Komm am späten Nachmittag wieder!"

Das deklamierte er im Befehlston. Wegtreten!

Prima, das ist ganz richtig so. Ich brauche ihn. Zu Befehl, Herr Hauswart. Unterzeichnet: die Maus. Ja, ich bin die Maus. Zum Beweis quieke ich ein unhörbares „Wiedersehen". Demütig, am Boden zertrümmert.

Der Mensch ist doch ein armes Wesen.

Mit über der Brust verschränkten Armen sah ihm der Hauswart nach.

9

## Stürmische Sitzung im Parlament

Naïma kam am nächsten Tag, einem Freitag, im Morgengrauen wieder.

Sie öffnete die Wohnungstür mit ihrem eigenen Schlüssel; schleuderte den Kater, der erhobenen Hauptes nachsehen kam, was es Neues gab, mit einem heftigen Fußtritt beiseite; rannte durch den Flur (hoi, hoi, hoi); öffnete die Tür zum Schlafzimmer einen Spalt, um sicherzugehen, dass *er* wirklich da war; dann, peng!, mit einer großen melodramatischen Geste brachte sie das hölzerne Rechteck zum Aufschwingen und stürzte sich mit leicht gebeugtem Kopf nach vorn, die Augen halb geschlossen, einen Anflug von Röcheln auf der Zunge (Raaaa...).

Adam lag mit offenen Augen und ausgebreiteten Armen auf dem Bett. Er sah zur Decke und träumte vor sich hin. Vielleicht dachte er auch an gar nichts.

Es gab ein kurzes Schweigen, unterbrochen vom fernen Ticken einer Standuhr. Dann:

„Hier bin ich", seufzte Naïma.

Sie setzte sich auf den Bettrand. Adam wandte leicht den Kopf und sah seine Frau an.

(Sieh an, vielleicht hat sie beschlossen die Sache anders anzugehen? Jetzt geben wir nicht mehr Medea oder die Gorgo? „Hier bin ich"? Das ist Melodrama, ägyptische Soap; schleimige türkische Fernsehserie; oder gar mexikanische? Carlos und Isabella? Wird sie gleich „händeringend" dastehen?)

Zugleich (während diese Art Ironiewelle in ihm aufstieg) fühlte Adam etwas anderes – dieser schöne füllige Körper, den man durch die Djellaba aus feinem Stoff erahnte, ließ ihn nicht gleichgültig. Da sie sich nun über ihn beugte, mit einer so raschen Bewegung, dass sie nur geplant sein konnte, sah er am Halsausschnitt der Kleidung den Brustansatz. Reiner Alabaster. *Schnee ist mein Herz, mein Leib weiß wie des Schwans Gefieder.* Er sagte sich, dass er seine Frau ziemlich gern hatte. (Oder war es „der Körper seiner Frau"? War das das Gleiche? (Sind wir nur Körper?))

Er wollte sie nicht verlieren. („Er wollte nicht …"; Doch worin bestand genau die Stärke dieses Willens, die sich im Negativen ausdrückte? Sein „Wollen" (hieß das nicht so in den Philosophiebüchern?) schwankte zwischen der Leere, dem Nichts und einem derart kleinen Gefühl, dass es vielleicht nur eine Illusion war.)

Im Moment spielte sie Isabella.

„Hör zu, das ist idiotisch, wir haben uns gestern gestritten *(‚mi Amor')*, ich habe Dinge gesagt, die ich nicht so meine, nicht ich war es, die sprach, es war der Zorn. Vergessen wir das alles, ich bitte dich. Du bist sehr erschöpft, in den letzten Monaten bist du viel gereist. Nimm ein paar Tage Urlaub, Doktor Laraki wird dich krankschreiben. Wir könnten ein paar Tage nach Marrakesch oder nach Agadir fahren, um auf andere Gedanken zu kommen. Oder in den Norden, in die Nähe von Fnideq. Danach bist du wieder auf dem Damm und kannst wieder ins Büro gehen …"

Adam richtete sich auf dem Bett auf.

Er roch den betörenden Geruch von Naïmas Körper, der sich ein paar Zentimeter entfernt ausbreitete – „ausbreitete" dachte er; das ist schön, ein Körper, der sich ausbreitet; eine Boa breitet sich auch aus, *Constrictor*; vielleicht bereitet es Lust, sich von diesen Armen umfassen zu lassen wie eine Beute, den Erstickungstod sterben, mit einem letzten Röcheln der Agonie oder des Genusses, doch warum hat sie das nie getan? Warum stellt sie sich das Ganze wie eine Vergewaltigung vor, ein Vorrecht der Männer, und sie liegt auf dem Rücken, hingegeben, keuchend ... Und deshalb meint sie, das Recht zu haben, mich danach zur Kasse zu bitten für diese eheliche Vergewaltigung; sich an dem Tier schadlos zu halten (das Tier bin ich) ...

„Adam ... Du bist schon wieder weggetreten ... Bitte, konzentriere dich, antworte mir."

„Was? Wie?"

(Seine Frau behauptete, eine Nachfahrin andalusischer Muslime zu sein, die von der Reconquista vertrieben wurden und sich zur Zeit der Meriniden in Tetuan und Fes niederließen. Darauf war sie sehr stolz. Manchmal sah Adam sie verstohlen an, als wolle er ihre Gesichtszüge studieren.

Er erinnerte sich an jene Sätze, die er als Jugendlicher in einem alten Roman aus einem Antiquariat gelesen hatte. *„Es gab keinen Zweifel daran, dass sie Andalusierin war. Sie gehörte diesem wunderbaren hervorstechenden Typus an, der aus der Mischung von Arabern und Vandalen (Semiten und Germanen) entstanden ist und der außergewöhnlicherweise in einem kleinen europäischen Tal alle gegensätzlichen Perfektionen beider Rassen vereint."*

Als er im Alter von 15 Jahren diese Worte las, hatte er sich *in literarischer Hinsicht* in die Andalusierinnen verliebt, in alle auf einen Schlag. Hatte er es deshalb Jahre später gewagt, Naïma in der Cafeteria des Tennisclubs anzusprechen? Weil er mitangehört hatte, wie sie mit einer ihrer Freundinnen über ihre andalusischen Wurzeln sprach, während er am Tisch daneben einen Orangensaft trank? (Du Heiliger Strohsack, ich habe geheiratet, weil ich in einem Buch zwei Sätze gelesen und sie in mein Notizbuch notiert habe ...)

„Adam!"

„Eh... Was?"

„Marrakesch … Agadir … Ein paar Tage Ruhe und Entspannung … Dann kommst du wieder …"

Er roch den Duft des Körpers, der sich anbot, doch ihm wurde bewusst: nein, dieser Duft war nicht „erregend", es war ein übliches Attribut, das sich in die Beschreibung eingeschlichen hatte, doch diesmal hatte es nichts mit dem Schlafzimmer zu tun. Ja, diese Frau war schön. Nein, es gab keine „Erregung", es war eher ein „süßliches Ekelgefühl", das er verspürte. (Woher kam dieser Ausdruck?) Wirklich nein, nicht einmal das, er verspürte kaum etwas, nichts.

Aber warum hatte er sich dann gesagt, dass er „seine Frau ziemlich gern hatte." (Oder war es „der Körper seiner Frau"?) Und dass „er sie nicht verlieren wollte"? Das war vor wenigen Minuten gewesen …

Woher kam dieser Widerspruch?

Gab es in seinem Kopf eine Art Parlament, eine „stürmische" Sitzung, bei der entfesselte Abgeordnete aneinander gerieten: „Wir lieben Naïma!" „Blödsinn! Sie macht uns nur an, das ist alles!" (Tischeklopfen. Protestbekundungen.) „Ganz und gar nicht! Gerade eben verspüren wir eine Art ‚süßliches Ekelgefühl', wenn wir Naïma ansehen und ihren Duft einatmen."(Unruhe in mehreren Reihen.) „Liebe Freunde, das bezeugt die Ohnmacht unserer Gegner, sie müssen sich darauf beschränken, irgendeinen Ekel erregenden Schriftsteller zu zitieren! Einen linken Spinner!" (Lachen aus den Reihen der Rechten. (Spott.)) „Nein, meine Herren! Nein! Sie ekelt uns nicht an, im Gegenteil, sie erregt uns, diese Naïma ..." (Oh!) „... mit ihrem schönen andalusischen Antlitz!" „Andalusisch? *Wenn ein Problem auftaucht, stellt sich diese Fauna ausnahmslos auf die Seite des Auslands!"*

(Zwischenrufe vom extremen linken Lager und von rechts. „Sehr gut! Sehr gut!“ von verschiedenen Rängen.)

„Wie können Sie es wagen?“ „Schande! Schande!“ „Auf Seiten des Auslands? Ich habe im Krieg gekämpft, Monsieur!“ „Ja, ich wiederhole: ihr andalusisches Antlitz!“ „Bravo!“ „Und ihre Brüste! Vergessen Sie ihre Brüste nicht!“ (Zustimmung von mehreren Rängen.)

Wer war das denn? Der Sitzungspräsident?

(Wer bin ich? Ein *Parlament*. (Wer ist „ich“? „Ich“ ist der unantastbare Sitzungspräsident, der im Namen eines anderen „ich“ spricht, der die unmittelbare, wechselhafte, launische Mehrheit verkörpert, die Entscheidungen trifft, die die Mehrheiten der Zukunft verpflichten, die zukünftigen „ich“ – das ist die Wurzel unserer Widersprüche, unserer Probleme …))

„Adam! Antworte mir.“

Er verlor sich in einer Träumerei, deren Schatten sie über sein Gesicht huschen sah.

„Antworte.“

*Keine Spur von Verlangen.*

„Antworte.“

Naïmas Brust bot sich nun dar, sie lag auf Adams linkem Arm. „... dieser schöne füllige Körper, den man durch die Djellaba aus feinem Stoff erahnte, ließ ihn nicht gleichgültig ...“ Dieses Gefühl war verschwunden. Selbst das „süßliche Ekelgefühl“ war wie weggeblasen, es blieb nichts übrig.

*Keine Spur von Verlangen.*

Die Abgeordneten verlassen den Sitzungssaal einer nach dem anderen, ein Konsens entsteht in diesem großen kranken Körper, der mit ausgebreiteten Armen auf dem Rücken liegt. Entscheidung: Keine Spur von Verlangen. Stimmen wir für ein nationales Begräbnis. („Einstimmig!“)

Der Sitzungspräsident gab sich einen Ruck und richtete sich auf, schüttelte den Kopf, damit darin etwas Ruhe einkehrte, dann beantwortete er endlich die Fragen seiner Frau.

„Hör zu Naïma, es macht keinen Sinn darauf zu bestehen. Ich werde nirgendwohin fahren. Weder zu Laraki, noch nach Marrakesch oder nach Agadir, noch weniger nach Fnideq. Ich habe bei Jbilou meine Kündigung eingereicht, er hat sie angenommen, es ist nicht mehr daran zu rütteln. Wir werden aus dieser Wohnung ausziehen, eine andere in dieser Gegend finden, umziehen … Dann werden wir sehen."

Er sprach umständlich, als müsse jedes Wort einzeln vorgeführt und aufgefordert werden, aus seinem Mund zu kommen. *Sie zwingt uns zu sagen …*

Naïma kniff die Lippen zusammen, dann stand sie auf und richtete den Zeigefinger auf ihn.

„O.k. O.k. Aber du bist nicht allein in dieser Ehe. Ich bin auch noch da. Ich! *Ich bin auch etwas wert, oder?* (Das hatte sie in Französisch gesagt.) Ich trage meinen Teil bei, wenn du deinen Teil beiträgst. Du musst mir versprechen, sobald wie möglich Doktor Bennani aufzusuchen."

Klar, das war ihr „Plan B". Sie sprach, als habe sie den Text auswendig gelernt, ohne sich auch nur zu bemühen „den Ton zu treffen". Sie musste sich am Vortag lange mit ihrer Mutter abgesprochen haben.

„Dein Mann dreht durch (dein Ersatzmann (du hättest den Arzt heiraten sollen)). Und überhaupt Arzt, warum geht er nicht zu Bennani? (Zu wem?) Najlaas Mann, er kümmert sich um die Irren." (Mama, man sagt nicht „irre", man sagt „überarbeitet", „aus der Bahn geworfen".)

Adam legte sich wieder auf den Rücken. Großer erschöpfter Körper.

Er murmelte:

„Wer ist Doktor Bennani?“

„Der Mann meiner Freundin Najlaa Ouadghiris aus dem Fitnesscenter. Er behandelt I..., eh, er ist Psychiater ... oder Psychotherapeut? ... Psycho eben.“

*Da haben wir es.*

„Tja ... Ich brauche keinen Psycho. Ich habe eine völlig rationale Entscheidung getroffen. Ra-tio-nal. Ich habe nachgedacht. Ich habe eine Entscheidung getroffen; was hat das mit einem Psycho zu tun?“

Naïma sah ihn einen Moment lang an und brach dann in Tränen aus.

„Du bist furchtbar! Furchtbar! Du bist der größte Egoist! (Schnief.) Du triffst eine Entscheidung, die mir das Leben zur Hölle macht und gibst vor, sie sei rational! (Schluchz.) Ist es rational, mir das Leben zur Hölle zu machen? Ist es rational, diese herrliche Wohnung zu verlassen und in eine Bruchbude zu ziehen? Ja, eine Bruchbude! Denn da drin wirst du am Ende sein! Glaubst du, es ist einfach, eine Position zu finden wie deine bisherige im *Bitumes*?“

„Position“? Ach ja ... Das ist das Repertoire der Eheinstitute. „Mann in den Vierzigern, gute Position ...“ Um der Flut von Tränen und Anschuldigungen ein Ende zu bereiten, richtete sich Adam auf dem Bett auf, hob die Hand und sagte:

„Gut, du hast gewonnen, ich verspreche dir ...“

„Nein, versprich nicht, schwöre es!“

„Ich schwöre, deinen Doktor Boutaleb aufzusuchen ...“

„Bennani!“

„... einverstanden Bennani. Du kannst mich selbst anmelden.“

Sie stand beruhigt auf, brachte ihre Kleidung in Ordnung, schien zu zögern; dann senkte sie den Blick auf den Liegenden mit der ganzen Verachtung, die das Vertikale dem Horizontalen gegenüber verspürt, das Aktive dem Passiven, das Schnelle dem Trägen, und ließ einige kaum ausgesprochene Worte fallen, nur nebenbei geflüstert:

„Weißt du, ich bin nicht extra gekommen, um dich zu sehen, ich hatte nur vergessen …"

Sie zögerte:

„… meinen Kamm mitzunehmen."

Adam antwortete nicht. Ein aus dem Zusammenhang gerissener Satz erschien in seinem Kopf: *„Oh hättet Ihr Euer Herz vergessen, ich hätte Euch nicht erlaubt, es mir wegzunehmen."*

Sie setzte erneut an:

„Den Kamm aus Elfenbein, den du mir aus Taiwan mitgebracht hast. Es ist der einzige, der mit meinem Haar klarkommt."

Er kniff die Augen zusammen und schüttelte den Kopf. Verlassen wir diese Kathedrale schnell … Zu spät: sein eigener Mund hatte gerade sehr deutlich gesagt:

„Schade, dass deine Eltern dich nicht Odette genannt haben."

Erstaunt unterbrach Naïma ihre Überlegungen zur Haarpflege. Ihr Mund stand offen.

„Wie bitte?"

Sie schien den Satz nicht verstanden zu haben. (Stephanie, Messaline und jetzt Odette: *jetzt musste noch eine Runde gedreht werden*.) Adam fügte schnell hinzu:

„Nichts, nichts … Ich habe gesagt: ‚Zum Glück bist du so adrett.'"

Sie stand da mit hängenden Armen und offenem Mund; dann begriff sie, dass er schon wieder „abwesend" war, und machte schließlich einen Abgang, nicht ohne ein letztes Mal geschnieft und damit ihre Verachtung, gemischt mit Verblüffung, ausgedrückt zu haben. Adam hörte, wie ihre Schritte sich entfernten, der mit Stiefeln getretene Kater heulte kurz auf, die Wohnungstür fiel krachend zu.

Wenige Augenblicke später kam das Krallentier nachsehen, was los war (oder vielleicht kam es, um sich über die Launen der jungen Frau Sijilmassi zu beschweren). Die beiden Säugetiere sahen sich an. Der Lange brach das Schweigen als Erster:

„Siehst du, endlich verstehe ich, was in meinem Leben nicht funktioniert … Resultat: Sie schicken mich zum Psycho. Das ist doch verrückt, oder?"

Er glaubte zu sehen, wie der Kater mit seinen schmächtigen Achseln zuckte.

# 10

# Alles ist Symptom

So fand sich Adam zwei Tage später, an einem Montag, im Vorzimmer von Doktor Bennani wieder – der war der „angesehenste" Psychotherapeut Casablancas, das behaupteten zumindest die Illustrierten.

In seinem hochmodernen Büro bat Doktor Bennani Adam, sich vor ihm in einer Art eigenartigem, altmodischem Zahnarztsessel niederzulassen. Er lächelte.

„Ihre Gattin und die meine kennen sich, deswegen konnte ich Ihnen einen Termin anbieten … Wenn man ein wenig Raum schafft (er grinste und mimte die Handbewegung), findet man immer ein Plätzchen ..."

„Vielen Dank. Es scheint, als seien Sie sehr … eh ‚überlaufen'? Ich weiß nicht, ob das der richtige Ausdruck ist …"

„Ach, sagen wir einfach, ich habe eine recht umfangreiche Klientel. Soll ich mich darüber freuen oder es bedauern? Arbeit, Arbeit, Arbeit … ‚Sein Leben dadurch verlieren, dass man es verdient', wie man so schön sagt."

Adam sah sich um.

„Suchen Sie etwas?", fragte Bennani spöttisch.

„Eh… Vielleicht ist das jetzt blöd, aber ich dachte, hier in Ihrem Büro stünde bestimmt eine Couch."

„Ach ja, die berühmte Couch", seufzte Bennani. „Freud hat uns mit diesem Teil das Leben schwer gemacht … Mittlerweile müssen wir also seine *Abwesenheit* erklären … Im übrigen gibt es sogar in Wien, in seiner Wohnung in der Berggasse (Sie wissen doch, dass das jetzt ein Museum ist?), keine Couch, zumindest keine Couch *mehr*. Nun gut, hier gibt es auch keine, hier sind nur Sie und ich; und wir werden uns regelmäßig treffen, um herauszufinden, was nicht in Ordnung ist, und anschließend sehen, was wir daran ändern können."

Adam verzog das Gesicht und antwortete:

„Die Diagnose ist schnell gemacht: es gibt nichts, *das nicht in Ordnung wäre*. Damit will ich sagen: alles ist o.k. Ich habe keine ... Wie soll ich das sagen? ... (Er schlug sich gegen die Stirn, war sich der Vulgarität der Geste bewusst, aber konnte sich nicht anders ausdrücken.) Sagen wir einfach *hier oben* stimmt alles. Im Oberstübchen."

Bennani lächelte fein.

„Kennen Sie die Antwort von Doktor Knock? ‚Gesunde Menschen sind nur Kranke, die von ihrem wahren Zustand nichts wissen.' Wenn Jouvet das sagt, kann niemand widersprechen."

„Das könnte doch die Devise der Psychos sein, oder nicht?"

Bennani lachte schallend.

„Eins zu null! Dennoch, Sie sind nicht ohne Grund hier."

„Ich bin hier, weil ich es meiner Frau versprochen habe. Es ist eine Art ehelicher Kompromiss. Das muss man von Zeit zu Zeit wohl oder übel machen."

Bennani schwieg einen Moment, spielte mit einem Kugelschreiber und sah ins Leere, dann hob er wieder an:

„Sagen Sie mir, warum Ihre Frau so sehr darauf bestanden hat, dass Sie zu mir kommen."

„Hören Sie mal! Ich bin sicher, sie hat Ihrer Frau bereits alles erzählt."

„Aber nein, ich weiß nichts. Wir haben einen sehr strengen Deontologiekodex. Ich darf mit meiner Frau nicht über meine Patienten sprechen. Im Übrigen würde sie das bestimmt zu

Tode langweilen."

„Darum geht es nicht, es ist sogar das Gegenteil; ganz sicher hat sie Ihnen von mir erzählt, denn es war ja auch sie, die etwas zu sagen hatte. Das hat nichts mit Deontologie zu tun. Naïma – meine Frau – hat ihr das ... eh, Problem ... bestimmt bis ins letzte Detail erzählt … Oder sagt man eher: die Sorge?"

Bennani schlug einen strengeren Ton an.

„Ich wiederhole, ich rede mit meiner Frau nie und nimmer über meine Patienten in die eine wie in die andere Richtung."

„Aber ich bin *auf keinen Fall* einer Ihrer Patienten. Es handelt sich um eine … eine Kontaktaufnahme. Dies ist unser erstes Treffen und wenn es nach mir ginge, wäre es auch das letzte. Um es klipp und klar zu sagen: *es ist das letzte*. Nehmen Sie es nicht persönlich, ich frage mich nur, was ich hier zu suchen habe."

„Nun … Sie haben doch gesagt: kommen wir zur Sache! Genau das will ich. Ich höre."

Adam war dieses Schlagabtauschs müde und begann zu reden, nachdem er tief Atem geholt hatte (so betonte er in gewisser Weise, dass er gegen seinen eigenen Willen sprach). Nichtsdestoweniger erzählte er in ruhigem Ton, was ihm in den vergangenen Tagen widerfahren war. Er ließ nichts aus: die Grübelei im Flugzeug, die Kündigung, die zahlreichen Szenen mit Naïma ... Er endete mit seinem Entschluss, sein Leben radikal zu ändern und fügte hinzu:

„Ist es notwendigerweise ein Krankheitssymptom, wenn man versucht sein Leben zu verändern?"

Bennani nickte, als genieße er einen guten Wein.

„Ein hübscher Satz. Er klingt gut. Meine Frau sagt mir, Sie seien für Ihren meisterhaften Ausdruck in der französischen Sprache bekannt. Ich sehe, dass Ihr Ruf nicht zu Unrecht besteht. Sie reden wie … wie ein Buch."

(Ach so! Jetzt können Bücher reden!)

„Vielen Dank für das Kompliment, aber in diesem Fall habe ich nur zitiert."

Der Arzt schien neugierig. Er kam näher, seine Gesichtsbewegung schien zu bedeuten: „Los, erklären Sie, Einzelheiten …"

„Nun", sagte Adam, ein wenig verlegen, „es ist ein berühmter Satz von Michel Jobert, als er Außenminister unter Pompidou war ... Die Ägypter hatten gerade den Oktoberkrieg begonnen. Bei der UNO in New York sprachen alle von Aggression und stellten sich auf die Seite Israels, Jobert aber sagte: ‚Ist es notwendigerweise eine unerwartete Aggression, wenn man versucht den Fuß wieder auf heimischen Boden zu setzen?'"

Bennani wirkte überrascht:

„Warum haben Sie sich gerade diesen Satz gemerkt? Und das über Jahre. Das ist doch Politik, oder nicht? Keine Poesie ..."

„Weil er … wie soll ich sagen? … perfekt ist. Jedes Wort ist an seinem Platz … Das Adverb nuanciert die Behauptung, der Zusatz ‚unerwartet' enthält eine Kritik der Unwissenheit bestimmter Regierungen usw. Und geschickterweise stellt der Satz eine Frage, ist aber in Wahrheit eine sehr solide Behauptung. Das ist zugleich sokratisch und biblisch."

Bennani hielt die linke Hand ans Kinn und schien über einen imaginären Bart zu streichen. Er ließ eine halbe Minute vergehen, bevor er wieder anhob. Er sprach träumerisch.

„Merkwürdig, alle Ihre Referenzen sind französisch. ‚Jobert, als er Minister bei Pompidou war …' Das sagen Sie ganz natürlich, dabei sind wir in Casablanca, 3000 km von Paris entfernt. Wer kennt hier schon Pompidou? Eher könnte man erwarten, dass Sie Dinge sagen wie: ‚Lamrani, als er unter Hassan II. Minister war ...‘; ‚Ba Ahmed, als er Großwesir war ...‘ Ich weiß ja, dass Jobert in Meknes geboren wurde, dennoch ...“

„Französische Referenzen? Das ist normal, oder? Ich habe das französische Gymnasium besucht. Ich habe die gleiche Erziehung genossen wie ein Lothringer oder jemand aus der Touraine. Und wir unterhalten uns ja auch gerade in der Sprache von Voltaire. Ich war im ‚Lyautey‘, wie man sagt.“

„Ich weiß, wir haben die gleiche Sekundarschule besucht, mit einigen Jahren Abstand. Zweifelsohne haben wir die gleichen Lehrer gehabt. Aber vielleicht haben diese Jahre im Lyautey mich weniger geprägt als Sie.“

„Warum sagen Sie das?“

„Ich gebe Ihnen ein Beispiel. Vorhin haben Sie gesagt: ‚Es ist zugleich sokratisch und biblisch.‘ Ich hingegen hätte gesagt: ‚Es ist zugleich sokratisch und *koranisch.*‘ Viele Sätze im Koran kommen als Fragen daher. Das ist vergleichbar mit der Mäeutik von Sokrates.“

Bennani hob den Blick und zitierte ein paar Koranverse:

„Hast du nicht gesehen, wie dein Herr mit den Besitzern des Elefanten verfuhr? Machte Er nicht ihren Anschlag zunichte?“

Dann senkte er den Blick wieder zu Adam:

„Aber kommen wir zu einem Punkt, der mich neugierig macht. Dieser Satz von Michel Jobert, den Sie gewissermaßen als Schablone benutzen, um andere Sätze zu bilden, ist der wirklich so einzigartig? Damit will ich sagen: gibt es noch viele andere Beispiele? Festgelegte Sätze, die Sie … die Sie begleiten, inspirieren?“

Adam antwortete leicht gereizt:

„Ich weiß nicht wirklich, warum wir darüber reden, aber

es stimmt, es gibt viele Sätze, im Allgemeinen aus der französischen Literatur, die mir durch den Kopf gehen. Es ist eine Art ... *Vademecum*."

„Können Sie mir andere Beispiele geben?"

Adam überlegte kurz.

„Nun also, als ich zum ersten Mal das Gebäude des *Office des Bitumes du Tadla* an der Ausfahrt von Casablanca gesehen habe ... Sie wissen schon, dieses große schwarze Gebäude, das aussieht, als sei es mitten in den Feldern abgelegt worden ..."

„Ich weiß, ich spiele jeden Sonntag genau daneben Tennis."

„... Nun, ich habe folgenden Vers in meinem Kopf wahrscheinlich gesehen oder vielleicht gehört, ich weiß es nicht genau: ‚... ruhiger Block, aus dunklem Unheil her gestürzt ...'"

„Sehr schön ... Ein Alexandriner, nicht wahr? Von wem ist es?"

„Mallarmé. Das Gedicht heißt ‚Das Grab von Edgar Poe'." (Ich benehme mich wie ein Schulmeister, furchtbar ...)

„Hmmmm.... ‚Dunkles Unheil' ..., ‚Grab' ... Hmmm... ‚gestürzt' bedeutet ja auch verloren, nicht wahr? Haben Sie noch andere Beispiele?"

Adam zögerte, dann lächelte er.

„Wenn ich in ein Restaurant eintrete, fällt mir immer der Ausruf ein: ‚He, Teufelswirt!' Das ist, wie Sie wissen, von Alexandre Dumas."

„Nein, das wusste ich nicht. Also, selbst in Fkih Ben Salah odet Taounate treten Sie in ein Restaurant ein und rufen: ‚Hello, Teufelswirt!'?"

„‚He', nicht ‚Hello'. Und ich rufe gar nichts: ich sehe die Worte in meinem Kopf oder ich höre sie; doch ich sage nichts. Das würde sicher nicht gut ankommen ..."

„Wenn ich Sie recht verstehe, leben Sie in einer Art Wortbrei ... Man könnte auch sagen zwischen Ihnen und der Welt gibt es ein Raster von Worten oder Ausdrücken, alle aus der französischen Literatur? Genauer gesagt zwischen Ihnen und Ihrem Land, Ihrer Familie …"

Adam, bei dem diese Diskussion Unbehagen auslöste, unterbrach den Arzt:

„Entschuldigen Sie, ich sehe wirklich nicht, was das alles mit … mit meinem Hiersein zu tun haben soll."

„Weswegen sind Sie denn hier?"

„Das habe ich Ihnen doch schon gesagt. Meine Frau wurde von meiner Entscheidung, unser Leben radikal zu verändern, aus der Bahn geworfen."

„Ach ja … (Er hüstelte, kratzte sich leicht an der Stirn und starrte Adam an.) Sie meinen also, Ihre Frau ist aus der Bahn geworfen … Hmmm... Sie hatten mit diesem wunderbaren Satz geschlossen: sagen Sie ihn doch noch einmal."

„Ist es notwendigerweise ein Krankheitssymptom, wenn man versucht, sein Leben zu verändern?"

„Nein, ist es natürlich nicht. Wenn auch einige meiner Kollegen sagen würden: ‚Alles ist ein Symptom ...'. Lassen wir das. Ich möchte nur einfach verstehen, was Sie mir da sagen wollen. Denn für mich vermischen sich da mehrere Dinge. Einerseits ist es in gewisser Weise eine allgemeine Überlegung über den Begriff der *Geschwindigkeit,* nicht wahr? Der moderne Mensch ist zu schnell, wir beschleunigen ständig usw. Diese Entwicklung missfällt Ihnen."

Wieder hüstelte er.

„Erlauben Sie mir, Sie darauf hinzuweisen, dass diese Feststellung banal ist. Heutzutage ist das sogar ein Allgemeinplatz. Sehen Sie sich nur dies hier an. (Er nahm ein Exemplar der Zeitschrift *Nouvel Observateur* von seinem Schreibtisch.) Die haben einen ganzen Sonderteil dazu, mit sehr interessanten Artikeln. Sehen Sie nur … (Er blätterte in der Zeitschrift.) Ich habe sogar ein neues Wort entdeckt: die *Dromologie*. Kannten Sie das? Nein? Es bedeutet soviel wie: ‚Wissenschaft von der Rolle der Geschwindigkeit in der modernen Gesellschaft.' Jaja, man lernt jeden Tag dazu … (Selbstgefälliges Lächeln.) Andererseits erzählen Sie mir von Ihren Vorfahren, die auch die meinen sind, von Ihrem Vater, Ihrem Großvater. Da geht es um etwas anderes: Europa hat uns kolonisiert und dadurch sind wir zu schnell geworden? … Ist es das? … Wir hätten uns zu schnell entwickelt?"

„Ja, im Großen und Ganzen ist es das."

„Hmmm... Sie meinen also, wir stehen nicht mehr in Kontakt zu unseren Vorfahren. (Haben wir uns vielleicht ‚gestürzt'? Oder sollte ich lieber sagen: sind wir ‚gefallen'? Gut, gut ... Doch liegt das an der Geschwindigkeit oder an der Geschichte oder ... (Bennanis Blick wurde durchdringend) ... hat es mit der *Sprache* zu tun? Wir sprechen ihre Sprache nicht mehr wirklich. Und Sie scheinen mir ein ganz besonderer Fall mit all diesen Sätzen, Worten, Ausdrücken aus der französischen Literatur, die sich zwischen Sie und die Leute von hier, Sie und Ihre Familie … Ihre Ehefrau vielleicht, schieben?"

Adam antwortete nicht. Bennani spielte wieder mit dem Kugelschreiber und sagte dann lächelnd:

„Sie wissen doch, dass Sie es sind, der eigentlich reden sollte, nicht ich. Ich bin wirklich ein schlechter Psychoanalytiker …"

Er lachte diskret mit nach hinten geworfenem Kopf, gefalteten Händen, ein wenig prahlerisch, wie einer, der das Gegenteil denkt von dem was er sagt.

„Also, was ich nicht verstehe ist: wollen Sie denn, weil die moderne Welt sich zu schnell dreht, als Mensch, *Homo Sapiens* wie Sie sagen, ‚entschleunigen', oder als ‚postkolonialer' Marokkaner (so sagt man doch, oder?) ... als postkolonialer Marokkaner, der den Westen und seine Geschwindigkeit ablehnt? ... Der zum Rhythmus des Lebens seiner Vorfahren zurückkehren will? Das sind ja zwei unterschiedliche Dinge."

Verdammt. Er hat mich festgenagelt. Er hat mit dem Finger auf eine Ungenauigkeit gezeigt, die ich nicht gesehen hatte.

## 11

# Dysfunktion

Adam rutschte unbehaglich auf seinem Stuhl hin und her. Jetzt schien der andere ihn zu beurteilen. Das musste ein Ende haben.

„Hören Sie, ich lehne den Westen nicht ab, weder im Großen noch im Kleinen, wie diese Idioten von Salafisten, die leben wollen wie zur Zeit des Propheten. Ich weiß doch selbst, dass das unmöglich ist. Man kann Milliarden von Menschen nicht mit Hacke und Spaten ernähren. Zugleich habe ich dennoch Sehnsucht nach der Epoche meines Vaters und meines Großvaters … Auch wenn ich diese Epoche nicht wirklich erlebt habe. Mir scheint es, als entspräche sie eher dem, *was ich wirklich bin* … Doch … entschuldigen Sie, worüber reden wir eigentlich hier? In jedem Fall macht das aus mir keinen Kranken."

„Sagen Sie mir warum?"

„Weil ich mir *philosophische* Fragen stelle. Auf dieser Ebene können Sie mir antworten, Sie können versuchen meine Argumente ins Aus zu schlagen – wobei … in gewisser Weise kann man in der Philosophie nichts widerlegen. Doch daraus ein psychologisches ... ein psychiatrisches Problem zu machen ..."

„Ich kann Ihnen auf diesem Weg nicht folgen", antwortete Doktor Bennani, „ich bin in Philosophie nicht beschlagen genug. Sie sprachen von Ihrem Vater … Erlauben Sie mir, etwas anderes zu fragen. Stellen Sie sich in letzter Zeit immer öfter solche Fragen?"

Adam konnte nicht umhin, dem zuzustimmen. Bennani fuhr fort:

„Wenn Sie sich das fragen, in welchem Zustand sind Sie da?“

„Wie bitte?“

„Sind Sie zum Beispiel *traurig*, wenn Sie nachdenken?“

„Ich bin immer traurig, fast jeden Tag. Insbesondere bei Sonnenuntergang.“

„Seit wann?“

„Schon immer.“

Doktor Bennani schreckte auf, sah Adam an und klopfte mit seinem Kugelschreiber auf den Tisch. Sein Lächeln war verschwunden. Eine dicke Fliege begann vor einer der Fensterscheiben mit Blick auf den Boulevard zu brummen. Der Psychotherapeut folgte ihr mit seinen Blicken, bis sie sich auf eine der Fensterbänke setzte und tot stellte. Dann wandte er sich wieder seinem Gesprächspartner zu.

„Ich bitte Sie, verlieren wir keine Zeit. Antworten Sie mir ehrlich.“

Adam protestierte:

„Ich bin ehrlich. Warum zweifeln Sie daran?“

„Gerade haben Sie mir gesagt, dass Sie jeden Tag Traurigkeit verspüren.“

„Fast jeden Tag.“

„Sie haben auch gesagt ‚schon immer‘. Seit der Pubertät?“

„Nein, seit meiner Kindheit.“

Der Arzt schwieg lange. Erneut hatte er das Kinn auf die Hand gestützt und die Pose des „Denkers von Rodin“ eingenommen.

„Und Sie sind den ganzen Tag lang traurig?“

„Nein, ich habe Ihnen gesagt, vor allem bei Sonnenuntergang. In der Abenddämmerung, zur Wolfsstunde, wie man sagt.“

„Hhmmm... Wölfe ... Wirklich sehr freudianisch ... (Das

Lächeln war wieder da.) Gut. Ich möchte zurückkommen auf … Sie sprachen von Ihrem Vater und Ihrem Großvater. Sie haben viel an sie gedacht, im Flugzeug der KLM ..."

„... der Lufthansa."

„Fühlten Sie sich in jenem Moment schuldig?"

Überrascht murmelte Adam automatisch (und bereute es sofort, als habe er sich enttarnt):

„Ich empfinde fast immer ein Gefühl der Schuld."

Doktor Bennani hob die Arme zum Himmel.

„Nein, nicht schon wieder! Helfen Sie mir ein wenig … Gut, ich werde genauer sein: empfanden Sie ein *übertriebenes* oder *unangebrachtes* Gefühl der Schuld?"

Adam antwortete nicht. Sein Blick wurde entrückt, wie abwesend; die Frage des Arztes hatte eine heftige Diskussion im Parlament ausgelöst.

Die Abgeordneten stellten bei sich selbst philosophische Skrupel fest. Wann ist eine Emotion „übertrieben"? (Vielleicht wenn sie zu ihrem Gegenteil mutiert? „Was wollen Sie damit sagen?" „Zum Beispiel, dass die Liebe nur dann übertrieben ist, wenn sie zu Hass tendiert." „Mein Lieber, ich wollte auf keinen Fall das Objekt Ihrer Zuneigung sein." „Da laufen Sie keine Gefahr, mit Ihrer Visage." „He, immer höflich bleiben!")

Adam saß auf der Publikumstribüne und lächelte flüchtig. Dann befasste sich das Haus mit einem anderen Problem: was bedeutete „unangebracht" in diesem Zusammenhang? (Vielleicht meinte Doktor Diafoirus: „Was keine Existenzberechtigung hat"? Aber warum hatte er das dann nicht direkt ausgedrückt, sondern ein so schwammiges Wort benutzt?)

Als er sah, dass sein Klient mit einem leichten Lächeln auf den Lippen verstummt war, fragte ihn Bennani:

„Haben Sie sich kürzlich minderwertig gefühlt?"

Adam war von der Haltung des Arztes leicht geschockt, denn der wechselte ohne ersichtlichen Grund das Thema. Und was sollte diese letzte Frage?

(Man sieht, dass dieser Typ nicht mit Naïma verheiratet ist. Denn da fühlte er sich ständig minderwertig. (Hatte sie nicht durch ihn ein Unternehmen geheiratet, als sei er nur ein Vorwand?) Wie lautete noch dieser kürzlich gelesene Satz? Ach ja: *Herr Falkenberg hatte eines Tages beschlossen zu heiraten und sich so zu dreißig Jahren Folter verurteilt. Er hatte geglaubt, sich ungestraft an eine Kreatur zu binden, die zu lieben er unfähig war* ... (Bin ich unfähig zu lieben? (Ist sie liebenswert? Nein, das ist nicht das passende Wort: ist sie „fähig Liebe zu entfachen"?)))

(Dabei schien sie ständig *enttäuscht* von ihrem Mann. Enttäuscht, unzufrieden, *verstimmt* … (Naïma war so leicht zu verstimmen, dass Adam oft den Eindruck hatte, er habe eine Ungeheuerlichkeit begangen, bevor er überhaupt den Mund aufgemacht – bevor er überhaupt irgendetwas getan hatte. In gewisser Weise schenkte sie ihm ihre Launen.))

„Monsieur Sijilmassi?"

„Ja?"

„Seit ein paar Minuten weilen Sie nicht mehr unter uns. Kommen Sie zurück zur Erde?"

„Ach ja … Entschuldigen Sie." (Er schüttelte den Kopf und riss mehrmals die Augen auf.)

„Haben Sie oft solche … Abwesenheiten?"

„Es kommt vor, ja. Ich verliere mich in Gedanken … Wie in einem Labyrinth. Hatten Sie mir eine Frage gestellt?"

„Ja, haben Sie sich kürzlich minderwertig gefühlt?"

„Nicht mehr als sonst."

Bennani kniff unmerklich die Lippen zusammen.

„Ich verstehe Ihre Antwort nicht. Wollen Sie damit sagen, dass Sie sich immer minderwertig fühlen?“

Adam überlegte kurz und legte dann los:

„Ich fühle mich minderwertig und sogar: auf nichts, null, Nullwert reduziert, wenn ein Autofahrer auf mich zurast, während ich den Zebrastreifen überquere; wenn sich Leute vordrängen, wenn ich irgendwo in einer Schlange zu stehen vorgebe; wenn ein Beamter mich auffordert ‚morgen' wieder zu kommen, wo doch meine Akte vor ihm liegt und nur noch einen Stempel braucht, um an die richtige Stelle zu gelangen; wenn drei Muezzine, wahrscheinlich Rivalen, mich früh am Morgen von drei Minaretten aus durch ihr brüllendes Geschrei wecken, wo doch ein einzelner, flüsternder Muezzin völlig reichen würde; wenn alle Straßen in meinem Viertel gesperrt sind, weil ein Dickwanst unterwegs ist; wenn mein Nachbar an einem öffentlichen Ort eine stinkige Zigarre raucht; wenn meine Nachbarn ihren Müll auf die Straße werfen und ich mitten durch *den menschlichen Unrat* waten muss; wenn ein Gendarm mich auf der Straße anhält, um meine Nase zu untersuchen; wenn ...“

„Ist ja schon gut, ist ja schon gut, hören Sie auf! (Jetzt lachte Bennani.) Ich weiß genau, wovon Sie sprechen, ich bin Marokkaner wie Sie. Sowohl die Gesellschaft als auch der *Makhzen* gehen mir manchmal auf die Nerven ... Aber es geht doch nicht um persönliche Angriffe ... Damit will ich sagen: gegen Sie als Person gerichtet, *intuitu personae*. Meine Frage bezog sich auf ein kürzlich empfundenes Gefühl der Minderwertigkeit ... Verspüren Sie etwas in dieser Art?“

Adam zuckte mit den Achseln.

„Was soll ich Ihnen sagen? Dieses Gefühl ist derart permanent und tief, dass ein wenig mehr, ein wenig weniger ...“

„Sie machen es mir nicht leicht. Was sind Ihre Lieblings-

Hobbys?"

„Lesen. Schachspielen, auf dem Computer. Mit dem Kater spielen ..."

„Lassen wir den Kater. Lesen Sie noch so gerne wie vorher? Ich meine in den letzten paar Wochen?"

Adam gab zu, dass er weniger las; und mit weniger Freude. Es war etwas anderes, das ihn beschäftigte. Was denn eigentlich? Naja, alles was er vorhin erklärt hatte!

„Hmmm... Haben Sie makabre, sagen wir … selbstmörderische Gedanken?"

„Da muss ich passen."

„Wie bitte?"

„Ich passe. Joker."

Bennani verstummte. Man hörte das Ticken einer unsichtbaren Uhr. (Vielleicht kam dieses Geräusch aus dem Computer?) Die Fliege brummte wieder und klatschte gegen die Fensterscheibe. Von der Straße kamen diffuse Geräusche, Hupen, das dumpfe Geratter des Straßenverkehrs, Wortfetzen … Er klopfte wieder auf den Tisch, diesmal mit seinem Daumen, dann forschte er in Adams Gesicht.

„Fällt es Ihnen schwer, sich zu konzentrieren?"

Adam hatte dieses Spiel satt. Er wusste genau, wo sein Gegner hinwollte. Er beschloss, es ihm leichter zu machen.

„Ja, es fällt mir schwer mich zu konzentrieren. *Seit kurzem*. Nicht seit der Kindheit."

Bennani lächelte und ließ sich auf das Spiel ein.

„Machen wir weiter. Sind Sie gereizt?"

„Ja."

„Schlafen Sie gut?"

„Nicht wirklich. Sogar sehr schlecht. Wenn Sie mir übrigens dagegen ein Schlafmittel aufschreiben könnten …"

„Ja natürlich. Das werde ich am Ende unserer … eh, unseres Gesprächs tun. Doch beenden wir dies zuerst. Fühlen Sie sich schlapp?"

„Wissen Sie, wenn man für die *Bitumes du Tadla* arbeitet ... wenn man da nicht müde ist, kommt das einem professionellen Fehler gleich."

„Eine letzte Frage: haben Sie Kopfschmerzen, Bauchschmerzen, Gelenkschmerzen ... andere Schmerzen?"

„Ein wenig von allem", wich Adam aus. „Das einzige was mir fehlt ist die Gicht. Um genau zu sein fühle ich mich etwas schwach."

„Nun gut, das ist alles für heute", erklärte Bennani. „Ich werde Ihnen wie versprochen ein Schlafmittel verschreiben, ein paar Pillen für Ihren körperlichen Zustand, und dann werden wir ein Programm aufstellen, Sie werden mich regelmäßig aufsuchen."

„Warum denn?"

„Um zu reden. Ich bin doch Psychotherapeut, nicht wahr?" (Immer noch dieses bräsige Lächeln ...)

„Ich habe Ihnen doch gesagt, dass dies unsere letzte Unterhaltung ist. Spielen Sie nicht den Schlaumeier. Sie haben sich doch eine Meinung gebildet, oder nicht?"

Bennani zögerte kurz und sagte dann:

„Ja, ich habe eine kleine Idee ... Ich glaube, Sie sind mitten in einer Dekompensation ... wahrscheinlich durch Stress ausgelöst."

„‚Dekompensation'? Meinen Sie damit eine Depression?"

Adam erhob sich, zögerte. (Sollte er die Hand des Arztes schütteln?) Dann sagte er in gleichmütigem Ton:

„Vielleicht haben Sie Recht. Doch ich sehe die Dinge anders. Ich schlage mich mit einer *philosophischen* Frage herum; ich brauche also eine philosophische Antwort. Durch Ihren beruflichen Tunnelblick sehen Sie ein psychologisches Problem, wo ich eine reine Fragestellung sehe. Vielen Dank für alles, doch ich wiederhole, ich werde nicht wiederkommen. Ich bin gekommen, weil ich es versprochen hatte … In Wahrheit habe ich es meiner Frau *geschworen*. Es tut mir leid, wenn ich Ihre Zeit vergeudet habe. Selbstverständlich werde ich Ihr Honorar bezahlen …"

Bennani machte eine Handbewegung, die sicherlich bedeutete: „Aber nein, aber nein, lassen wir das bitte!" Er schien ehrlich betrübt über die Wendung, die die Sitzung genommen hatte.

Adam verließ die Praxis und betrat den Fahrstuhl. Er war schweißüberströmt.

Vor dem Gebäude erfasste ihn eine Welle von Kummer. Es war eine so starke Empfindung, dass er sich auf ein rotes Ziegelmäuerchen setzen musste, das den Garten des Gebäudes vom Gehweg trennte. Er öffnete seinen Hemdkragen, schloss die Augen und biss die Zähne zusammen, um nicht in Schluchzen auszubrechen.

Warum hatte er diese Erniedrigung über sich ergehen lassen? *Mein entblößtes Herz* ... Was machte es für einen Sinn, wenn zwei Männer auf beiden Seiten eines Schreibtisches miteinander redeten, miteinander redeten, miteinander redeten ... während eine Fliege getäuscht von der Durchsichtigkeit einer Fensterscheibe in Panik geriet; während das Leben darüber hinaus unten weiterging; während …?

Das Ganze wirkte wie eine Schmierenkomödie: im Herzen einer marokkanischen Stadt sprachen beide Männer Französisch unter der Patenschaft eines Wiener Arztes … Sollten ihre Großväter Melancholie gekannt haben, wenn man davon ausging, das sei das Problem, gingen sie sicher anders damit um, in einer anderen Sprache.

Ein paar Minuten später beruhigte er sich. Dieser Besuch

war nicht ganz unnütz gewesen. Doktor Bennani hatte den Finger in eine Wunde gelegt … eine Sache, die geklärt werden musste.

Sicher gab es die Geschwindigkeit im Allgemeinen. (Jenes hoch oben fliegende Flugzeug. *Mit Überschallgeschwindigkeit.* (Schneller als der Schall, schneller als die Worte.)) Doch vielleicht versteckte sich hinter der so plötzlich auftauchenden Phobie etwas anderes. Er hatte so ein Vorgefühl gehabt, am Strand, als die Wortspiele übereinander gepurzelt waren – die „Nährsee", *„Freier Mensch! Dic Mutter ist dir leuer ullzeit"* usw. Das alles vermischte sich mit der schwachen Erinnerung an seinen Vater und seinen Großvater – besser gesagt, da er ihn ja nie kennengelernt hatte, mit dem, was in seiner Kindheit über Letzteren erzählt wurde, über *Hadj* Maati.

Wie, wenn er in diese Richtung suchen – in diese Richtung *gehen* musste?

## 12

# Was hast du in diesem Supermarkt gesehen?

Der Hauswart seines Gebäudes hielt Wort. Über seinen Vetter, den *Samsar,* fand er eine Einzimmerwohnung im Viertel. Der Umzug war schnell gemacht: ein Bett, ein paar Kleider, eine Bücherkiste, zwei vergilbte Diplome in schwarzen Rahmen. Den Rest hatte Naïma zu ihrer Mutter bringen lassen, sobald sie begriffen hatte, dass Adam nicht im Geringsten vor hatte, seinen Entschluss zurückzunehmen.

„Geh' nur und bezieh' eine Einzimmerwohnung, wie ein *Zoufri.* Wenn du wieder normal bist, weißt du ja, wo ich zu finden bin: bei Mamma. Aber komm ja nicht zurück, bevor du deinen Posten bei den *Bitumes* wiederhast. Ich will auf keinen Fall die Ehefrau eines Arbeitslosen sein."

Sie hasste Tiere, hatte aber dennoch den Kater mitgenommen. Es war so etwas wie eine Geiselnahme. *Er verspürte darob heftigen Kummer.* (Zumindest war das der Satz, der vor ihm auftauchte, als ihm klar wurde, dass Naïma das Katzentier mitgenommen hatte. Woher kam dieser Satz? Er schloss die Augen und konzentrierte sich auf die fünf Worte, die noch in der Luft schwebten. Es kam ihm vor, als habe er sie in einer Biographie von Descartes gelesen. (Er verlor die kleine Tochter, die ihm seine Dienstmagd geboren hatte. *Er verspürte darob heftigen Kummer.*) Aber konnte man diese beiden Tragödien oder besser gesagt die anderthalb Tragödie auf der gleichen Ebene sehen?)

Am Nachmittag desselben Tages übergab er Khiary die Schlüssel seiner alten Wohnung, aß dann in einem italienischen Restaurant in der Stadtmitte zu Abend „in dem er regelmäßiger Kostgänger war" – welch hochtrabender Ausdruck, sagte er sich, der *zwischen bestimmten Orten und mir besondere Beziehungen herzustellen scheint* ... (sieh an, das ist der Beginn von *Nadja* ...); der mich auf völlig künstliche Weise als Gebieter mancher Orte erscheinen lässt ... Man kann keinen Pfennig in der Tasche haben und dennoch im Hotel Ritz Platz nehmen, man braucht nur dort „ein Kostgänger" zu sein.

Nachdem er die Rechnung bezahlt hatte, betrachtete er einige Minuten lang die Wände aus rotem Ziegelstein, den großen barocken Spiegel und die als Dekoration aufgehängten Korbflaschen. Eigentlich war es ein Abschied. Er würde sparen müssen, viel billiger leben, „jeden Pfennig zweimal umdrehen". Das Gehalt dieses Monats März würde das letzte sein. („Wir sind nicht in Schweden, hier gibt es keine Arbeitslosenhilfe ...") Er hatte ein wenig Geld gespart, doch das würde nicht lange reichen; sicher würde Naïma sich das meiste unter den Nagel reißen, denn das Gesetz verpflichtete ihn, den Ehemann, für seine Frau zu sorgen.

Ja, es war ein Abschied; und (wieso hatte er nicht vorher daran gedacht?) das gehörte sich auch so: er konnte wohl kaum zu seinen Vorfahren zurückkehren, indem er Pizza aß und Chianti trank.

Er kehrte in seine (neue) Heimstatt zurück, las ein paar Seiten in einem Roman und fiel dann in einen unruhigen Schlaf.

Am nächsten Morgen (dem ersten Morgen seines neuen Lebens) saß er auf der Bettkante und dachte an jenen Satz, der am Vortag in ihm aufgestiegen war, um seine Empfindungen nach dem Verlust des Haustiers mitzuteilen (*er verspürte darob heftigen Kummer*). War das nicht übertrieben? War er nicht eher „leicht verärgert", „bekümmert", „betrübt"?

Er stand auf und wollte sich einen Milchkaffee zubereiten. Das würde ihn beschäftigen. Er machte drei Schritte, öffnete den Kühlschrank und stieß einen Seufzer aus: er war leer. Gut. Er ging aus dem Haus, um einige Besorgungen zu machen.

Er stand in der Schlange an der Kasse, als in seinem Sichtfeld „ein Kerl" auftauchte. (Das war das Wort, das Adam vor sich sah, es schwebte irgendwo in der Luft; er glaubte sogar einen Pfeil zu sehen, der von dem Wort herunterzeigte, der vom Himmel herunterzeigte und den Kerl beschuldigte.)

Nun gut, sehen wir ihn uns näher an.

Etwa 50, ein unförmiges Hemd in matten Tönen, eine graue Hose, eine braune Weste mit widerstreitenden Karos. Adam taufte ihn sofort ironisch „Saïd". (Saïd bedeutet „glücklich" – dieser Kerl war offensichtlich einer von denen, die das Schicksal jeden Tag beutelt.)

Saïd nähert sich der Abteilung „Obst und Gemüse". Er geht langsam, aber bestimmt auf das Gemüse zu, als wolle er sagen „ich bin nicht hin und her gerissen", „ich habe meine Wahl getroffen", „ich stehe auf Gemüse".

Aufmerksam betrachtet er die Karotten, als seien es exotische Früchte (Adam geht davon aus, dass sie zweifellos für seinen Großvater aus der Nähe von Zagora exotisch waren; phylogenetisches Misstrauen (sie kommen ursprünglich aus dem Iran, diese Karotten, sie sind sozusagen Schiiten)); er überlegt; meditiert; dann nimmt er eine Karotte in die Hand. Die Schlawinerin lässt es geschehen; doch sie bleibt steif, schmiegt sich nicht an. Er sieht sie an, dreht und wendet sie, untersucht sie von allen Seiten, hält sie ans Neonlicht, als könne er durch sie hindurch sehen, was darin steckt. Er riecht daran, fast leckt er ein wenig, um zu prüfen; um zu schmecken.

Adam ist von dem Geschehen fasziniert: nichts passiert, doch es entsteht ein Roman in seinem Kopf.

Saïd sieht sich um, macht mit seinem schweren Bauerntritt ein paar Schritte und nimmt eine der Plastiktüten, die das Geschäft den Kunden zur Verfügung stellt. Er legt die Auserwählte in die Tüte und geht zurück zu den Karotten. („Ich bin noch nicht fertig mit euch.“) Er nimmt eine andere und untersucht sie wie die erste, dann legt er sie wieder auf den Haufen. Abgelehnt!

Saïd macht weiter mit der Auswahl der Karotten, er wirkt wie der Gesandte des Pascha, der tscherkessische Sklavinnen für den Harem seines Herrschers aussucht, bis er schließlich nicht weniger als *drei* Karotten in seiner Tüte hat.

Dann geht er zu den Zucchini und Zwiebeln (jetzt ist er Kapitän Cook, der neue Ufer entdeckt), wo er mit dem Ganzen von vorne beginnt.

Adam lässt andere Kunden vor sich an die Kasse. Er bewegt sich nicht. Er lebt Saïds Leben. Er *ist* Saïd, mit Untertiteln, Kommentaren, schlüpfrigen Wortspielen. Die Worte tauchen auf, fliegen daher, wirbeln herum, verschwinden … („Ich lese Saïds Leben.“(„Ist es denn besser als deines?“))

Insgesamt liegen jetzt drei Karotten, zwei Zucchini und vier Zwiebeln in der gleichen Tüte, die machoartig in der Hand gehalten wird, vor sich hergetragen, sogar vorgezeigt. (Es ist die „Kriegsbeute“, von der der Koran in der Sure *Al-Anfal* spricht – „Finger weg, gehört mir“.)

Der große Eroberer Saïd kehrt aus dem besiegten Byzanz und dem zerstörten Ctesiphon zurück, und geht zur Kasse. Bald ist er an der Reihe. Jetzt steht er vor der Kassiererin. „Amina“? Amina passt schon, entscheidet Adam.

Amina ist sich ihrer Bedeutung voll und ganz bewusst, sie weist Saïd in überheblichem (vielleicht sogar „herrischem“) Ton darauf hin, dass sie seine Einkäufe ohne Aufkleber mit dem Preis und dem Barcode nicht eingeben kann (woher kommt dieser Bauerntölpel; wenn ich selbst die Einkäufe der Kunden abwiegen müsste, stünden wir morgen noch hier; heute Abend gibt es eine türkische Soap im Fernsehen ...) Und befiehlt ihm, zu den frischen Waren zurückzugehen und seine Einkäufe abzuwiegen; oder wenn er das nicht kann, soll er sich an den Angestellten neben der Waage wenden.

Mehrere Kunden wohnen dieser Szene bei. Sie schnauben ungeduldig. Über ihnen schwebt die Quintessenz ihrer Überlegungen: „Wie können wir dieses Land jemals entwickeln mit so trägen Dorftrotteln?“ Auch morgen werden wir Schweden noch nicht einholen.

Saïd ist gedemütigt und beleidigt, er geht zu den Frischwaren zurück. Er sieht die Waage, metallisch, bedrohlich, massiv, und den Angestellten – einen arrogant wirkenden jungen Mann mit einer grünen Schürze („ich allein bin es, der weiß, wie diese europäische Maschine funktioniert“); Adam verzichtet darauf, ihm einen Namen zu geben.

Saïd wartet neben einem Kunden, der wie ein Arzt aussieht, darauf, dass der Angestellte sich um ihn kümmert. Der ist damit beschäftigt, Gemüse abzuwiegen, das eine Kundin hinterlassen hat, die ihre restlichen Einkäufe im Laden noch besorgt. (Anscheinend macht man so etwas in diesem Viertel von Casablanca. Man vertraut seine Tüten dem Angestellten an und geht anderswohin. Das ist sehr schick. Man kommt sich vor, als beherrsche man mehrere Königreiche. Man hat einen Statthalter bestimmt („Herzog der Tüten“) und man sucht „unsere Ländereien weiter südlich“ auf, um ein wenig Krieg zu führen.)

Eine Dame erscheint. Sie ist etwa 30, eher hübsch, Augen wie Carmen, ein Schmollmund, sie trägt eine rosafarbene Djellaba und rote Pantoffeln. Ein unter dem Kinn verknüpftes Kopftuch umrahmt ihr Gesicht. Sie trägt einen Korb mit mehreren Tüten voll Gemüse.

Adam sieht sie aufmerksam an.

Wie heißt sie wohl? „Souad"? Warum nicht? Souad spricht Saïd in lokalem Arabisch an und fragt, wo das Ende der Schlange ist. Saïd verzieht das Gesicht, er denkt noch über seine Erniedrigung von vorher nach, er hat keinerlei Lust mit dieser Tussi zu reden. („Unser Problem ist die Verländlichung der Städte: die Männer kommen vom Land, sie wissen nicht, was Galanterie ist, sie behandeln die Frauen wie Kühe." „Schlechter als Kühe, meine Liebe! Die Kühe werden von den Bauern verwöhnt.")

Daraufhin wendet sich die Dame an den anderen Kunden, den Arzt: er erklärt, dass er als erster dastand. In gewisser Weise ist er der Kopf der Schlange.

Die Dame erklärt Saïd daraufhin, dass es eine Schlange gibt, dass der zuerst Eingetroffene als erster bedient wird (es ist nicht wie im Evangelium („wir sind hier nicht bei den Katholiken")) und dass man sich in die Reihe stellen muss, nicht kreuz und quer wie der Weizen, nicht zusammengedrängt wie eine Herde Gnus. Es reicht mit der Verländlichung unserer Städte! Mit einer Handbewegung bedeutet sie Saïd (es ist eine ziemlich verächtliche Bewegung, sie hält ihn wohl wirklich für ein Gnu), dass er sich hinter den ersten Kunden (den Arzt) stellen muss.

(Saïd lässt seine Tüte fallen, stößt ein gnu-artiges Muhen aus, ergreift die Dame und – zum großen Schrecken der Umstehenden – erwürgt er sie auf ländliche Weise … Nein, halt, das ist nur, was Adam sich vorstellt. Er reißt die Augen auf und die Szene läuft weiter, friedlich und unerbittlich.)

Saïd tut was man ihm gesagt hat.

Er hat Byzanz und Ctesiphon vergessen, jetzt ist er weder Tarik ibn Ziyâd noch Kapitän Cook. Er ist nur noch ein armer, von den Ereignissen *überholter* Mann (das ist das richtige Adjektiv). Die Dame stellt sich hinter ihn. (Ach ja, „Souad".)

Es vergehen ein paar Augenblicke.

Adam bewegt sich nicht. Übrigens fällt er niemandem auf. Er ist nur ein aus seinem Haus verjagter Mensch, der Witwer eines Katers, bei dem man sich fragen muss, wieso er sich für diese unglaublich banale Szene interessiert, die ironischerweise wie im wirklichen Leben abläuft. (Sicher sieht Adam in dieser Szene etwas, das wir nicht sehen. Nur Geduld, er wird es uns erklären.)

Plötzlich wendet sich Souad an Saïd:

„Du musst jede Gemüsesorte in eine separate Tüte tun!"

Das ist zu viel. Es gibt Grenzen. Ausgeschimpft ... Nein, diesmal wird es keinen Mord geben. (Das Ländliche tötet das Städtische, rums!, mit einem Hackebeil ...) Ohne auf seine Quellen einzugehen, wendet sich Saïd an den Angestellten an der Waage, er streckt den Arm aus und zeigt ihm seine Tüte mit dem Gemüse.

„Ist es so gut, mein Sohn?"

Der Angestellte wirft einen raschen Blick darauf; er sieht Saïd; die Tüte; Carmen; die Statisten (Adam, den Arzt ...). Dann antwortet er mit einer Reihe von Brummtönen, die in alle Richtungen losgehen:

„Nein, Väterchen (wo kommt der denn her? (Lässt man die überhaupt hier herein?)), für jede Art Gemüse braucht es eine andere Tüte. Wir *vermischen* das nicht (er betont bewusst das Wort ‚vermischen' und drückt zugleich in Richtung Carmen anzüglich ein Auge zu; die errötet wie ihre Djellaba).

Nein, Väterchen: die Karotten zu den Karotten, die Zucchini unter sich; dann sind die Kühe gut gehütet."

Daraufhin schert Saïd aus der Schlange aus. Er legt die drei Karotten wieder eine nach der anderen auf den Haufen, dann die zwei Zucchini, dann die vier Zwiebeln. Sein tiefgebranntes Gesicht drückt eine Empfindung aus, die Adam nicht beschreiben kann. Darin ist Erniedrigung, aber auch Stolz, Eigensinn. Vielleicht Wut.

Mit langsamen Schritten verlässt er den Laden, zögert einen Augenblick auf der Schwelle, sieht nach links und rechts; dann verschwindet er.

Diese Szene ist nicht mehr banal. Sie ist herzzerreißend.

Adam ist fasziniert und hat Tränen in den Augen. Er wischt sie mit dem Ärmel ab und kauft etwas Milch.

Zurück in seiner Wohnung macht er sich einen Kaffee und setzt sich auf die Bettkante.

Was habe ich in jenem Supermarkt gesehen?

Saïd ist mein Vater. Ich habe meinen Vater von der Technik besiegt gesehen. Von der Geschwindigkeit besiegt. Vom Marketing.

Was habe ich in jenem Supermarkt gesehen? Die Arroganz des Angestellten. Er hat verstanden, wie die Maschine funktioniert. (Kling!) Er weiß etwas, das du nicht weißt. Er hat auf dem großen Pfeil des Fortschritts einen Zentimeter Vorsprung vor dir. Er ist der König der Lemminge. Der Affe ist nicht mehr nackt: er trägt eine Mütze.

Was habe ich in jenem Supermarkt gesehen? Die zwanghafte Präsenz von Plastik. Neon („Lichter der Großstadt").

Was habe ich gesehen ...? *Du hast nichts in jenem Supermarkt gesehen.*

Genau: ich habe nichts gesehen. Nur Verpackungen, Plastik, Pappe, Farben, die keine sind (ausgewählt aus 64 Millionen Farben in einem Computerprogramm, auf Früchte und Gemüse projiziert). Ich habe nichts gesehen. Keine Brotkrume. Ich habe gesehen …

Was habe ich gesehen?

Adam schließt die Augen und versucht seine Gedanken auf diese Frage zu konzentrieren.

„Was habe ich gesehen?" Es scheint ihm, als begreife er etwas …

Ich habe … *Darstellungen* gesehen. Ja genau: Darstellungen. Das Wesentliche wird verborgen. Ich habe gesehen, was das Marketinggenie (Anas Kettani?) den Kunden vorführen möchte. Eine *Darstellung*.

Ich sehe die Welt nicht. Ich sehe die Welt nicht *mehr*. (Die Welt meines Vaters, meines Großvaters, Hadj Maati, der würdige Greis.) Ich sehe sie durch die Augen von Anas Kettani, dem Marketingpapst. (*„Und es kam zu mir einer von den sieben Engeln ... und sprach: Komm, ich will dir …. zeigen."*)

Doch Anas Kettani selbst, der betrogene Betrüger, lebt in einer Welt der *Darstellungen*. (Wie du mir so ich dir.) Mitglied im *Sun Beach* auf der *Corniche*. Warum gerade das *Sun Beach*? Weil das auch „Club aller Clubs" heißt. Donnerwetter! „Das Ass der Asse" im „Club aller Clubs". Ich bin Belmondo. Ein blitzender Vierradschlitten: ein anderes Wort für den Erfolg von Mercedes-Benz. Mein deutscher Panzer. Weg da, du Niete, am Steuer meines Panzers führe ich als Deutscher Krieg, als Husar, als Ulan … Oder Volvo! Wir sind nicht in Schweden, aber irgendwie bin ich Schwede. („Mein" Volvo. („Seien Sie Volvo!"))

Wochenenden in Marrakesch. Warum nicht in Beni Mellal? Darum. Darum. Marrakesch … Ach ja! „Der Treffpunkt des *Jet Sets*."

Die ganze Woche lang verkaufe ich Wind in meinem Supermarkt, synthetische Farbe, ein Haarwaschmittel, das „der andere Name des Glücks" ist (Dreckskerle!); und am Wochenende brate ich in Marrakesch in der Sonne, drei Silben, die sie mir verkaufen (jeder ist mal dran) und die mir sagen, dass ich besonders, einzigartig bin (wie 1 Million andere). Ich verwirre dich, ich werde verwirrt, wir verwirren uns. Wir leben in einer verwirrten Welt, einer Welt aus Worten, einer Welt aus Bildern. Aus Darstellungen.

*Das wahre Leben ist anderswo.*

Jetzt lag Adam ausgestreckt auf dem Bett und starrte an die Decke.

*Das wahre Leben ist …*

Schließlich schlief er ein.

## 13

# Das wahre Leben ist anderswo

Im Morgengrauen wurde Adam vom Muezzin geweckt und verspürte ein akutes Angstgefühl. Was war los?

Er sprang auf. Kalter Schweiß lief über seinen Rücken. Er schloss die Augen, schüttelte den Kopf, doch die Angst war immer noch da und presste seinen Brustkorb zusammen wie ein Ring aus Stahl; sie hinderte ihn am Atmen.

Er riss das einzige Fenster der Wohnung auf, beugte sich hinaus und atmete gierig die Luft von außen ein.

Draußen war Casablanca. *Casablanca erwacht* … Eine zu große Stadt, wo alle von morgens bis abends herumrennen … Eine moderne Stadt … *Und die Stadt ähnelte einem Teufelswerk* ... Er atmete tief ein, erstickte fast; er hoffte, die Luft werde seine Lunge ausdehnen und den Ring brechen, der ihn einengte. Umsonst.

Stählerner Kreis, Kreidekreis … Es ist ein Fluch. *Da kommt man nicht mehr heraus.*

Dann kam ein anderes Gefühl auf. Etwas darin *sprach*. Er erstarrte. *Fang mich im Vorübergehen, wenn du dazu die Kraft hast* ... Mit geschlossenen Augen bemühte er sich ruhig zu atmen. Konzentration! Ein am Vorabend formulierter Gedanke erschien ... „Und wenn er in diese Richtung suchen – in diese Richtung *gehen* müsste?"

Seine innere Stimme sagte nunmehr Folgendes: du musst weg. *Das wahre Leben ist anderswo*. Ein verschwommenes Bild tauchte vor seinem geistigen Auge auf. Behalte das im Sinn ... Er sah eine Art dunklen Tunnel ... einen Darm? Nein, ein langer Schlauch ... Er sah sich durch das Labyrinth dieses dunklen Schlauches kriechen ... Nein, er sah seinen Körper diesen dunklen Schlauch *hochkriechen. Ertrunkener Menschen Schlaf rücklings zum Abgrund sank* ... Und am Ende flackerte ein Licht … ein heller, kreisförmiger Fleck ... – *befleckt von Mond und Zweifel* … Wer ist da? Bist du das? (Wer?) Sind Sie das? *Stimmt es, dass das Jenseits, das ganze Jenseits, in diesem Leben stattfindet?*

Er schlug die Augen auf. *Wer da?*

Er wusste ... *Wenn leben und sterben nicht gedient haben* ... Er wusste, wo sich dieser Schlauch befand. In Azemmour. Seiner Geburtsstadt. Ist man der Sohn einer Mutter oder einer Stadt? Ist man der Sohn einer Mutter oder einer Magd? (Sie war 15 als sie ihn zur Welt gebracht hatte …)

Er stand da, unbeweglich, mit aufgerissenen Augen, und sah nichts. Ein ungestümer Schwall von Worten, von Satzfetzen, durchzog sein Gehirn.

*Der Wind erhebt sich! ... Leben: ich versuch es!*

Er schenkte dem außerordentlichen, unaufhaltsamen Redefluss, der ihn überkam, große Aufmerksamkeit. Zumeist waren es Verse, Gedichtfragmente; manchmal waren es Lieder, und sie klangen in ihm wieder mitsamt der Musik, mitsamt dem Ton.

*Ich komme! Ich komme! Ach, wie gerne hätte ich / Noch einmal meine Knochen hingeschleppt ...*

Eiternder Knochenbrecher der französischen Kultur im Hirn eines Heimatlosen ...

Adam zitterte von Kopf bis Fuß, stammelte; er nahm eine Jeans und ein T-Shirt aus dem Schrank und zog sie schnell über. Er schlüpfte in die Turnschuhe, die er vor dem großen Umsturz gerettet hatte, und zog die Jacke an, in der seine Papiere und sein Geldbeutel waren. Wie in Trance, exaltiert, verließ er die Wohnung, stürzte die Treppen hinunter, öffnete die Haustür und ging los. *Morgen am Tagesanbruch, zur Stunde, wenn das Land hell wird, werde ich abreisen.* Es war höllisch. Er nahm den Kopf in beide Hände und presste heftig. Umsonst: das Gottesurteil der Worte hielt nicht inne. Worte, Übel. *Zwischen zwei Übeln stets das kleinere wählen* ... Immer in Französisch. Nicht ein Satz von Mutanabbi oder Chawki, nicht eine Koransure. Wer bin ich?

Er machte sich nach Süden auf ... *Südliches Gefilde, beruhigender Raum* ... In seinem Kopf stießen die Phoneme aufeinander, Textbruchstücke, die er früher einmal gelesen und mühelos behalten hatte ... „Meine Wegzehrung", hatte er Doktor Bennani versichert ... Meine Wegzehrung, mein Lebenselixir ... *Ich lese, ich lebe* ... *Ich lese, ich lebe* ... Er lief den Boulevard Bir Anzarane entlang, bog dann instinktiv auf einen anderen Boulevard ein – *wohin ihn seine Schritte trugen.*

Zu dieser frühen Morgenstunde war der Verkehr noch flüssig. Er begegnete ein paar Fußgängern, die ihn fragend ansahen. Eine alte Frau, sicher eine Bettlerin, blieb stehen und segnete ihn mit lauter Stimme. Vielleicht wirkte er ... *verstört*? Ist es so? Ich laufe mit verstörter Miene durch die Straßen ...

An einer Kreuzung wandte er sich nach rechts, hob den Blick ein letztes Mal zum Gebäude, in dem das *Office des Bitumes du Tadla* untergebracht war ... Ein seltsamer Meteorstein ... *Ruhiger Block, aus dunklem Unheil her gestürzt* ... Er schüttelte den Kopf, um Doktor Bennani zu vergessen, und bog in die weiterhin „El-Jadida-Straße" genannte Verkehrsader ein, die mittlerweile zu einer riesigen „Avenue" geworden war, mit ganzen Stadtvierteln, Gebäuden und sogar einer brandneuen Universität. Mit zitternden Lippen schritt er langsam am Rande der Straße entlang.

Es war seltsam. Nun gab es zwei Männer in ihm. (Zwei Teufel?) Der eine, leidenschaftlich, voll Energie, fieberhaft (er war es, der seinen Körper vorantrieb („*Du zitterst, Rumpf ...*“)); der andere war ruhig und kalt, doch unfähig, seinen exaltierten Körper zu kontrollieren. Zwei Männer. Danton und Robespierre. Die zwei Seiten der gleichen Medaille. ... *Ah, ça ira, ça ira, ça ira* ... „Wie würdest du erst zittern, wenn du wüsstest, wohin ich dich führe!“

Er hielt inne. Es gab *wirklich* zwei Männer in ihm. *Ein Wesen war bei ihm, ganz nah, mit ihm verwachsen* ... Woher kommen diese Worte?

Er ging weiter.

Bei dieser Parlamentssitzung errang die lyrische, leidenschaftliche, über die Maßen erregte Seite den Vorteil. *Wagemut, noch mehr Wagemut, immer Wagemut!*, er hatte die Mehrheit. Die anderen konnten nur schweigen oder *in petto* Fragen stellen, bestürzt sein, sich einander zuwenden: „Was ist los? Was tue ‚ich‘ da gerade? Werde ‚ich‘ verrückt?“ Dabei sind *wir* doch so vernünftig ... Der Körper marschierte; *die Nation unter Waffen; Allons z-enfants! ... Ah, ça ira, ça ira, ça ira ...*

Der Körper funktionierte, Adam zog eine Grimasse, er hatte zugleich Lust zu lachen und zu weinen, als ahne er einen großen Umsturz der Dinge, bei dem man nicht wissen konnte, was dabei herauskommen würde ...

Es war Tag geworden, die Sonne begann die Erde zu wärmen. Adam lief nun die Straße entlang. Er hatte die Vororte seit langem hinter sich gelassen – war auf dem flachen Land angekommen. Er fühlte sich erschöpft, blieb stehen und sah auf die Uhr – es war Mittag.

Seine Begeisterung hatte sich gelegt, die lyrische Partei hatte die Parlamentsbänke verlassen, vielleicht war sie geschlossen in die Kantine gezogen. Vielleicht war sie aber auch genauso geschlossen *auf dem Schafott umgekommen*.

Was tue ich hier?

Adam setzte sich einen Augenblick auf den Stumpf eines gerade gefällten Baumes, einige Schritte abseits vom Böschungsabsatz und sah den vorbeifahrenden Autos zu. Zwischen zwei Wolken lugte die Sonne hervor und begann ihm den Nacken zu wärmen. Warum bin ich bloß im Morgengrauen von … Ach ja, „ich" habe beschlossen, nach Azemmour zurückzukehren, *zu dem langen Schlauch …*

Er wandte sich um und sah in der Ferne, abseits der Straße, eine Hand voll Behausungen, deren Farbe sich mit der der Erde vermischte. Auf einer hing ein verbeultes Schild in verblassten Farben; es pries die Vorzüge einer lokalen Zigarettenmarke an; es gab auch einen Hinweis auf eine Art Gemischtwarenladen, in dem man alles Mögliche finden konnte, einen *Hanout*. Adam hatte Durst. Er erhob sich und ging zu diesem *Hanout*. Er hatte den Eindruck, sein Kopf sei leer. Nach den heftigen Gefechten, die sich den ganzen Morgen lang dort abgespielt hatten, war das eine Erleichterung.

Kurz betrachtete er das sich auflösende Schild. Man konnte noch die Worte „Tabak" und „Sport" in Französisch und Arabisch erkennen, Worte, die ihm antinomisch vorkamen, sich dennoch unter einem Bild vermengten: der spindelförmigen Silhouette eines in elegante Rauchschwaden gehüllten Athleten: Er stellte sich einen Bewohner des Weilers vor, einen bitterarmen, alten Hirten, dürr, tuberkulös, mit kaputtem Rücken, verfaulten Zähnen, der stehenblieb, um sein Feuerzeug anzuzünden und zugleich den Athleten zu betrachten. *Diese Mistkerle ...* Auch hier zwingen sie uns Vorstellungen auf. Nun gut, ich muss weiter weg. Weiter zurück. *Der dunkle Schlauch ...*

Adam betrat den Gemischtwarenladen.

Ein weißhaariger alter Mann in einer braunen Dschellaba mit einer gräulichen Haube auf dem Kopf schlief sanft röchelnd auf einem Hocker hinter der Theke. Ein paar vereinsamte Glasbehälter mit farbigen Bonbons – oder war es etwa Rattengift? – standen auf einem kleinen, schräg an die Wand genagelten Regal. Vier oder fünf Packungen Reis füllten ein anderes, ebenso schiefes Regal. Warum brach das alles nicht zusammen? Wild zusammengehäuft lagerten schmutzige, verbogene Zigarettenstangen auf dem Boden, mehrere Sorten durcheinander in einer chaotischen Hierarche. Auf einer Kiste standen blaue, ungeschickt zusammengeschnürte Päckchen – sicher Zucker.

Was sonst? Drei runde Brote auf einem anderen Regal, das fast gerade war, und eine beeindruckende Roberval-Waage auf der Theke, die alles um sich herum in den Schatten stellte, sogar den schlafenden Mann; in einer Ecke, o Wunder!, ein Kühlschrank, zwar ein kleineres Modell, mehr grau als weiß, aber zweifellos ein Kühlschrank, Frische verheißend.

Auf dem Boden, an die hintere Wand gelehnt, bildeten Säcke mit Kohle eine schwammige Pyramide. Völlig unpassend wirkte ein an die Wand geklebtes Schwarzweißfoto von Kennedy, sicher aus einer alten Ausgabe von *Paris Match*, daneben ein Farbporträt des verstorbenen Königs. *Die Vereinigung von Kennedy und Hassan II. ...*

Die Stille in diesem Kellergewölbe – und im ganzen Weiler – wirkte außerirdisch. Wo waren die Bauern, ihre Kinder, die Hunde abgeblieben? Waren sie alle hinter einem Flöte spielenden Rattenfänger hergerannt? Adam hustete, um den alten Mann zu wecken. Verlorene Liebesmühe. Er beugte sich über die Theke, streckte den Arm aus und schüttelte den alten Mann, der schwach meckernd aufwachte.

„Was? Wie? Gott sei gelobt ...“

„*Salam aleykum.* Haben Sie Wasser?"

„Wasser?"

Er war verblüfft. Sein zahnloser Mund blieb weit offen.

„Ja." (Was ist daran so besonders? Ich verlange doch weder schweres Wasser, noch Königswasser.)

Der alte Mann erhob sich schwerfällig, öffnete den Kühlschrank und holte eine Flasche Sidi Ali heraus. Er stellte sie feierlich auf die Theke, wie eine Weihgabe. Adam berührte sie mit den Fingerspitzen und merkte, dass sie entgegen seiner Hoffnungen weder feucht noch kalt war. Im Gegenteil, sie war trocken und lauwarm. Er sagte es dem Krämer, der mehrmals mit zur Seite geneigtem Kopf die Augen auf- und zukniff, als bitte er auf gut Glück um Gnade.

„Warum soll sie denn kalt sein, Monsieur?"

„Weil sie aus dem Kühlschrank kommt. Da hast du sie doch her?"

„Aber ... der funktioniert doch nicht, Monsieur. Ich habe keinen Strom. Haben wir hier im Dorf noch nie gehabt."

Er beugte sich vor und flüsterte verzweifelt:

„*Sie* haben ihn nicht *zu uns gebracht.*"

Adam betrachtete den verstaubten weißen Apparat, wollte eine Frage stellen, doch dann verzichtete er darauf, verstehen zu wollen, zahlte und ging. Er trank einen tiefen Schluck, wischte sich den Mund ab und setzte sich wieder auf den Baumstumpf.

Was nun? Nach Casablanca zurücktrampen? Wenn er nur daran dachte, erfasste ihn wieder die Unruhe, die ihn am Morgen um den Atem gebracht hatte. *Fang mich im Vorübergehen, wenn du dazu die Kraft hast ...*

Bleibe ich denn auf immer wankelmütig? Große Entscheidungen, hart wie Eisenerz – im nächsten Augenblick verraten? *Ein Schritt nach vorne, zwei Schritte zurück* ... Nein! Ich habe meine Arbeit verloren, meine Katze, meine Frau ... *Ihr Opfer wird nicht umsonst sein* ... Diesmal muss ich bis zum Ende gehen, bis zum Ende meiner Intuition. Wenn ich jetzt nach Casablanca zurückkehre, in diese Einzimmerwohnung, wo mich niemand erwartet, wäre das eine Niederlage. Die äußerste. *Ultima necat.* Mir bliebe nur noch übrig aus dem Fenster zu springen.

*(Der Ingenieur Sijilmassi wurde tot am Fuße des Gebäudes aufgefunden, in dem er nach der Trennung von seiner Frau lebte ... – Sie hat doch ihn verlassen, Chef. – Wie auch immer, Freundchen; schreib noch dazu, dass er seinen Job verloren hatte. – Aber er hat doch selber gekündigt, Chef! – Tu was ich dir sage, Grünschnabel, ich kenne das Geschäft, es muss wie ein Gottesurteil aussehen, die Strafe folgte auf dem Fuß, Schuld und Sühne usw., das lieben die Leser, und erst recht die Leserinnen. Die Frau sitzengelassen, in die Kasse gegriffen und dann rausgeschmissen, von da an geht's bergab, Alkohol, Depressionen und man landet logischerweise auf der Straße. – Ach so, Chef ...)*

Wenig später stand er auf und ging los in Richtung Azemmour.

Nicht einen Augenblick dachte er daran, die Hand zu heben und eines der großen weißen Taxis anzuhalten, die über die Straße flitzten und ihn anblinkten. Nein, zu Fuß, im menschlichen Rhythmus musste er zurück zum langen schwarzen Schlauch. *Ich habe die Gestalt eines Menschen, um zu beweisen, dass die Welt nach meinem Maß geschneidert ist ...*

Erneut überstürzten sich Bilder, Worte, ganze Sätze und stießen in seinem Kopf aneinander. Er sah einen deutschen Filmemacher zu Fuß nach Paris gehen, um *mystisch* eine kranke Freundin zu retten; einen Philosophen von Genf bis

Montpellier, dann von Genf bis Turin, über Stock und Stein vagabundieren; sah seinen eigenen Großvater, Hadj Maati, als einsamen Spaziergänger mit ein paar Datteln, Brot, Milch und Oliven in seiner Umhängetasche in Richtung Moulay Abdallah pilgern.

Er ging leicht nach vorne gebeugt und zwang sich zu einer schwierigen Aufgabe: die Worte und Sätze, die auf ihn einstürmten „sehen", ohne nach ihrer Bedeutung zu suchen; das sollte alles nur Musik sein; es soll nicht meine Welt bilden, nur ihre Partitur. Ich möchte, dass meine Welt wieder zu dem wird, was mir meine Sinne angeben; ich will einfach wie eine Katze, wie ein Frettchen, Hunger und Durst verspüren, *ohne jegliche Interpretation;* ich will das Gelb der Weizenfelder sehen, ohne dass sich ein holländischer Maler einmischt; meine Augen vor der Sonne schützen, ohne dass mir ein Dichter ins Ohr murmelt: *Mittag, König der Sommer, über die Ebene erstreckt ...*

Vergebens. Was ihn erfasst hatte, ohne dass er es verstehen oder hätte benennen können, dieser Trieb zur Rückkehr, hin zum dunklen Schlauch, ging einher mit einem langen Gedicht von Hugo, das er früher auswendig gelernt hatte und das ihn jetzt nicht mehr los ließ. *Das Auge war im Grab ...* Die Alexandriner überfluteten ihn unerbittlich, in geschlossenen Reihen, wie die tönerne Armee des chinesischen Kaisers Qin.

Ich *rezitiere* mein Leben.

## 14

# Die Scheune

*Als der Abend dämmerte, erreichte der düstere Mann / den Fuß der Berge in einem breiten Tal.*

Es war Bir Jdid, der Berg war nur ein düsterer Hügel, nicht sehr hoch, der zur einzigen, absurderweise dort oben hingepflanzten Schule führte.

Die Ortschaft war in wenigen Jahren gewachsen: was früher nur ein Halt an der Straße zur Doukkala gewesen war, war nun eine „aufstrebende" Kleinstadt, wie die offizielle Presse posaunte; es bedeutete, dass die Stadt auf genauso anarchische wie schleichende Weise Fangarme aus Stein und Beton in die umliegende Landschaft eingrub, die Schritt für Schritt vor dem Ansturm der Bagger und Erdbaumaschinen zurückwich. Dieser langsame Kampf mit sicherem Ausgang fand tagsüber statt: wie viele kleine Städte Marokkos schien diese bei Sonnenuntergang zu erlöschen, nach wenigen Lebensstunden zu sterben wie eine Eintagsfliege. Man ging nach Hause, um sich dort zu vergraben, schloss die Fensterläden, verbarrikadierte sich, als lebe man noch zu Zeiten der aufständischen Stämme und riskierte, überfallen zu werden, wenn man nach Sonnenuntergang in den Straßen herumirrte. Selbst die Polizei verschwand aus den Straßen, auf denen nur noch streunende Hunde herumliefen.

Adam blickte sich nach einer Herberge um. Es musste eine geben, denn er war auf der Hauptstraße, der Nationalstraße, die quer durch Bir Jdid führte und entlang derer ein paar Straßenlaternen spärliches Licht verbreiteten.

Er lief die menschenleere Straße entlang, wandte den Kopf

nach rechts und links, betrachtete die Fassaden. Wo war die von den Franzosen eingerichtete Relaisstation der Post geblieben? Der Bus, der ihn als Kind von Azemmour nach Casablanca brachte, machte dort halt. Man konnte sich dort an Fleischspießen mit scharfer Soße gütlich tun. Er versuchte sich an das Schild des Ladens zu erinnern, an seinen Namen, an die Gesichter der letzten Besitzer, doch vergebens; allein ein vages Rosa stieg in seiner Erinnerung auf, die Farbe der Wände. Damals setzte er sich manchmal in den Saal, um auf die Weiterfahrt des Busses zu warten; eingeschüchtert wagte er kaum, ein Glas Tee zu bestellen.

Sollte er an irgendeine Tür klopfen? Man hätte nicht aufgemacht. Er war erschöpft. *„Legen wir uns auf den Boden und schlafen wir."* Der Boden schien ihm schlammig. (Rührt dieser Schlamm von meinen Tränen? Ich verliere den Verstand ...) Er machte ein paar Schritte und setzte sich auf die Schwelle eines Cafés, das bereits geschlossen hatte, er legte den Kopf auf die über den Knien gekreuzten Arme und verfiel in unruhigen Schlaf.

Er konnte nicht lange schlafen. Ein Mann, der ihn aus einem der Fenster über dem Café beobachtet hatte, kam herunter, öffnete die Tür, sah lange nach rechts und links, beugte sich dann über ihn und rüttelte an ihm.

*Als er den Kopf erhoben hatte … / Sah er ein Auge, weit offen in der Finsternis / das ihn starr in der Dunkelheit ansah.*

„Was willst du hier?", fragte der Mann. „Hast du keinen Platz zum Schlafen?"

*„Ich bin zu nah", sagte er mit einem Zittern.*

Der Mann fuhr noch immer über ihn gebeugt fort:

„Ich rate dir, nicht hierzubleiben. Wilde Hunde streunen herum. Wenn sie den Mut finden, könnten sie dich angreifen. Du willst doch wohl nicht von Hunden zerfetzt werden? Wenn dich die Gendarmen hier entdecken, nehmen sie dich mit ..."

Adam sprang auf. *Und er floh düster weiter durch den Raum.*

„Wo willst du hin?"

Der Mann, dessen Größe und Umfang Adam erst jetzt bemerkte, hielt ihn am Ärmel fest.

„Komm, du kannst in unserer Scheune schlafen."

Der Riese holte eine Taschenlampe und eine graue Decke von oben und führte Adam dann hinter das Café. Da gab es einen kleinen Schuppen aus Holz mit ein paar landwirtschaftlichen Geräten, Säcken und Stroh. Er leuchtete nacheinander alle Ecken der Hütte aus, wie um dem Besucher die Dimensionen seiner Zufluchtsstätte zu zeigen, hielt ihm die Decke hin, dann knipste er die Lampe aus und ging.

Adam legte sich in eine Ecke auf den Rücken, die Hände hinter dem Kopf verschränkt.

*Was will ich hier?*

Wenige Augenblicke später öffnete sich die Tür des Schuppens. Der Riese blieb draußen und beleuchtete die Szene nur: ein kleines Mädchen brachte eine Schale Suppe und ein Stück Brot. Sie hatte braune Haut und trug Zöpfe unter einem winzigen Kopftuch. (Warum schlief sie nicht? Hatte man sie geweckt? (Meinetwegen?)) Sorgsam stellte sie die Schale auf den Boden. Er wollte ihr als Dankeschön über das Haar streichen, doch sie sprang zurück und floh. Die Taschenlampe mitsamt ihrem Licht verschwand.

Er aß im Dunkeln, tunkte die Suppe mit Brot auf. Er dachte an nichts, oder vielmehr durchzogen Worte ohne Bedeutung seinen Kopf. Der stählerne Ring, der am Morgen in Casablanca seine Brust umschlossen hatte, war verschwunden.

In der Ferne hörte man Hundegebell. Er legte sich wieder hin und schlief ein.

## 15

# Das wahre Leben ist in Azemmour

Als er aufwachte, war es helllichter Tag. Erstaunt stellte er fest, dass sein Gesicht tränenüberströmt war. Er wischte es mit einem Hemdzipfel ab, trat aus dem Schuppen und ging in das Café. Der Riese saß mit verschlossener Miene hinter der Theke. Adam wollte sich für seine Gastfreundschaft bedanken. Er tat es ungeschickt, der Andere nickte nur kurz.

Er setzte sich an einen Tisch. Der Riese brachte ihm Kaffee, warme Milch, Gerstenbrot und ein wenig Butter in einem Schälchen. Adam zwang sich zu essen, auch wenn er keinen Appetit hatte: er spürte, wie sich das stählerne Band wieder um seine Brust spannte, und ahnte, dass sein Delirium wieder einsetzen würde.

Er beendete sein Frühstück, zog ein paar Münzen aus der Tasche – zum Glück hatte er noch ein wenig Geld dabei – und stand auf.

„Vielen Dank nochmal", rief er mit zitternder Stimme.

„Gute Reise", erwiderte der Andere gleichmütig.

Adam trat auf die Schwelle.

Vergebens sah er sich nach dem kleinen Mädchen um. Vielleicht war sie in der Schule. *Der Hügel ist sehr hoch ...* Jetzt fängt das wieder an. Bin ich verrückt? Die Worte rücken in Gruppen an wie Trauben angetrunkener junger Männer an weinseligen Abenden, die sich untergefasst haben und lauthals singen („*Knüppel aus dem Sack ...*"), den Bürgersteig besetzen, schwanken und torkeln, die Passanten anrempeln, die Bettlerinnen jagen (und ganz generell der Welt den Finger zeigen. („In die Armee mit ihnen!" („In die Fremdenlegion!"))) ...

In Bir Jdid? Knüppel aus dem Sack?

Er marschierte wieder los, Richtung Süden auf der Nationalstraße. Nach einer Viertelstunde war es wieder ganz und gar ländlich. *Er ging, stumm, blass, wegen der Geräusche zitternd, heimlich, ohne hinter sich einen Blick zu werfen, pausenlos, ruhelos, schlaflos …*

Immer wieder dieser Wortschwall, der die Dinge einhüllte ... Diese Worte, die ihn über sich selbst ins Bild setzten. *Ich bin meine Welt.* Von Zeit zu Zeit stellte er fest, dass er wieder weinte. Aber warum, warum? *Die Trauer ist ohne Grund.* (Welche Trauer? Welcher Teil von mir starb in jenem Flugzeug der Lufthansa?)

Er schüttelte den Kopf, hielt einen Augenblick inne, legte die Hände an die Schläfen und ging dann wieder los. Manchmal wurden große weiße Taxen, *die großen Vögel,* nachdem sie an ihm vorbeigefahren waren, langsamer; er sah eine Hand aus dem Auto ragen, Fragezeichen in die Luft malen, die Hupe erklang, doch Adam reagierte nicht, *verbannt zur Erde aber und umhöhnt vom Volke,* und das Taxi fuhr wieder schneller und verschwand in der Ferne.

Geh oder stirb. (*Wir anderen, Kameraden, merk' dir das, ob wir wollen oder nicht, wir müssen weiter … Geh oder stirb!* Das hallt in seinem Kopf, hindert ihn am Denken, er spürt nicht einmal, dass seine Füße bluten ...

Nachdem er den ganzen Tag gelaufen war, *erreichte er das Ufer der Meere des Landes, das man seitdem Assur nannte.* Es war Azemmour, sein Heimatort, das Azemorum der Römer.

*„Bleiben wir hier", sagte er, „denn dies ist ein sicherer Zufluchtsort."* Langsam ging er über die alte Brücke und bemühte sich, nicht auf den Fluss zu sehen, der unten vorbeiströmte, dann lief er entlang der Mauern der alten Festung bis zur Rue du Mouflon.

Passanten blieben stehen und sahen ihn an, doch er bemerkte sie nicht. Sein Instinkt leitete ihn, er bog gegenüber der großen Pforte des *Mellah* nach links ein, nach etwa hundert Metern ging er wieder links. Er trat in die Gasse und klopfte an die Tür des uralten Hauses. Der Klopfer erklang laut in der Abendstille.

*Von der Straße aus ließ nichts auf eine Behausung schließen. Keine Fenster, eine lange graue Mauer, eine Tür – ein schmaler Gang und erst dann gelangt man in das wahre Haus, den Innenhof, das Licht, das Wasser, das Leben.* Das Leben ... Er war in diesem Haus geboren worden und aufgewachsen, wo nur noch eine alte behinderte Tante lebte, die alle Nanna nannten.

Er wurde von einem heftigen Gefühlsausbruch übermannt. Ich bin zurück. Ich kehre in den Schlauch ein. Hier ist das wahre Leben.

*Als ich ein kleiner Junge war, wohnte ich in einem alten Haus, und die Sage erzählte, dass darin ein Schatz versteckt sei.*

Er umfasste den Schlägel des Türklopfers und drückte ihn kurz, um zu spüren wie glatt er war, von Generationen von Sijilmassis poliert, in erster Linie von seinem Vater und Großvater, dann klopfte er erneut mehrmals an die Tür.

Es entstand ein kurzes Schweigen. Ein kleines Mädchen schob die Tür einen Spalt weit auf und schloss sie sofort wieder, nachdem es Adam mit großen Augen angestarrt hatte.

Adam hörte wie die Kleine schrie:

„Nanna! Es ist der Teufel!"

Eine wütende Stimme antwortete:

„Wenn ich dich erwische ... Hör auf mit den Dummheiten! Öffne die Tür und sag mir, wer es ist!"

Wenn sie nicht aufmachen, breche ich auf der Schwelle zusammen. *Und als er sich niedersetzte, sah er am trüben Himmel das Auge an derselben Stelle hinten am Horizont.* Das kleine

Mädchen hatte die Tür wieder einen Spalt breit geöffnet. Es sah Adam verwirrt an und stellte mit spitzer Stimme eine genaue Frage:

„Wenn nicht der Teufel, wer bist du dann?"

*Da zuckte er vom schwarzen Zittern erschüttert.* Die Welt forderte ihn endlich über diese Kinderstimme auf, sich zu erklären. *Wer bin ich?* War das die einzige Alternative: der Teufel sein oder nicht sein? Was hatte er seit zwei Tagen getan? Er war herumgeirrt ... Was bedeutete diese halluzinierende, mit Worten durchsäte Wanderschaft? War er besessen? Hatte der Widersacher an jenem Tag im Flugzeug über der See von Andaman eingegriffen? Sein Herz schwoll an. Eine Träne lief über seine Wange.

„Versteckt mich!", schrie er.

Das kleine Mädchen schlug die Tür wieder zu.

„Nanna, das ist ein Irrer. Er sagt nichts, starrt mich nur an! Seine Augen sind rot! Dem will ich nicht aufmachen! Nanna, mach ihm doch selber auf, wenn du keine Angst vor dem *Shaytan* hast!"

Kurze Zeit später hörte er schwere Schritte auf der anderen Seite der Tür. Das Auge der Ahnin erschien, rund und schwarz mit ein wenig Angst vermischt.

„Gott schütze uns! Wer bist du? Was willst du?"

Adam schaffte es zu schlucken und murmelte:

„Erkennst du mich nicht, Nanna?"

Die alte Frau schob den Kopf durch den engen Türspalt. Sie begutachtete ihn mit zugekniffenen Augen und offenem Mund. Dann rief sie:

„Mein Gott! Du bist Adam, der Sohn von Si Abdeljebbar! Komm herein, komm herein, mein Sohn!"

Zögernd trat er ins Haus. Mühelos erkannte er den vertrauten Innenhof, den Pomeranzenbaum, den Brunnenrand ... In seiner Kindheit hatte er hier gespielt, als nichts wichtig war, als die Zeit sich Zeit ließ, als ein Tag eine Ewigkeit währte ... *Sänge und Küsse und Blumen und Spiele am Rain ...* Nanna sprach, doch er hörte nichts. Er flüsterte:

„Nanna, ich bin erschöpft, ich muss schlafen."

Sie verstummte und zeigte ihm ein Zimmer zur Linken. Er trat ein und ließ sich auf das Bett fallen. Wenige Augenblicke später spürte er eine zitternde Hand eine Decke über ihn ausbreiten. Die Zimmertür fiel zu und es wurde dunkel.

Er schlief sehr schnell ein.

Am nächsten Morgen erwachte er beim ersten Hahnenschrei. Zuerst glaubte er noch zu träumen. Aber nein, ein Hahn, ein echter, krähte im Hof.

Wo war er? Ach ja: Azemmour. Nanna. Das kleine Mädchen, das ihn für einen Teufel hielt. Sie hatte eigentlich nicht ganz Unrecht. Er sah aus, als käme er geradewegs aus der Hölle, verstaubte Kleider, verschmutztes Gesicht und fiebrige Augen. Erstaunt erinnerte er sich, dass er zu Fuß von Casablanca nach Azemmour gekommen war. „Das ist doch verrückt ..." (*Was ich getan habe, hätte kein Tier getan ...*) Was für ein Tag war heute? Er rechnete schnell nach und seine Uhr bestätigte es: Samstag, der erste April.

Er verließ das Zimmer und setzte sich auf den Brunnenrand in den Schatten des Pomeranzenbaums.

Nanna trat aus ihrem Zimmer und brachte ihm eine Schale *Bissara*. Er hasste dieses Bohnenmus mit Olivenöl, besonders wenn man es auf leeren Magen zu sich nehmen sollte, doch er schluckte ein paar Löffel hinunter, um die alte Frau nicht zu kränken. Sie hatte sich neben ihn gesetzt und bemühte sich, ihn zum Sprechen zu bewegen. Was tat er hier in der Gegend? Warum war er allein? *Er aber blieb düster und ver-*

*stört.* Er knurrte nur so etwas wie „Ja“ oder „Nein“. Sie verzichtete darauf, ihm die Würmer aus der Nase zu ziehen, erhob sich und sagte abschließend:

„Bleib solange du willst. Du bist zu Hause.“

Das kleine Mädchen saß in einer Ecke des Hofes auf einem umgedrehten Eimer und betrachtete ihn, als sei er ein Außerirdischer. Sie trug ein winziges Halstuch auf dem Kopf wie die Bäuerin in Bir Jdid. Sie hatte helle Augen wie Adams Katze.

Da dachte er an das kleine Tier (wo mochte es wohl sein?) und *verspürte* erneut *heftigen Kummer.*

## 16

# Das Geheimnis des blauen Zimmers

Adam nahm Nanna beim Wort. Er ließ sich in einem der Zimmer des altehrwürdigen Riad nieder.

Viele Zimmer gingen auf den Innenhof. Eines davon, das erste auf der rechten Seite, das man beim Hereinkommen sah, war seit langem unbenutzt: die Decke war vor sehr langer Zeit eingestürzt und niemand hatte den Schutt weggeräumt. (Warum? Es war seltsam, er hat sich diese Frage in seiner Kindheit gestellt, aber nie daran gedacht, die Erwachsenen zu fragen, als spüre er, dass es darum ein tiefes Geheimnis gab.) Die Tür stand immer einen Spaltbreit offen, so dass man die Ruine in dünnen, vertikalen Streifen sehen konnte, wenn man den Blick beim Durchqueren des Innenhofs auf diese Öffnung richtete. (Auch das war seltsam: warum so etwas zur Schau stellen?) Was blieb, war ein erdrückender, beunruhigender Eindruck: hier hatte sich eine lang zurückliegende Katastrophe ereignet … Doch welche?

In seiner Kindheit hatte er einen Bericht über den Einschlag eines Meteoriten gelesen *(Die Feuerkugel durchquerte den Himmel, die Explosion vernichtete alles, was ihr in die Quere kam, die Druckwelle mähte die Bäume der Taiga kilometerweit nieder …)* Und er hatte daraus geschlossen, dass ein ähnliches Ereignis hier stattgefunden hatte, in dem Haus seiner Vorfahren. Ja, eine *Explosion* (früher hatte ihm dieses Wort Angst und Schrecken eingejagt) hatte hierselbst stattgefunden ... Vielleicht war das der Grund, dass er manchmal spontan (denn alles war möglich), die schlimmsten Naturkatastrophen hereinbrechen *sah,* wenn sich aus der Sicht anderer gar nichts ereignet hatte.

Ein anderes Zimmer, links vom Eingang, war doppelt abgesperrt. Die Tür, die umso bescheidener ausfiel, als sie ein wenig schief war, war blau gestrichen (man nannte es also aus Metonymie das „blaue Zimmer"). Ein kleiner fünfzackiger Stern war mit Kalk auf den Türrahmen gemalt worden. Was mochte dieses kabbalistische Zeichen wohl bedeuten? Als Kind hatte ihn das nicht beunruhigt, ein mit Kalk gezeichneter Stern war niemals ein Zeichen, er war ganz einfach da; doch nach all den Jahren, die er unter Franzosen verbracht hatte, musste er einfach alles entziffern, alles verstehen, da gab es *jenes verzweifelte Verlangen nach Klarheit, dessen Ruf im tiefsten Inneren des Menschen widerhallt*. Vielleicht sollte er das bei sich ändern? Vielleicht sollte er zurück in die Zeit, als Bedeutungen nicht wichtig waren, als man inmitten eines Zauberwaldes leben konnte, ohne jemals das Lineal oder den Kompass herauszuholen.

Nanna wohnte zusammen mit dem kleinen Mädchen am Ende des Innenhofs, in dem großen Raum gegenüber vom Eingang; der Pomeranzenbaum schien ihn zu schützen; er stand in der Achse der Eingangstür und verstellte den Blick, wenn man den Hof betrat; man hätte meinen können, es gäbe dort nur eine lange, weiße Mauer. Für beide gab es dort ein Bett, Nanna schlief in einer Art dunklem Alkoven rechts, und das Kind links an der Wand, die den Raum von jenem trennte, in dem Adam nunmehr leben sollte.

Es war das vierte Zimmer links, das ihm Nanna am Tag seiner Ankunft gezeigt hatte, als er erschöpft eingetreten war, um sich dann auf das Bett fallen zu lassen. Das schlichte Bett, ein kleiner, niedriger Tisch und ein einfacher Stuhl waren die einzigen Möbel in diesem Zimmer, das für durchreisende Gäste gedacht zu sein schien und nun das seine war.

Zwei Wochen lang verbrachte er hier – auf dem Bett liegend – den Großteil seiner Tage. Die Existenzangst, die ihn auf seiner ganzen Wanderung von Casablanca nach Azemmour begleitet hatte, war einer brodelnden Gedankensuppe gewichen, die auf ihn einstürmte, sobald er aufwachte.

Dreimal täglich brachte man ihm Essen. Das kleine Mädchen (oder an manchen Tagen Nanna) kam in sein Zimmer und stellte ein Tablett auf den Boden. Oft waren es eine Schale Suppe, ein Stück Brot, ein paar Datteln. Freitags gab es Couscous; ein Geschenk der Nachbarn (jede Menge Gerstengrieß, Gemüse, verschiedenste Geschmacksrichtungen, jeder bereitete ihn auf seine Art zu …), denn Nanna war zu alt, um selber einen Couscous zuzubereiten.

In gewisser Weise bekam Nanna hier ihr Gnadenbrot. Das Haus gehörte den Erben von Si Abdeljebbar und seinen Brüdern. Da sie die kinderlose Witwe eines der Brüder war, hatte man ihr erlaubt, mietfrei in diesem eigentlich recht hübschen Riad zu wohnen. Der auf dem Bett liegende stumme Mann war nicht nur ihr Neffe, er war auch ihr Gläubiger. Sicherlich ernährte sie ihn deshalb, ohne Fragen zu stellen.

Wer war das kleine Mädchen? In der ersten Woche stellte er sich diese Frage nicht, er war besessen von dem Überschwang an Sätzen und Bildern, die in seinem Kopf herumtobten, oder auch von der Frage „was nun?“, die ihn quälte, sobald der Sturm einer schläfrigen Lethargie gewichen war.

Zwei- oder dreimal am Tag stand er auf, um sich Gesicht oder Hände zu waschen. Er hatte vergessen, wo die Toiletten in diesem Haus waren, da er seit seiner Kindheit nicht mehr dagewesen war. Als er Nanna zum ersten Mal danach fragen musste, ergab das eine absurde Szene. Nanna konnte kein Wort Französisch, er aber wusste nicht, wie man „WC“ in arabischem Dialekt sagte.

„Nanna, wo sind die …?“

„Was denn, mein Sohn?“

Das staunende, zahnlose Gesicht wandte sich ihm zu und erwartete genauere Einzelheiten. Sollte er das Ding in Bewegungen darstellen? Was darstellen? Zeigen? (Was zeigen?)

„Die …“

„Die was, mein Sohn?“

Er erinnerte sich, dass das Wort *Mirhad* auf den öffentlichen Toiletten stand. Doch das war Hocharabisch. Würde sie ihn verstehen?

„Der *Mirhad*, Nanna. Wo ist der *Mirhad*?“

Vergebens. Sie sah ihn weiterhin verblüfft an. Dieser merkwürdige Neffe sprach – doch was sagte er?

Er gab auf, umfasste seinen Bauch mit zwei Händen und simulierte eine heftige Darmkolik. Er hüpfte auf der Stelle herum, um die Vorstellung deutlicher zu machen. Das Gesicht der Ahnin hellte sich auf:

„Der *Canifou?* Dort entlang.“

Er ging zum *Canifou*. Woher stammte dieses Wort? Ach ja: es war eine Deformation von „caniveau“, Gosse. Sicher hatten die Kolonialsiedler oder die Militärs dieses Wort benutzt, wenn sie zur Zeit der französischen Besatzung mit den „Eingeborenen“ sprachen („Ich gehe zum *caniveau,* Mohamed, bin in fünf Minuten wieder da, die Mädels sollen sich im Warteraum gedulden.“) Die Franzosen waren abgezogen, hatten den *Caniveau* zurückgelassen, der nach und nach seinen Ursprung vergaß und sich in gewisser Weise arabisierte, berberisierte ... *Die Worte, die armen Worte erleiden große Schmerzen.*

## 17

# Der Staat, das ist er

Nach zwei Wochen, etwa Mitte April, begann sich die Nachricht in der Stadt zu verbreiten: es gibt ein Geheimnis im altehrwürdigen Riad der Sijilmassi.

Wahrscheinlich war es die Göre, die in der Gasse herumgeschwatzt hatte, vielleicht glaubte sie immer noch, der *Shaytan* lebe bei ihnen; oder vielleicht war es Nanna, die auf dem Markt ein paar Worte gestammelt hatte, ein paar Sätze, die irgendwelche Idioten auf die absurdeste Weise interpretiert und verbreitet hatten? Kurz und gut: es gab wilde Gerüchte. Niemand wusste etwas (was gab es auch zu wissen?), doch alle *waren sich sicher*, dass etwas nicht Koscheres, wenn man so sagen kann, in der Nummer fünf des *Derb* „du Mouflon" vor sich ging.

Am Montag, den 17. April, im Morgengrauen klopfte ein Polizeiinspektor an die Tür – *klopfklopfklopf* – ein paar kurze herrische Schläge, die die Schläfrigkeit des Riad zerfetzten – halloda! Ein Vertreter der öffentlichen Ordnung, ihr Nichtsnutze, wacht auf!

Das kleine Mädchen ging noch ganz schlaftrunken nachsehen, was los war. Als die Tür einen Spaltbreit offen war, schrie sie erschrocken auf (der Polizeioffizier ähnelte dem verstorbenen Driss Basri, dem ehemaligen Innenminister (alle Welt hatte seine vulgäre Fratze in deutlicher Erinnerung, gegen Ende war er nicht schön: gelblicher Teint, verklebte Augen, von erweiterten Äderchen gezeichnetes Gesicht ...)); dann versuchte sie, die Tür wieder zuzuschlagen, doch Basri hatte seinen Fuß bereits in die Öffnung geschoben. Sie konnte noch so heftig drücken, gegen den Nagelschuh in Größe 46 kam sie nicht an.

Sie verzichtete darauf, ihren schmächtigen Körper als Schutzwall herzugeben, durchquerte den Innenhof erneut, doch in die entgegengesetzte Richtung zum Zimmer ihrer Herrin, laufend, gestikulierend, gellend: „Nanna! Nanna! Es ist ein Mann! Sehr hässlich! Sehr, sehr hässlich!"

Als Nanna endlich wach wurde, hüllte sie sich in einen *Haik* und kam mit verwirrter Miene aus ihrem Zimmer. Basri war bereits im Innenhof. Sie sah seinen Rücken, während er den Pomeranzenbaum aufmerksam betrachtete, als sei es ein Verdächtiger. Er drehte sich mit einem Schlag um und sein Blick durchbohrte die Ahnin.

*„Salam aleykum"*, stammelte sie. „Was ..."

Sie kam nicht weiter und setzte sich auf einen der wackligen Stühle, die entlang der Mauer standen.

Der sehr hässliche Basri war äußerst höflich. Er wusste, dass die Familie Sijilmassi hier in der Gegend *zählte*. Nach der Begrüßung fragte er Nanna, wen sie dieser Tage beherberge. Die arme Frau war beunruhigt und antwortete, es handele sich um einen ihrer Neffen.

Mehr konnte sie nicht sagen: der Stuhl brach unter ihrem Gewicht zusammen. Das kleine Mädchen, das sich hinter dem Baum versteckt hatte, brach in schallendes Gelächter aus und fing dann plötzlich an zu weinen; es wiederholte eintönig: „Nanna, Nanna, sie ist tot, sie ist tot ..."

Der Polizeibeamte half der alten Frau auf und setzte sie auf einen anderen, genauso unsicheren Stuhl.

„Ihr Neffe, sagten Sie?"

„Er ist aus Casablanca gekommen, um ein paar Tage in Azemmour zu verbringen."

„Welcher Neffe?", fragte der Inspektor, der die ganze Familie in etwa kannte. (Das ist sein Beruf, alles zu wissen (er hat auch Akten).)

„Der Ingenieur Adam", antwortete Nanna auf ihrem instabilen Stuhl.

„Der Ingenieur!?", rief Basri zweifelnd aus.

Man sah, wie er nachdachte: ein Ingenieur verbringt seine Ferien nicht in einer dunklen Gasse in Azemmour (geschminkter Schnodder, Azzemmour (er stammt nicht von hier, schon aus Prinzip verachtet er diesen Ort, an dem er sich zu Tode langweilt)); ein Ingenieur, der fährt nach Marrakesch, nach Agadir, vielleicht noch nach Tanger, Fes oder sogar El-Jadida, ins Pullman Hotel, in dem es einen herrlichen Golfclub gibt; doch eine düstere Gasse in Azemmour mit einer Ahnin, die ohne Vorwarnung zusammenbricht und einer Göre (warte nur, bis ich dich erwische!): Nein. Niemals.

Der Inspektor besteht darauf, mit dem Ingenieur zu sprechen.

Nanna wäre fast in Ohnmacht gefallen. Eine falsche Bewegung, sie rückt ein wenig zur Seite, Bumm!, Stuhl Nummer zwei bricht nun auch zusammen.

Basri hebt sie mit einer lässigen Geste hoch (er ist ja nun daran gewöhnt), setzt sie sofort auf Stuhl Nummer drei und wiederholt seine Forderung: ich will ihn sehen und vor allen Dingen hören, diesen merkwürdigen Ingenieur, der seine Ferien in der hintersten Ecke einer zugepflasterten rotzigen Gasse verbringt.

Nanna zerkratzt sich die Wangen, oder zumindest ahmt sie die Bewegung nach – ein Zeichen höchster Bestürzung. Hat er etwas *getan*, ihr Neffe? Liegt eine Tragödie in der Luft? Schlimmer noch: eine Entehrung? Hat er gestohlen, vergewaltigt?

Das kleine Mädchen jubelt vor Schrecken in seinem Versteck hinter dem Pomeranzenbaum ...

*Jubelt vor Schrecken?* Genau das liest Adam in den Zuckungen der Kleinen hinter dem Baum. Er hat Lärm im Innenhof gehört und ist still aufgestanden; nun beobachtet er die Szene durch den Türspalt seines Zimmers. Wie schafft dieses Kind es nur, zugleich Zeichen von Angst und Entzücken auszudrücken?

Nanna zeigt mit zitternden Fingern auf die Tür des Zimmers auf der anderen Seite des Innenhofs, in dem der Schuldige wohnt, Adam sieht, wie ihn der Zeigefinger seiner Tante bei der öffentlichen Ordnung anzeigt.

*Jetzt ist es so weit.*

Ohne sich die Mühe zu geben, an die Tür zu klopfen, betritt der Sheriff die Höhle von Tex Willer, der wieder auf seinem Bett liegt.

Beide Männer betrachten sich einen Augenblick, dann grüßt der Inspektor (wie es vorgeschrieben ist: zwei Finger hält er gegen den Rand der imaginären Schirmmütze (er ist ja in Zivil)) und beginnt ein paar scheinbar nichtssagende Fragen zu stellen. In Wirklichkeit sind sie vielleicht *tatsächlich* nichtssagend, nicht nur scheinbar. (Man verdächtigt Polizisten immer, machiavellistisch zu sein, dabei sind sie manchmal einfach nur dumpf. *Schreiben wir nicht der Bosheit zu, was sich leicht durch Dummheit erklären lässt.)*

Vielleicht weiß der Inspektor nicht, was er in so einem Fall machen soll. Schließlich hat er ohne wirklichen Grund ein Privatgrundstück betreten, was sicher ein paar Artikel der Verfassung verletzt; und trotz des Hörensagens und der Verleumdungen, was hat er Adam eigentlich vorzuwerfen? Nichts.

Genau das sagt Adam mit an die Decke gerichteten Augen dem Inspektor in aller Ruhe.

Er weist ihn höflich darauf hin, dass er die Stabilität des Königreiches nicht in Gefahr bringt, weil er bei seiner Tante wohnt, in einem Haus, das seiner Familie gehört. Er bietet an, den Besitztitel vorzuzeigen. (Das ist etwas riskant – wer weiß schon, wo dieses verfluchte Dokument überhaupt ist?)

Nach ein paar Augenblicken stimmt Basri zu: Adam hat das Recht, in seiner Ecke vor sich hin zu siechen. Er gibt sich einen kleinen Ruck und bringt sogar Entschuldigungen vor. (Gibt es nicht einen General in der Familie Sijilmassi? Vorsicht …) Er erklärt Adam, dass er für den Sicherheitsdienst arbeitet; dass es überhaupt kein Problem gibt; dass keinerlei Verbrechen oder Delikt vorliegt; dass er dennoch etwas klären will: das Gerücht behauptet, Adam halte *religiöse* Reden. Stimmt das?

Es ist ein heikles Thema, fügt er hinzu, wir haben genug Probleme mit den Islamisten in den Moscheen, mit den Lumpen der Sekte von Scheich Bassine, die starr, schweigend, bedrohlich durch die Straßen ziehen; wir brauchen nicht auch noch einen Ingenieur, der sonst was in einem Riad der Rue du Mouflon predigt.

Adam ist bass erstaunt. Seit Tagen, vielleicht sogar Wochen, hat er faktisch kein Wort gesprochen. (Sicher, Gruppen von Phonemen verwüsten sein Gehirn wie durch die Wüste Kalahari ziehende Herden von Erdferkeln; jedoch er *spricht* keines dieser Worte aus …) Zuerst leugnet er, dann besinnt er sich eines Besseren. Er erinnert sich an eines der seltenen Male, wo er auf eine von Nannas Fragen geantwortet hat. Sie hatte ihn gefragt, ob er zu den vom Muezzin laut herausposaunten Zeiten in seinem Zimmer bete. Adam hatte geantwortet:

„Auf eine gewisse Weise ja, ich bete."

„Aber mein Sohn, ich sehe dich nie niederknien."

„Das Niederknien ist eine Gewohnheit der Götzenanbeter", hatte Adam geantwortet. „Ich bete in meinem Herzen. Ohne mich zu bewegen."

Nanna war der Mund offen stehengeblieben. Wie denn, eine Gewohnheit der Götzenanbeter? Da wären wir ja *Kouffar*, Ketzer, wir, die wir fünfmal am Tag niederknien? Was sagst du da, mein Sohn? Wieso hast du so viel studiert, deine Augen an diesen Büchern abgenutzt, die dir dein Vater ohne zu verhandeln gekauft hat, hast du Ozeane überquert, um *draußen* die Wissenschaft bei den Christen zu suchen? All das, um deine alte Nanna als Götzenanbeterin zu bezeichnen?

Vor lauter Kummer war sie redselig geworden. Adam hatte die Hand erhoben:

„Jeder tut die Dinge auf seine Art. Du wirfst dich zu Boden, ich schließe die Augen. Du gestikulierst, ich verharre unbeweglich. Wenn es irgendwo einen Gott gibt, ist ihm das bestimmt egal. Nur die Absicht zählt."

Er fasste die Diskussion unwillig für den Inspektor zusammen. (Im Grunde muss ich mich nicht rechtfertigen (und ein Kerl, der dem verstorbenen Driss Basri so ähnlich sieht, kann der mich überhaupt verstehen?).)

„Da haben wir es!", rief der Inspektor aus. „Mir ist egal was Sie *hier* sagen, in Ihrem Riad. Doch Ihre Tante, Ihre *Nanna,* lässt sich nicht davon abhalten zu klatschen. – Sie wissen ja, wie die Frauen sind. (Kleines fettes Lachen.) An der Türschwelle wiederholt sie, was Sie ihr sagen, auch wenn sie nichts davon versteht. Die Klatschbasen aus der Gasse tragen das alles weiter und verändern es. Das geht so weit, dass man uns zuträgt, ein unbekannter Imam predige in der Rue du Mouflon merkwürdige Dinge."

„Und was kann ich daran ändern?"

Basris Gesicht verfinsterte sich. Seit sich das Land zur Jahrtausendwende mehr oder weniger demokratisiert hatte, brachte man der Polizei keinen Respekt mehr entgegen. Es gab eine Zeit, wo jemand, der einen Ordnungshüter unverschämt fragte „Was kann ich daran ändern?", sofort in das nächste Gefängnis wanderte, gerädert und gefoltert wurde …

„Nun, Sie könnten damit anfangen, Ihrer Nanna nicht mehr egal was zu erzählen."

„Wie meinen Sie das, *egal was*? Haben Sie einen Standpunkt in dieser Frage?"

„Ich habe einen Standpunkt in *allen* Fragen."

Nun war Basri genervt.

„Und hier ist er, mein Standpunkt: die Fragen stellt man sich im eigenen Kopf, vielleicht noch unter Freunden, an einem geschlossenen Ort, einem privaten Ort, aber nicht im öffentlichen Raum."

„Warum denn?"

„Weil, mein sehr verehrter Herr, es im öffentlichen Raum keine Fragen gibt. Es gibt Gebäude, Straßen, Bäume, elektrische Masten, Verkehrsschilder; es gibt keine Fragen, es gibt keinerlei Grund an irgendetwas zu zweifeln. Haben Sie schon ein Verkehrsschild gesehen, das eine *Wahrscheinlichkeit* ausdrückt? ‚Fahren Sie geradeaus, *unter Umständen könnten Sie* am Ende nach Marrakesch gelangen'? Wie, haben Sie so ein Verkehrsschild schon einmal gesehen? Nein, nicht wahr? (Basri triumphierte.) Warum wohl? Weil es im öffentlichen Raum nur Gewissheiten gibt. Die Summe der Gewissheiten ist die Kenntnis der Welt. Und wer verbreitet diese Kenntnis? Der Staat! Der *Makhzen*! (Den ich vertrete.) Die Welt *ist was sie ist*. Also ist der Staat die Welt. Warum? Weil der Staat die Welt verständlich macht. Was in den Köpfen herumspukt, ist verworren, durcheinander: zum Glück ist der Staat da, um das alles zu ordnen. Wenn Sie nicht anders können, stellen Sie sich Fragen, Herr Ingenieur; aber stellen Sie sie in Ihrem Kopf. Wenn die herauskommen, führt das zur *Fitna*, zum Unfrieden; Sie sind ja wohl nicht aus Casablanca gekommen, um die *Fitna* nach Azemmour zu bringen?"

Adam schwieg. Starr vor Bewunderung für diese außerordentliche Argumentation, in der sich strenge Logik mit wilder Apologie des Staates vermischte, das Ganze mit ein wenig Islam überstreut. Wie war so etwas möglich? Es gab nur eine Erklärung: auf der Polizeischule hatte Basri seine Notizen durcheinandergebracht – Logik, Verfassungsrecht, islamisches Gedankengut. Vielleicht waren die Photokopien auf der Treppe heruntergefallen und er hatte die Blätter egal wie aufgesammelt. Er hatte alles in der falschen Reihenfolge auswendig gelernt, das Ausgangsexamen mehr schlecht als recht absolviert und dieses unerhörte Amalgam diente ihm nun als Glaubensbekenntnis.

Basri hielt zwei Finger an seine imaginäre Mütze, brummte ein dürftiges „Guten Tag!" und machte sich davon. Adam hielt ihn einen Augenblick zurück:

„Sie sind gekommen und haben mich hier in einem Privathaus befragt ... Haben Sie einen Befehl ... ich weiß nicht genau wie das heißt? Einen Durchsuchungsbefehl?"

Basri wandte sich halb um, senkte den Blick auf Adam und gab eine Art verachtungsvolles Kichern von sich.

„Einen Durchsuchungsbefehl? Hier sind wir nicht in Schweden. Und im Übrigen habe ich nichts ‚durchsucht'. Ich habe nur eine Diskussion mit Ihnen geführt."

„Aber ist das keine Verletzung der Privatsphäre?"

„Ganz und gar nicht. Ihre Tante hat mich liebenswürdigerweise in ihr Haus gelassen. Nebenbei sollten Sie wissen, dass wenn ein Bürger einen Polizisten ins Haus lässt, er sich nicht mehr gegen eine Durchsuchung wehren kann. Legalerweise hätte ich alles durchwühlen können. Doch ich *weiß*, dass Sie hier nichts verbergen."

„Die Verfassung ..."

„Die kenne ich besser als Sie. Ich kenne sie, als hätte ich sie verfasst. Sie suchen einen Haken, aber den werden Sie nicht finden."

Er schritt von dannen. Man hörte das kleine Mädchen etwas hinter dem Bitterorangenbaum flöten, die Eingangstür krachte zu und es trat wieder Stille ein.

Adam legte sich auf den Rücken und schloss die Augen.

Eines Tages, auf dreißigtausend Fuß Höhe in einem Flugzeug der Lufthansa, beschließt man *langsamer zu treten*; man verliert seinen Arbeitsplatz, seine Wohnung, seine Frau; einverstanden (das ist vielleicht so gedacht); doch ein paar Wochen später fühlt sich der Staat selbst bedroht? Der Staat? Der *Makhzen*? Das war eigenartig.

Es standen ihm noch ein paar Überraschungen bevor.

## 18

# Voltaire vergessen

Einen Monat lang verließ Adam sein Zimmer nur selten.

Es herrschte dort absolute Stille. Die Tage vergingen ohne besondere Vorkommnisse, die flüchtigen Besuche von Nanna oder dem kleinen Mädchen, die ihm das Essen brachten, machten sich kaum bemerkbar. Nur das Eindringen Basris hatte ein paar Stunden lang den Ablauf dieser auf den ersten Blick friedlichen inneren Einkehr gestört, aber in Wahrheit war sie nicht friedlich. Er blieb zwar die meiste Zeit im Bett, lag auf dem Rücken, manchmal unter einem dünnen Laken, jedoch er konnte weder nachdenken noch meditieren; gezwungenermaßen musste er sich damit zufrieden geben, den unglaublichen Schwall von Worten, Sätzen, Ideen vorbeiziehen zu sehen, der sein Gehirn spontan überflutete, so wie man von weitem fasziniert, mit klopfendem Herzen einen anschwellenden Strom beobachtet, der zwischen uralten glänzenden, moosbedeckten, halb überfluteten Brüstungen dahinsprudelt.

Manche Sätze erschienen immer wieder, wie Strudel, ohne dass er verstand, warum gerade diese Sätze ihn so beschäftigten.

*Alle glücklichen Familien gleichen einander. Jede unglückliche Familie ist auf ihre eigene Art unglücklich.* Dann erblickte er kurz das Gesicht seines verstorbenen Vaters, seiner Mutter, seiner Brüder und Schwestern. Sind wir (waren wir) eine glückliche Familie? Eine unglückliche?

Keine Zeit zum Nachdenken, die nächste Welle rückte an, unvermutet, keinen Widerspruch duldend: *Viele Jahre später sollte der Oberst Aureliano Buendía sich vor dem Erschießungskommando an jenen fernen Nachmittag erinnern, an dem sein Vater ihn mitnahm, um das Eis kennenzulernen.* Hat mein Vater mich jemals mitgenommen, um das Eis kennenzulernen? Im Atlasgebirge? Nein, er war zu sehr damit beschäftigt, seinen Lebensunterhalt zu verdienen, um seine Kinder ernähren zu können …

Keine Zeit, sich tiefer damit zu beschäftigen, die Unterdrückungswelle schwappte weiter: *Heute ist Mutter gestorben. Oder vielleicht gestern, ich weiß es nicht,* das klang wie die vier Anfangsschläge der Fünften Symphonie, ... *es war wie vier kurze Schläge, mit denen ich an das Tor des Unglücks hämmerte* ... Er kannte diese Satzkette nur allzu gut, die ihm in höchst unerwarteten Momenten die Luft zum Atmen nahm.

Die Flut wird ein paar Sekunden lang langsamer, jetzt säuselt eine Frauenstimme: *Ich hatte eine Farm in Afrika am Fuße der Ngong-Berge* ... Das Wort „Ngong" *klang nach* ... Irgendwo in Afrika ... *Ich hasse Reisen und Entdecker* ... Ach, nun ist es der Matto Grosso, Amazonien ...

Dann schwoll die seltsame Flut wieder an und es ertönte eisig: *Als Gregor Samsa eines Morgens aus unruhigen Träumen erwachte, fand er sich in seinem Bett zu einem ungeheuren Ungeziefer verwandelt.* Übrigens lag er, Adam, nicht auch auf dem Rücken? (Bin ich jetzt ein dicker Käfer? Beunruhigt hielt er den Arm nach vorne und betrachtete seine Hand; das führte unweigerlich zum folgenden Satz: *Das Auge war im Grab und beobachtete Kain.)* Das Grab? Begraben unter einem Wortschwall ... Er ließ die Hand sinken.

Was ist los? Verliere ich den Verstand? *Die seltsamen Ereignisse, denen diese Chronik gewidmet ist* ... Was hatte Doktor Bennani noch gesagt? „Dekompensation"? Oder „Wahnzustand"?

Aber ich weiß genau, was los ist.

Das läuft über ...

Jeder dieser Sätze ist ein Incipit. *Incipit*: „er beginnt“. Was beginnt? Nun, die andere Welt. Incipit ... Ein Einschnitt in das Gewebe der endlosen Tage meiner Kindheit, aus Langeweile zusammengeknotet, von ein wenig Gebimmel durchzogen, von verschiedenen, erstickten Geräuschen, die durch die Wände sickern, vom Ruf des Muezzin, vom Gehämmer des Kupferschmieds, der ewig darüber gebeugt das Metallblatt bearbeitet ...

Ein Einschnitt und alle Wunder der Welt werden mir dargeboten ...

*Die andere Welt*, die westliche, wo man Anna, Aureliano, Meursault, Karen, Franz, Emma heißt, wo man Abenteuer erlebt, wo das Leben *lebenswert ist,* selbst wenn am Ende der Tod steht, die *Arsenspitzen,* die Räder des Zuges im kleinen Bahnhof von Lassenki, die Guillotine *und dass am Tag meiner Hinrichtung viele Zuschauer da sein würden und dass sie mich mit Schreien des Hasses empfangen würden ...*

Es ist nicht das erste Mal. Neu ist nur, dass sie wie eine Sturzflut über mich hereinbrechen, aber sie haben mich immer begleitet, diese Messerstiche – meine Welt besteht aus Einschnitten. Doch warum diese Revolte, warum stürmen sie auf mich ein, warum werden sie zur Sintflut?

(Adam verzog das Gesicht. Ich habe eine neue Krankheit entdeckt: die *Incipititis* oder muss es *Incipitopathie* heißen? Man sollte es im *DSM* erwähnen. Bin ich der einzige, den es erwischt hat? „Ich leide unter Incipitopathie.“ „Ist das eine Phobie gegen Ziehen?“ „Tut das weh?“)

Es kam auch vor, dass sich der Fluss ein paar Stunden lang beruhigte, wo die *Katarakte der Schlünde dem windstillen Plan* Platz machten, dann konnte er endlich in Ruhe die Situation überdenken. Ich bin jetzt wo ich sein wollte. Hier ist das wahre Leben. Und nun?

Ja, es wäre ein einfaches Leben ... *Das Leben dort, so ruhig und glatt ...* Jeder Morgen wäre wie der vorige, wie der nächste, wie alle Morgen der Welt. Man isst wenig, aber gesund, Gemüse aus dem Garten, Früchte vom Baum, Milch, Datteln. Man hat keine Scheu, stundenlang bewegungslos zu verharren. Man verbringt die Stunden mit strengem Studium wie Hadj Maati ...

Da fällt mir ein, ich muss ein paar Bücher besorgen, ich habe bereits eine Ewigkeit keine Zeile mehr gelesen. („Aber sie tanzen doch zu tausenden in deinem Kopf herum!" „Genau, Feuer muss mit Feuer bekämpft werden. *Wenn ich lese, wenn ich schreibe,* werde ich diesem *Sturm in meinem Kopf* entgehen.")

Nanna wurde befragt und verstand zuerst nichts; als dann das mehrmals wiederholte Wort *K'toub* endlich zu ihr durchdrang, kam ihr ein klarer Gedanke; man verlangte Bücher von ihr, rätselhafte, vielleicht bösartige Gegenstände; sie erhob sich schwer seufzend und zeigte Adam eine große Truhe aus altem Holz, bedeckt mit einem alten, mottenzerfressenen Laken, die in einer Ecke des blauen Zimmers ihr Dasein fristete.

Er schob zwei lange, halb verrostete Metallstäbe zur Seite, die nur nach mehreren Versuchen ächzend aus der Schließklappe schnappten. Zum Glück war niemand darauf gekommen, das Ganze mit einem Schloss zu verriegeln, als sei der Gedanke, man könne Bücher stehlen, unvorstellbar.

Vorsichtig hob er den Deckel der Truhe an. Würde ein Geist mit einem Turban auf dem Kopf und gekreuzten Armen herausspringen, bereit seine Wünsche zu erfüllen? Modergeruch stieg auf. Nanna verschwand angewidert, vielleicht erschrocken, das kleine Mädchen hing an ihrem Rockzipfel.

Es gab tatsächlich mehrere Dutzend unordentlich gestapelte Bücher: große Bände lagen auf kleineren und zwischen zwei Stapeln lagen vertikal dünne Hefte, Broschüren, vielleicht Pamphlete. Sicher hatten sie seinem Großvater gehört!

Mit klopfendem Herzen nahm er ein paar davon und trug sie vorsichtig in sein Zimmer, er hatte Angst, sie würden ihm in den Fingern zerbröseln wie jene zerbrechlichen Manuskripte aus Timbuktu, rissig, vergilbt, von Sand und Dürre zerfressen, die im Lauf der Jahre zu Staub zerfallen, als erfülle sich so ein Fluch.

Alle Bücher waren in arabischer Sprache. Er betrachtete sie sorgfältig und wählte eines aus: *Hayy Ibn Yaqzan* von Ibn Tufail. Er begann die Sätze langsam zu entziffern und hatte das erhebende Gefühl, endlich den letzten Teil des Plans umzusetzen, der langsam in seinem Kopf entstanden war. Ja, genauso war es. Seit der Epiphanie über der See von Andaman hatte er sich ein immer detaillierteres Bild davon gemacht.

Was er tun würde, war ganz einfach unerhört.

Er würde sich, wie konnte man es ausdrücken? ... Masche um Masche auflösen. Seinen Kopf leeren ... oder besser gesagt, seinen von Incipitopathie befallenen Kopf kurieren; allgemeiner gefasst war es Phrasopathie; Allophrasopathie; die Wortkästchen herauslocken, die Kästchen, *die ihn zwangen, aufzusagen*; gleichzeitig würde er eine Totaloperation dieses Fortschrittsdenkens, dieses Geschwindigkeitswahns vornehmen, die es ganz und gar normal dünkten, dass der mickrige Körper eines *Homo Sapiens* regelmäßig eine Höhe von dreißigtausend Fuß erreichte, mit Überschallgeschwindigkeit durch den Raum geschleudert wurde (im Großen und Ganzen bewegte man sich schneller als die eigenen Worte, als der Ausdruck seiner Gedanken) ...

... und um das zu leisten, um diese große Auflösung durchzuführen, musste er etwas anderes in seinen Kopf tun, andere Wortkästchen, menschlichere, natürlichere ... langsamere? ... und das würden genau die sein, die seinen Großvater Hadj Maati und seinen eigenen Vater, Si Abdeljebbar, das ganze Leben über begleitet hatten.

Zudem hatte er im Supermarkt begriffen, dass *jene Kästchen*, die seiner Vorfahren, keine künstliche Welt, keine Welt der Vorstellungen bilden würden.

Es fing damit an, dass er sich in *ihre* Sprache, *ihre* Bücher stürzen, *ihre* Richtwerte kennenlernen musste.

Er legte *Hayy Ibn Yaqzan* zu Boden und schloss die Augen. Er kannte das Werk, hatte es früher in der französischen Übersetzung gelesen; er wusste also, was Ibn Tufail damit bezweckte (vielmehr glaubte er es zu wissen, denn die zweite Lektüre sollte ihm atemberaubende Dinge enthüllen, die er vorher nicht gesehen hatte). Die Einheit mit dem Einen ... Ohne die Augen zu öffnen, merkte Adam, dass er erst am Anfang eines langen Weges stand. Die *Tariqa* ... Der enge Weg ... Der Sufismus.

Adam hatte dem immer misstraut, denn seine Erziehung war im Laizismus verankert, mit der Vernunft als Grundprinzip. Er konnte sich lebhaft vorstellen, was ein Voltaire aus Zemmouri in seinem *Philosophischen Wörterbuch* über die *Soufis* geschrieben hätte. Die Ironie von Arouet hätte niemanden verschont. Er hätte Verwunderung vorgetäuscht: „Wie seltsam ... Diese Leute suchen nach der Vereinigung mit Gott, mit dem Absoluten, dem Unendlichen, und dazu küssen sie zuerst die Hände eines gemeinen, dickbäuchigen Menschen, den sie „Herr“ nennen? Der gibt vor, unerhörte Geheimnisse zu kennen, kann aber nicht einmal eine Lungenentzündung heilen? Sie vergraben sich in Schweigen (wofür wir ihnen dankbar sind), doch zu bestimmten Stunden brechen sie es und führen seltsame Tänze auf, bei denen sie „Hu!“ schreien“ usw.

Adam merkte nicht ohne Trauer, dass „sich auflösen“ auch dies bedeutete: Abschied nehmen von Voltaire; oder einen neuen finden, der den Vornamen Ali trug. Kein leichtes Unterfangen.

(Man darf auch nicht mehr bei jeder Gelegenheit „Kein leichtes Unterfangen!“ rufen, ein schöner Hinweis auf ein Zitat von Charles de Gaulle; er soll das gesagt haben, als er eines Tages auf einer Mauer die kategorische Inschrift „Nieder mit den Arschlöchern“ las! Sehr amüsant, doch was habe ich mit De Gaulle zu tun? („Einen Voltaire verhaftet man nicht“, hat er auch gesagt. Doch, doch. Und ihr werdet alle beide aus meinem Kopf ausgewiesen wie zwei Ausländer in der Welt, die ich wieder aufbauen will.))

Voltaire vergessen. Kein leichtes ...

## 19

# Der autodidaktische Philosoph

Adam stürzte sich mit Begeisterung auf die Bücher, die er in der Truhe gefunden hatte.

Er ging mehrmals zwischen dem blauen Zimmer und seiner Kammer hin und her und hatte schließlich alle Bücher vor sich auf dem Fußboden liegen; je nach Laune vertiefte er sich in das eine oder in das andere. Bei einem seiner seltenen Ausflüge in die Stadt hatte er bei einem Antiquar ein paar arabische Wörterbücher aufgetrieben und das erleichterte ihm das Lesen enorm. Das Unternehmen Demontage schritt voran ... In *Hayy Ibn Yaqzan* war er auf erstaunliche Dinge gestoßen, die er Jahre vorher beim ersten Lesen übersehen hatte.

*Er entschied sich, ihm die Brust zu öffnen, um sehen zu können, was sich darin befand. Mit einer Steinklinge und Lamellen aus Schilfrohr machte er einen kleinen Schnitt zwischen den Rippen und erreichte schließlich die Lungenhülle ...*

Adam erinnerte sich an seinen Biologielehrer am Lycée Lyautey in Casablanca. Es war an einem Herbstmorgen während einer Unterrichtsstunde über das Sezieren. Das war lange her, aber ihm war die Szene im Gedächtnis haften geblieben. Er legte das Buch hin, um sie noch einmal vor seinem inneren Auge ablaufen zu sehen. Herr Castellani in seinem weißen Kittel lief mal ernst, mal spöttisch auf dem Podium hin und her.

„In allen Zivilisationen, für alle Religionen war der menschliche Körper heilig. Daher war Sezieren verboten. Das römische Recht zum Beispiel sah es als Verbrechen an. Der große Galen und seine Kollegen praktizierten ihre Autopsien an Berbermakaken ... doch, doch! ... *Macaca sylvanus ... hihi-hi.... Ma-ca-ca syl-vanus ...*"

Herr Castellani leckte sich die Lippen („ich werde jetzt einige schockieren!") und fügte hinzu:

„... denn dessen Anatomie entspricht im Großen und Ganzen der des Menschen."

Er ging zur ersten Bankreihe und blickte tief in die Augen eines jungen Rashid oder einer Jugendlichen Leila:

„Denn wir sind mit den Affen verwandt, das solltet ihr wissen!"

Er nahm seine apodiktische Wanderung auf dem Podium wieder auf.

„Also, überall erheben die Priester, und die die anderswo als Priester gelten ... ahem! ... Sie wissen, was ich meine ... ich weiß, was ich meine ... die eingemummten, Turban und Amulette tragenden ... Priester, Läusebart ... sie heben den Arm: Halt! Nicht anrühren! Heilig ist der menschliche Körper! ... *Haram!* ... Auch wenn er auf ewig erkaltet ist! ... Selbst tiefgekühlt! ... Vereist! ... Auf Null Kelvin! Dieser Blödsinn hat uns 1000 Jahre gekostet. Erst als wir buchstäblich aus dem Tempel herauskamen, denn Sie wissen, meine Damen und Herren, dass ‚profan' von *pro fanum* kommt, was soviel bedeutet wie: ‚vor dem Tempel, außerhalb' … Die profane Wissenschaft tritt aus dem Tempel, der Kirche, der Synagoge der Mosch... (Hier biss er sich auf die Lippen und rollte komisch mit den Augen, um das Wort nicht zu Ende auszusprechen.) Ich habe nichts gesagt! … Ihr braucht die Garde nicht zu rufen! … Die *Harka* des Sultans! … Also die Wissenschaft wird profan, sie redet honigsüß zu den Priestern, um endlich wissenschaftlich weiterzukommen!, indem sie, *ritsch!, ...* (er machte eine große Geste, wie ein Mörder in einem billigen Film, der einen unsichtbaren Gegner von unten bis oben aufschlitzt) ... die Leichen öffnet! *Uhuhuhuhu...*"

Er ahmte das Geheul des Gespensts (sehr schlecht) nach. Die Lausbuben aus der letzten Reihe riefen zuvorkommender Weise ebenfalls *Uhuhuhuh.* Sie hatten Respekt voreinander, Castellani und die Lausbuben hatten einen *Modus vivendi.* Er fuhr fort:

„Erst im 18. Jahrhundert wurde das Sezieren in Europa offiziell eingeführt, dafür gab es jede Menge Gründe: Epidemien mussten bekämpft werden, daher musste man sie verstehen oder besser gesagt *versuchen,* sie zu verstehen (damals gab es noch keine technischen Mittel, um Bazillen und andere kleine Viecher zu beobachten); es gab auch Gerichtsverfahren, die die Öffnung der Leiche der Gräfin erforderten, um zu sehen, ob sie vergiftet worden war usw. Doch erst im 16. Jahrhundert, mit Vésale in der Schweiz – er war übrigens Belgier, und machte grundlegende Entdeckungen in der Schweiz, das müsste uns doch zu Bescheidenheit anregen, uns große Franzosen ... irgendwo in Brüssel steht seine Statue ... Ich glaube an der *Place des Barricades* ..."

Hinten in der Klasse schrien die Lausbuben und machten seine Stimme nach:

„Mein Herr, ein wenig Konzentration!"

Castellani lächelte gutmütig.

„Also, Vésale, endlich wird das Sezieren offiziell anerkannt. Der gute Vésale, er hieß mit Vornamen André, war der erste wahre Anatom, das könnt ihr aufschreiben. Ehre den Pionieren! Vésale entdeckte so zweihundert Fehler von Galen, darunter die Tatsache, dass es beim Menschen kein *Rete mirabile* gibt ..."

Allgemeines Klagen:

„Wie schreibt man das, Monsieur?"

Castellani malt die beiden Wörter genüsslich an die Tafel.

„... den man in Wahrheit nur beim Tier antrifft. Wir sind also nicht ganz und gar Berbermakaken, nicht wahr Herr Aït-Allouch? (In der ersten Reihe nickte Aït-Allouch auf gut Glück.) Vésale korrigierte Galen, das beweist, dass nichts Beobachtung, Experimente, kurzum die empirische Wissenschaft ersetzen kann. Doch bevor es dazu kam, hatte man die Hindernisse der Religionen aus dem Weg räumen müssen. *Aller* Religionen. Kapiert?"

Erneut sah er zu Rachid (oder Leila) hin, die brav aufschrieben, was der von der *Mission universitaire et culturelle française* bestellte Lehrer ihnen beibrachte.

Heute wurde Adam klar, dass es dennoch ein paar riesige Löcher in Herrn Castellanis Wissen gegeben hatte. Hatte er *Hayy Ibn Yaqzan* gelesen?

Nach mehr als 30 Jahren hob er den Finger und unterbrach den Lehrer:

„Aber, Monsieur ... (Er hob das Buch auf und schwenkte es energisch.) Hier ist ein philosophischer Roman aus dem zwölften Jahrhundert, in Arabisch, in dem der Autor das Sezieren zur Grundlage allen Wissens macht ... Beobachtung, Experimente, empirische Wissenschaft ... all das wurde in Ibn Tufails kleinem Buch bereits befürwortet und gerühmt, und zwar mehrere Jahrhunderte vor *Ihrem* belgisch-schweizerischen Vésale. Ibn Tufail war auch nicht irgendwer: er war der Wesir und Leibarzt von Abu Yaqub Yusuf, dem Herrscher von Marrakesch und Sevilla, dem weisen Kalifen ..."

Er stellte sich vor, wie sich Herr Castellani ihm näherte, seinen (imaginären) Zwicker aufsetzte und mit gerunzelten Brauen *Hayy Ibn Yaqzan* durchblätterte.

„Nein, das kannte ich nicht ... sehr merkwürdig ... Unter dem almohadischen Reich, sagen Sie? In Andalusien? Im zwölften Jahrhundert? Ich leihe es mir aus, es ist nie zu spät dazuzulernen ..."

Je mehr Adam las, umso verwunderter war er.

Hayy, das auf einer verlassenen Insel geborene Kind, ohne jegliche Bildung oder Offenbarung, ohne Kontakt mit den Menschen (er weiß nicht mal, dass er ein menschliches Wesen ist ...), einzig getrieben von seiner Neugierde, versteht das Prinzip des Lebens, nachdem er mehrere Vivisektionen durchgeführt hat – zuerst an seiner Adoptivmutter, jener Gazelle, die ihn bis zum siebten Lebensjahr aufgezogen hatte.

(Aus Liebe zur Wissenschaft kann man sogar seine eigene Mutter sezieren ... (Das ist noch stärker als Bernard Palissy, der seine Möbel in einem Ofen verbrannte, „um schönere Emailleschüsseln als die Italiener zu schaffen" ... – stärker als Ruskin, der behauptete, der wahre Künstler dürfe sich an einem Unfallort nicht um die Opfer kümmern, sondern müsse die Farbe der Lippen der Sterbenden notieren ...))

Hayy wird zum Jugendlichen, dann zum Erwachsenen, und versteht nach und nach, wie die sublunare Welt funktioniert ... Er begreift intuitiv die Entwicklung der Arten. (*Pflanzen und Tiere erschienen ihm so wie ein und dieselbe Sache*; doch, doch, sieben Jahrhunderte vor Darwin ...)

Dann kommt das Stadium, in dem Hayy die Notwendigkeit eines Schöpfers begreift und die Vereinigung mit ihm sucht. Er schlägt daher den Weg des Mystizismus ein. Auf der höchsten Erkenntnisstufe, *hat er immer noch keinen einzigen Menschen getroffen, weder einen normalen Sterblichen, noch einen Propheten*. Er hat auch kein Buch gelesen, weder die Bibel, noch den Koran ...

Da stockt einem der Atem.

Adam traut seinen Augen nicht. Doch der Text ist da, vor

ihm, klar und deutlich: der Wesir, das heißt der Premierminister des Emirs der Almohaden – und die Almohaden waren die „Fundamentalisten" jener Zeit ... –, legt also nahe, *dass die Kenntnis der Welt und die Gottes weder eines Propheten noch einer Offenbarung bedürfen*. Mohamed? Nicht nötig. Der Koran? Darauf können wir verzichten.

(Adam stellt sich vor, wie Ibn Tufail aufersteht und seine Ideen heute sachlich den religiösen Führern Saudi Arabiens oder den Taliban in Afghanistan erklärt. Aufruhr ... Allgemeine Verblüffung ... Empörung. Er wird der Häresie bezichtigt ... *Allahuma hada munkar* ... „Ergreift ihn!" Ein paar Minuten später wird der würdige Wesir in Riad öffentlich hingerichtet. Dann, o wundersame Allgegenwart, ist er oben in den Bergen in der Nähe von Tora-Bora bei den Taliban. Er wird enthauptet, verbrannt, zerstückelt ... *Ein harter Tag*.)

Natürlich hält sich der Wesir eine Hintertür offen. Im letzten Kapitel trifft Hayy, der jetzt etwa 50 Jahre alt ist, endlich andere Menschen. Er lernt ihre Sprache und entdeckt den Islam, die Religion, den Kult, die Verbote usw. Was für eine schöne Überraschung: es gibt darin nichts, das der Naturreligion widerspricht, die er ganz allein auf seiner Insel entdeckt hat.

Dann verändert sich alles unmerklich zum Schlechten. Niemand versteht seine Abneigung gegen die großen Gesten ... „Aber kaum hatte er sich ein wenig über den buchstäblichen Sinn der Offenbarung erhoben, um einige Wahrheiten zu erfassen, die im Gegensatz standen zu ihren Vorurteilen, da fingen sie bereits an, sich zu distanzieren."

Da versteht Hayy, dass es zwei Arten von Menschen gibt: „... die meisten von ihnen sind wie vernunftlose Tiere." Für diese „Jede Weisheit, jede Richtung, jede Stütze liegt in den Worten des Propheten und im religiösen Gesetz. Etwas anderes ist nicht möglich." Er kehrt zurück auf seine Insel und verlässt sie nie wieder.

Die Moral: es gibt die Elite und es gibt die Massen. Letztere benötigen eine offenbarte Religion, ein Heiliges Buch, eine Gesetzestafel. „Dabei waren sie begierig nach der Wahrheit, doch wegen ihrer eingeschränkten Natur befanden sie sich bei der Suche nach dem Wahren nicht auf dem richtigen Weg. Statt die richtige Tür aufzustoßen, suchten sie den Weg der Autorität."

Auf welcher Seite stehe ich? In welchem Lager? Sicher nicht in dem, das Ibn Tufail folgendermaßen beschreibt: „Zufrieden mit dem, was sie haben, halten sie ihre Leidenschaft für Gott und ihre Begierde für Objekte des Kults."

Adam liest mit klopfendem Herzen.

Über die (revolutionäre) Bedeutung seiner Lektüre hinaus, gibt es zudem Sprachwendungen, von denen einige kleine Diamanten sind: „Sie erschöpfen sich darin, Zweiglein zu sammeln in dieser elenden Welt, ganz in dem Gedanken, sie bis an den Grabesrand zu sammeln." Pascal? Nein, Ibn Tufail vier Jahrhunderte davor.

Weiter. Die Elite kann auf alles verzichten. Sie gibt sich mit der Naturreligion zufrieden, der der Vernunft.

Adam legt das Buch hin, öffnet seinen Block, blättert darin, bis er eine Definition findet, die er vormals aus einem alten Werk abgeschrieben hatte: „... dagegen diejenige, in der ich zuvor *wissen* muss, dass etwas Pflicht sei, ehe ich es für ein göttliches Gebot anerkennen kann, ist die natürliche Religion." (Es spricht der Philosoph aus Königsberg. Immanuel Kant ... Seine Doktorarbeit, die er 1755 einreichte, beginnt mit folgenden Worten in Arabisch (!): *La ilâha illa 'llah,* es gibt nur einen Gott. Die deutsche Universität erkannte den Vorsprung der arabischen Wissenschaft und des arabischen Denkens an. (Es gab eine Zeit, da nahm man uns ernst.))

Bei dem großen Unternehmen Demontage habe ich wieder festen Boden unter den Füßen, den des Intellekts, der Abwägung, der Intelligenz; vielleicht werde ich dort auch meinen würdigen Großvater und meinen Vater antreffen: das Werk *Hayy Ibn Yaqzan* in dieser Truhe legt Zeugnis davon ab. Wenn ich Voltaire vergesse, muss ich dadurch weder dumm noch fanatisch werden.

Ich werde Ibn Tufail lesen, Ibn Rushd, Al-Ma'arri, Al-Jahiz ...

Er war begeistert wie lange nicht mehr. Er legte das Buch aus der Hand und verließ das Haus, um über den Stadtwall zu spazieren.

Der Ozean erstreckte sich in der Ferne und symbolisierte den *Bahr al-'ouloum*, den Ozean des Wissens, den er nun lustvoll betrat.

Adam betrachtete das prächtige Schauspiel der untergehenden Sonne, deren orangefarbenes, fast rötliches Licht einen heftigen Kontrast zum Dunkelblau des Meeres am Horizont bildete.

Beim Verschwinden schien die leuchtende Scheibe kurz anzuhalten. Adam wusste (ferne Erinnerung an den Physikunterricht), dass die Sonne nicht mehr da war; sie war in Wirklichkeit auf die andere Seite gewandert. Dennoch erzwang die von der Masse der Erde verursachte Brechung der Lichtstrahlen die Illusion ihrer Präsenz.

Eigentlich, sagte sich Adam, ist sie da, ohne da zu sein; wie ich.

Doch ich werde hier *geschehen.* Eintreten.

Bleiben.

## 20

# Averroës, che'l gran comento feo ...

Am nächsten Tag wandte er sich der *Entscheidenden Abhandlung* von Ibn Rushd zu.

Das Büchlein mit dem gefleckten grauen Umschlag und den dünnen gelben Blättern sah nach gar nichts aus. Doch welcher Schatz verbarg sich darin! Ohne Prolegomena ging es sofort um das Wesentliche.

„Es ist das Ziel dieser Schrift, dass wir in der Art und Weise einer religionsrechtlichen Abhandlung untersuchen, ob das 15. Religionsgesetz das Studium der Philosophie und der Wissenschaft der Logik erlaubt, oder ob es dieses Studium untersagt ..."

Die Antwort ertönt: es ist *obligatorisch* Philosophie zu studieren, wissenschaftliche Untersuchungen zu führen, sich der Vernunft zu bedienen, um die Welt zu verstehen ...

Soll man die Schriften des Altertums benutzen? Selbstverständlich! Die alten Griechen haben die Grundlage geschaffen: Logik, *Organon,* die Kunst des Denkens. Wir müssen ihnen ewig dankbar sein, schreibt Ibn Rushd ...

Adam legte das Buch hin und träumte vor sich hin ... Was hatte Madame Gobert noch im Philosophieunterricht am Gymnasium gesagt? Ach ja, manche katholischen Denker wagten es nicht, die berühmten Griechen in die Hölle zu verbannen, konnten sie aber auch nicht ins Paradies schicken, daher platzierten sie sie in einer Art ewigem Zwischenraum, im Limbus.

Nie hatte die schöne Madame Gobert Ibn Rushds Namen ausgesprochen, doch Adam hatte viel später gelesen, dass

Dante Ibn Rushd, den er „Averroës“ nannte, ebenfalls gerettet hatte, indem er ihm im Limbus seiner „Hölle“ Asyl gewährte ... *Tutti lo miran, tutti onor li fanno (...) Averroës, che'l gran comento feo ...*

... und der gleiche Ibn Rushd sprach in der *Entscheidenden Abhandlung* bewundernd, sogar liebevoll von den „antiken“ Griechen, wie er sie nannte.

Da kann man verstehen, dass der *Kadi* von Cordoba diese Männer, die den Islam nicht gekannt hatten, nicht in die Dschehenna verbannen konnte. (Vielleicht träumte er davon, im Paradies der Philosophen auf sie zu treffen?) Hier schließt sich der Kreis. Aristokratie des Denkens, weit, sehr weit entfernt von der Unzulänglichkeit der Pseudo-Imame aus den Vierteln, die die Schlüssel zur Hölle besitzen und davon ausgiebig Gebrauch machen.

Er begann wieder zu lesen in dem mitreißenden Gefühl, er schwebe auf eine bessere Welt zu – oder auf eben diese Welt, aber in weitaus besserer Form.

Also, es ist *obligatorisch* Philosophie und Wissenschaft zu studieren ... Doch wenn ein Widerspruch zwischen ihnen und der Offenbarung entsteht?

In diesem Fall, antwortet Ibn Rushd, muss man den Text *interpretieren*. Man muss das Resultat der wissenschaftlichen Forschung und des rationalen Denkens akzeptieren und den Text neu lesen, auf die ursprüngliche Bedeutung der Worte zurückgreifen, eine metaphorische Lektüre vornehmen. Man muss den heiligen Text mit der Realität, wie sie die Wissenschaft erklärt, überein bringen.

Die Wissenschaft hat die Vorherrschaft.

Adam jubiliert.

Der Nachmittag verging wie im Traum. Adam rührte das Linsengericht und das Brot, das ihm Nanna auf den kleinen Tisch stellte, kaum an.

Er wechselte von einem Buch zum anderen, las die ganze Nacht und schlief im Morgengrauen ein.

Am nächsten Tag setzte sich Adam auf einen Stuhl neben den Brunnen, griff nach der *Abhandlung* und las die Theorie über die drei Wesen des Menschen:

„Es gibt eine Hierarchie in der menschlichen Natur. Einige Menschen nehmen nur das an, was demonstriert wird, andere sind durch Argumente der Dialektik überzeugt, wieder andere schließlich durch Rhetorik verführt." Sieh an! Wie sagte noch Ibn Tufail? „die meisten von ihnen sind wie vernunftlose Tiere."

Aus der Ferne hörte er den Ruf des Muezzin.

Das ist der Ursprung unserer Unzulänglichkeit, sagte er sich, hier gibt es nur noch solche, die von der Rhetorik geleitet werden (vom Geschrei, den Zauberformeln (die an der Nase herumführen)). Sie sind entschwunden, die Meister der Beweisführung, beständig und mäßig, Freunde der einzig nützlichen Wahrheiten. *Wer nicht Geometer ist, trete hier nicht ein ...*

Später entzifferte er ein paar Seiten von Ghazâli, doch wandte er sich wie instinktiv recht schnell ab. Ein anderes Heft bestätigte seine Haltung.

„Wie Ibn Rushd erkennt Ghazâli den im Koran festgeschriebenen Aufruf zur Erkenntnis an. Doch wo der Mann aus Cordoba es als einen Aufruf zur *philosophischen* Erkenntnis versteht, sieht Ghazâli die Erkenntnis der Präsenz Gottes im Herzen und versucht zu zeigen, dass nur diese Erkenntnis Bestand hat."

Sieh an! Diesen Streit kannte er. Er überlegte kurz. Ach ja ... wieder Madame Gobert und der Philosophieunterricht am Gymnasium ... Der Streit zwischen den Schülern von Descartes, „die die rationale Erkenntnis vorziehen", und den Schülern von Pascal, „die die Vorherrschaft des Herzens behaupten". *Das Herz hat seine Gründe, die der Verstand nicht kennt ...*

„Ein inkonsequentes Herz", hatte Madame Gobert sarkastisch angemerkt (es lebe die laizistische Schule, überlassen wir Pascal den Frömmlern ...).

Descartes gegen Pascal, Ibn Rushd gegen Ghazâli. *Nil novi sub sole ...*

... außer dass diese Sonne die meine ist, die meines Vaters, meines Großvaters, meiner Vorfahren ... Ich verliere diesen großen Streit nicht, wenn ich Descartes und Pascal neben Voltaire vergesse ... Sie findet in der Sprache von Hadj Maati ihren Ausdruck.

Er legte die *Abhandlung* vorsichtig auf den Brunnenrand und ging spazieren.

Der Abend brach an. *Mein Tag ist vollbracht.*

Adam war wie berauscht von seiner Lektüre, er wollte laufen, Gedichte aufsagen, Passanten ansprechen. Er hielt sich zurück und zwang sich, die vorbeigehenden Menschen ruhig anzusehen. Es war seltsam, in den Gassen schien es, als gingen die Frauen schneller, als berge die hereinbrechende Nacht große Gefahren.

Bald wurde er zum Waisen eines vorübergleitenden und verschwindenden Schattens; dann eines anderen, der in einen *Haik* gehüllt war; darauf eines dritten. Frauen, die vielleicht zu meiner Familie gehören, meine Artgenossen sind, meine Schwestern; doch wenn ich sie ansehe, sind sie keine

Frauen mehr, sondern skizzierte *Formen* von Delacroix oder Matisse, die alle beide fest in meinem Kopf verankert sind. Er schüttelte den Kopf, wusste nicht, ob er darüber lachen oder weinen sollte. Hinaus mit euch, ihr Eindringlinge! … Alle beide! … (Nach Voltaire, nach De Gaulle) … Ich kann euch nicht verjagen, denn ich bin *in fremdem Land in meinem Land;* und in mir selbst.

Er ging verwirrt nach Hause und las weiter in Ibn Rushds *Abhandlung*.

Ich werde es wohl schaffen, Matisse und Delacroix zu vergessen. Oder sie zumindest aus dem Rahmen, an die Seite zu schieben; in den Nebenraum an die Bilderleisten gehängt, aber nicht an meine Synapsen; ich will meine Welt sehen *wie sie ist.*

## 21

# Die Baraka der Sijilmassi

Einige Familienmitglieder wollten ihn besuchen. Sie kündigten sich im Krämerladen telefonisch an; der Krämer kam und gab Bescheid; aber Adam hatte Nanna gebeten, allen abzusagen. Sie konnte ja vorgeben, er brauche seine Ruhe.

Eines Tages kündigte ihm Nanna an, ein Journalist wolle ihn sprechen. Ein Journalist? Das war sicher ein Irrtum. Was hatte er denn besonderes getan? Welche Heldentat hatte er begangen? Er war nichts, nur ein kaum bei seiner Familie und seinen Kollegen bekannter Mensch – die Erinnerung an ihn war schwammig. Wieso sollte er einen Journalisten interessieren?

Er bat Nanna, den Besucher an die frische Luft zu setzen – zugleich bat er sie, jeden, der an die Tür klopfte, auf die Weide zu schicken. („Frische Luft" „Weide" waren genau die Worte, die ihm durch den Kopf gingen, als er Nanna seinen Willen zu verstehen zu geben versuchte: Natürlich benutzte er in umgangssprachlichem Arabisch andere Worte, aber „frische Luft" und „Weide" stimmten ihn traurig, denn ihre friedlich ländliche Konnotation konnte ihren Ursprung nicht verdecken: den Brief Voltaires an Rousseau („Sie sollen ... die Milch unserer Kühe trinken und das Gras unserer Wiesen abweiden.")

Es war in der Tat nicht einfach, sich Voltaire aus dem Kopf zu schlagen (hartnäckig, der Kerl).)

Wie auch immer, die Botschaft war klar: die Frage brauchte überhaupt nicht mehr gestellt zu werden, falls jemand ihn unvermutet aufsuchte. Von nun an war die Antwort immer nein. Trotz ihres hohen Alters war Nanna zu einer Art Zerberus mutiert.

Schließlich hatte er es geschafft, das kleine Mädchen zu zähmen – oder vielmehr hatte sie sich selber gezähmt. Sie hatte es sich zur Gewohnheit gemacht, lautlos in sein Zimmer zu kommen, sich in eine Ecke zu setzen, die Arme um die Knie geschlungen, den Kopf zur Seite gelegt; dann rührte sie sich nicht mehr. Zu Anfang wandte er sich irgendwann um und warf ihr einen fragenden Blick zu. Sie sagte nichts. Er zuckte mit den Achseln und machte weiter, und sie beobachtete ihn beim Lesen, als sei sie – in ihre Ecke gezwängt – eine Gefangene ihrer winzigen Arme. Das in der Tiefe ihrer Augen verborgene Geheimnis, falls es denn eines gab, blieb ihm unverständlich. Manchmal entdeckte er sie morgens schlafend zu seinen Füßen. Er hörte nie, wenn sie das Zimmer betrat oder hinausging. Ein wahres kleines Kätzchen.

Am Ende fragte er Nanna, wer denn diese Kleine sei. Sie hieß Khadija, wurde aber Khaddouj oder Khouidija genannt. (Drei Namen für einen kleinen Floh, sagte sich Adam, dieses Rätsel könnte nur der Staat lösen; manche haben nur einen Vornamen (Alexander, Napoleon ...) und erobern doch die Welt.)

Nanna stieß einen tiefen Seufzer aus und wischte sich eine Träne von der Wange, als sie den Rest erzählte; die Eltern von Khadija hatten in der gleichen Gasse gewohnt und waren bei einem Verkehrsunfall ums Leben gekommen. Ihre Brüder und Schwestern waren auf Tanten und Onkel verteilt worden. Nanna hatte darauf bestanden, Khadija bei sich aufzunehmen. Sie kannte sie von klein auf; noch ganz jung hatte Khadija es sich zur Gewohnheit gemacht, kleine Aufträge für die alte Frau zu erledigen, die sich mit Bonbons oder Johannisbrot revanchierte. Diese Geschichte rührte Adam tief. *Man würde gerne an Götter glauben, um sie verhöhnen zu können.* Doch warum ging das kleine Mädchen nicht zur Schule? War das nicht vorgeschrieben? Die Alte hob als Zeichen der Ohnmacht die Arme.

Nun verstand er, warum das Kind ihn stundenlang beim Lesen beobachtete. Für sie war das ein geheimnisvoller Vorgang, unverständlich, ein Wunder.

„Warum sprichst du mit dem Buch?“, hatte sie ihn eines Tages flüsternd gefragt, als er einen Satz von Ibn Rushd mit leiser Stimme wiederholte, um ihn sich zu merken.

Manchmal hörte er Schritte im Innenhof, schwere Schritte, die weder von Nanna noch von dem Mädchen stammten (die konnte man kaum hören und auch das nur, wenn sie Sandalen trug).

Eines Tages stieß er die Tür einen Spaltbreit auf und sah einen Unbekannten mit einem Eimer und einem Seil Wasser aus dem Brunnen schöpfen. Zumindest kam es ihm so vor. Dann stellte er fest, dass die Dinge in Wirklichkeit komplizierter waren: der Mann nahm kleine Plastikflaschen aus dem Eimer und legte sie dann eine nach der anderen in eine Art Kühlbox neben den Brunnenrand. Seltsam. Lagen die Flaschen vorher am Grunde des Brunnens im kühlen Wasser?

Bei der ersten Gelegenheit fasste er das kleine Mädchen am Arm und fragte es.

„Wer ist dieser Mann, der Wasser aus dem Brunnen holt?“

Sie antwortete:

„Das ist Bouazza, unser Nachbar.“

Sie sprach langsam und laut, als rede sie mit einem Schwerhörigen. Adam legte die Hand auf den Mund des Kindes, brachte sein Gesicht nah an ihres und sagte ihr:

„Sprich langsam, aber ohne zu schreien. Das kannst du doch, oder?“

Sie murmelte:

„Es ist Bouazza ... Unser Nachbar ... Der Sohn einer Hexe ... Seine Zähne sind faul ... Seine Frau heißt Didou ...“

„Und hat dieser Bouazza zu Hause kein fließendes Wasser? Ich meine: hat er keinen Wasserhahn?“

Das Kind schwieg mit aufgerissenen Augen. Adam stellte die Frage anders:

„Warum holt er das Wasser hier, aus unserem Brunnen?“

Khadija kreuzte die Arme und sah Adam unendlich verächtlich an (er wusste das also nicht?):

„Das Wasser? Welches Wasser? Es gibt kein Wasser in unserem Brunnen! Weißt du nicht einmal das? Pffff... Seit Jahren gibt es kein Wasser mehr, das hat mir Nanna gesagt! Es sind Dämonen im Brunnen, aber ...“

„Schrei doch nicht so, du kleines Ungeheuer. Erklär mir nur eines: Wenn es kein Wasser mehr im Brunnen gibt, was macht denn dieser Bouazza mit dem Eimer? Er lässt ihn doch hinunter, oder? Dann holt er ihn wieder hoch? Wozu?“

Das kleine Mädchen schwieg weiter, mit leicht gerunzelter Stirn, den Blick in die Weite gerichtet. Sie dachte nach.

„Vielleicht ist es der *Shaytan*?“, schlug sie vor.

„Es gibt keinen *Shaytan*. Er existiert nicht. Du hingegen bist eine kleine Teufelin, eine *Shaytaniyya*. Gut, erzähl mir ein wenig. Was macht er im Leben, dieser Bouazza?“

„Ich habe es doch gesagt. Er ist der Sohn einer Hexe. Er stinkt. Er hat verfaulte Zähne.“

„Nein, ich will wissen, womit er seinen Lebensunterhalt verdient. Was ist sein Beruf?“

„Er verkauft Wasser.“

Adam war verblüfft und fragte sich, ob die Kleine sich

über ihn lustig machte. Sie sah ihn unschuldig an und tänzelte von einem Fuß auf den anderen, die Arme hinter dem Rücken gekreuzt.

„Wie meinst du das, ‚er verkauft Wasser'? Ist er ein *Guerrab*, ein Wasserträger? Aber er trägt keine solche Uniform, mit den Bommeln, dem kleinen Glöckchen ..."

Sie brach in schallendes Gelächter aus. Dann:

„Nein, er ist kein *Guerrab*. Er verkauft Wasser in kleinen Flaschen."

„In kleinen ..."

„Die Rätsel von Azemmour." Jeden Tag lässt ein gewisser Bouazza seinen Eimer in einen ausgetrockneten Brunnen hinab, was ihn aber keineswegs davon abhält Evian Konkurrenz zu machen. Perfekt. *Wir tauchen ab ins reine Paradox.* (Eine der Situation ganz und gar entsprechende Metapher, dachte Adam). Bald sind wir beim wunderbaren Fischzug. „... auf dein Wort will ich das Netz auswerfen! Und als sie das getan hatten, fingen sie eine große Menge Fische; und ihr Netz begann zu reißen ..."

„Kleine Flaschen? Bist du da ganz sicher?"

(Aus der Presse: *Ein Marokkaner hat eine Wunderquelle entdeckt, in Azemmour in der Rue du Mouflon. Er ist reich geworden, hat den Eiffelturm gekauft und Mistinguett geheiratet. Nichts kann ihn aufhalten.)*

„Natürlich. Ich habe gesehen, wie er sie verkauft hat, die kleinen Flaschen. Habe es mit eigenen Augen gesehen."

Energisch zeigte sie, wo ihre Augen sich befanden, riss diese weit auf und schüttelte den Kopf in alle Richtungen.

„Du hast ihn gesehen? Wo denn? Hat er einen Laden, einen *Hanout*?"

„Nein. Er verkauft sie hier (ein winziger Zeigefinger deutete auf den Eingang zum Riad). Hier vor der Tür."

Nun gut. Eindeutig waren sie in eine andere weltliche Dimension geraten. Adam verscheuchte das kleine Mädchen mit einem Klaps auf den Po und legte sich dann auf sein Bett.

Dennoch, das machte alles keinen Sinn.

Er wollte es ein für alle Mal wissen. Er stand auf, ging lautlos aus der Kammer, schlich vorsichtig an dem blauen Zimmer vorbei, schlüpfte in den Eingang und blieb mit gespitzten Ohren stehen. Nach wenigen Augenblicken hörte er ein Flüstern. Vorsichtig öffnete er die schwere Tür und sah auf die Gasse hinaus.

Das Schauspiel war erstaunlich.

Bouazza saß auf einem Hocker gegenüber der Tür mit dem Rücken gegen die Wand. Zu seiner Linken stand ein kleiner Tisch mit staubigen alten Bänden (vielleicht Korane?). Zu seiner Rechten war der Eimer, der berühmte Eimer, neben einer Art Kühlbox, auf deren Seite *Drink Coca-Cola!* prangte. Bouazza sah konzentriert aus. Seine Augen waren geschlossen und seine Lippen bewegten sich fast unmerklich, als rezitiere er *in petto* eine Sure aus dem Heiligen Buch.

Langsam näherte sich ein alter Mann in einer grauen Djellaba und gelben Pantoffeln. Er beugte sich zitternd zu Bouazza und küsste ihn auf den Kopf, während er zwei faltige Hände darauf legte.

Bouazza setzte eine mitfühlende Miene auf und murmelte einige Worte. Die beiden Männer überboten sich mit Geraune wie zwei greise, dahinsiechende Katzen. Dann zog der Ältere etwas aus der Tasche (einen zerknitterten Schein?) und steckte es dem Anderen zu, der noch stärker in sich ging und zugleich die *Kohle* einsackte. Mit der Geste eines Zuhälters, der *das Geschäft abschließen* will, schob er die Hand in sein *Drink Coca-Cola!* und zog eine kleine Plastikflasche heraus, von der das Etikett sorgfältig abgelöst worden war, so dass sie sich nackt, transparent, ohne Appretur präsentierte – wie eine ehrliche Banditin. Er hob sie an seinen Mund – herrje, er küsste sie! – und hielt sie dem Greis hin, der ihr auch einen Kuss aufdrückte – also wirklich! – dann stopfte er sie in die Kapuze seiner Djellaba.

Beide Männer verabschiedeten sich gravitätisch, dann ging der Alte mit langsamen Schritten davon, nunmehr beschwert mit einer von Zärtlichkeit überhäuften Flasche, die ein paar Deziliter Wasser enthielt.

Mit offenem Mund beobachtete Adam weiter den seltsamen Herrn Bouazza. Was zum Teufel ...? An seinem linken Schenkel spürte er den kleinen Kopf von Khadija, die sich wie üblich geräuschlos angeschlichen hatte. Auch sie schien fasziniert von dem Geschehen draußen. Sie nahm seine Hand und krallte sich an ihr fest.

Nach wenigen Augenblicken betrat eine Frau ihr Sichtfeld. Sie war groß, unendlich dick und schien die Gasse durch ihre Anwesenheit zu verstopfen (nun sah man kaum noch etwas, die Gasse war mehr als je ein „dunkler Schlauch"). Sie warf bei jedem Schritt ihr Gewicht von einem Bein auf das andere, so dass man den Eindruck hatte, sie schlingere heftig nach Backbord und Steuerbord – beim Zusehen wurde Adam fast seekrank.

Sie warf vor Bouazza Anker; der sah etwas verstört auf. Sie murmelte ein paar Worte, doch der Mann warf ihr nicht einmal den Brosamen einer Antwort zu. Er begnügte sich damit, die Hand auszustrecken und dumpf etwas vor sich hin zu leiern. Das Seeungeheuer steckte eine Flosse in die Djellaba, kramte in seinem Büstenhalter herum, was Bouazza aus seiner gespielten Lethargie aufzuschrecken schien. Dann beförderte sie ein Bündel Geldscheine an die frische Luft, schälte einige ab und hielt sie dem Wasserhändler auf festem Boden hin. Auf der Stelle schob er die rechte Hand in die Kühlbox und holte eine Flasche heraus. Er verpasste ihr den vorgeschriebenen Kuss und reichte sie der dicken Frau, die sie an die Lippen presste und dann in ihrem Ausschnitt verschwinden ließ. Sie stammelte ein paar Worte und machte sich dann davon; sie gab die Gasse frei und kämpfte erneut mit den Wogen wie eine losgeleinte Halbinsel.

Adam schloss die Eingangstür und kehrte in den Innenhof zurück; die kleine Khadija hatte er an die Hand genommen. Er beugte sich zu ihr:

„Sag mal, verkauft er schon lange Wasser in der Gasse, der Bouazza?"

„Nein, erst seit ein paar Tagen."

Adam beschlich ein unangenehmes Gefühl. Hatte dieses Geheimnis wohlmöglich etwas mit ihm zu tun? Schließlich passierte in dieser Gasse, die hundert anderen glich, nie wirklich etwas; das einzige Ereignis in letzter Zeit war, dass er, Adam, dort eingezogen war. Andererseits versorgte sich Bouazza in „seinem" Brunnen. (Sicher, er war ausgetrocknet; diesem Rätsel würde man später auf die Spur kommen.)

Er ließ die Hand des Kindes los und ging, um sich auf sein Bett zu legen.

Als er am nächsten Tag Bouazzas schwere Schritte hörte, schob Adam die Tür wieder auf und beobachtete ihn. Der Mann machte dieselben Gesten wie am Vortag, aber diesmal bemerkte Adam mehrere merkwürdige Einzelheiten. Bouazza nahm ein paar mit Wasser gefüllte Flaschen aus der Kühlbox, legte sie in den Eimer und ließ ihn sehr vorsichtig in den Brunnen herab, dann holte er ihn wieder hoch und nahm die umgekehrte Handlung vor: er legte die Flaschen wieder in die

Kühlbox. Es waren wirklich die gleichen Flaschen, nichts war an ihnen verändert worden. Nachdem er jeder Flasche diese vertikale Pilgerfahrt hatte zukommen lassen, nahm er Eimer und Kühlbox und zog ab.

Ein paar Augenblicke später stellte Adam durch den Türspalt am Eingang des Riad fest, dass Bouazza seinen Posten auf dem Hocker mit dem Rücken gegen die Wand gegenüber vom Haus wieder eingenommen hatte.

Der erste Kunde erschien.

Adam ging und klopfte an die Tür des hinteren Zimmers, in dem Nanna wohnte. Kurz darauf kam sie sich die Augen wischend heraus.

„Was willst du, mein Sohn?"

„Nanna, ich möchte dir eine Frage stellen. Wer ist dieser Mann, der jeden Tag kommt und (wenn man so sagen kann …) Flaschen in den Brunnen taucht?"

Einen Moment lang blieb ihr der Mund offen stehen, dann antwortete sie mit zitternder Stimme.

„Du kennst ihn nicht? Es ist Bouazza, der Sohn der Nachbarin."

„Nein, ich hatte die Ehre noch nicht … Doch was tut er genau?"

Nanna riss den Mund wieder unverhältnismäßig heftig auf; sie schien an der Luft zu kauen. Dann:

„Er schöpft Wasser aus dem Brunnen."

„Aber es gibt kein Wasser im Brunnen! Er ist seit Jahren ausgetrocknet."

„Ach, mein Sohn, davon verstehe ich nichts. Das alles übersteigt meine Fähigkeiten. Allah ist groß! Aber Bouazza zahlt jede Woche für das Wasser, das er aus dem Brunnen holt. 50 Dirham."

„Nun gut. Doch warum kommt er *hierher*, um das Wasser zu schöpfen (das es im Übrigen gar nicht gibt)?"

„Es ist wegen der *Baraka* der Sijilmassi."

Der ...? Nanna hatte die Tür zu ihrem Zimmer wieder geschlossen. Das kleine Mädchen hatte sich hinter dem Pomeranzenbaum versteckt und kicherte vor sich hin. Adam zuckte mit den Achseln und ging zurück in seine Kammer.

Ich kam her auf der Suche nach Schweigen, doch ich rede ununterbrochen.

Was ist das für eine Geschichte mit der *Baraka*?

22

## Der Makhzen und das Unternehmen

Mitte Mai erhielt Adam erneut Besuch von dem sogenannten Basri.

Es war an einem Montag. Am späten Nachmittag, als in ihm die Trauer des Sonnenuntergangs aufstieg, hörte er feste Schritte auf sein Zimmer zusteuern.

Ihm blieb keine Zeit aufzustehen. Der Polizeibeamte war schon im Zimmer und sah ihn mit gerunzelter Stirn an. Er führte zwei Finger an die Stirn, dann deutete er eine Art Lächeln an, das jedoch – schlecht ausgeführt – eine Kehrtwende vollzog, an ein paar Sicherheitsschranken abprallte und als obszöne Grimasse endete.

„Nun Herr Ingenieur, alles o.k.?"

Adam erhob sich.

„Wenn man so will. Was kann ich für Sie tun?"

„Ach nichts. Nichts Besonderes. Sehen Sie es als … wie sagen sie noch in den Zeitungen? ... Höflichkeitsbesuch an. Wie wenn der Kapitän eines Schiffes, das in Casablanca Halt macht, den Gouverneur aufsucht: sie trinken zusammen Tee und am nächsten Tag gibt es ein Foto in *Le Matin du Sahara.*"

„Sie machen in unserer Gasse Halt?"

„Es gibt einen Grund für meinen Besuch. (*Jetzt kommen wir zur Sache.*) Ich habe Bericht erstattet, doch der Kommissar (wie alle Leute habe ich einen Chef (und wer keinen Chef hat, hat eine Chefin, hahahaha…)), also: ich habe Bericht erstattet, aber Kommissar Daoudi (kennen Sie ihn?), also Daoudi ist nicht zufrieden. Er liest meinen Bericht, er zwirbelt an seinem Schnurrbart, er denkt nach, dann sagt er: Nein! Macache bono! Da stimmt etwas nicht. Er glaubt gern, dass Sie keine religiöse Propaganda in dieser Gasse machen, aber er versteht dennoch nicht, was Sie hier zu suchen haben. Es ist kein einfacher Familienbesuch, denn Sie sind ja schon ein paar Wochen unter uns. Und außerdem, wenn wir ehrlich sind, in diesem Riad gibt es nur eine entfernte Tante, eine leicht senile alte Frau, sowie ein kleines Waisenmädchen: Daoudi versteht nicht genau, welches Interesse ein Ingenieur, der bereits auf Stufe sieben des *Office des Bitumes du Tadla* angelangt ist, an diesem Ort haben könnte. Erklären Sie mir, was es damit auf sich hat, und mein Bericht ist vollständig."

„Sie sind nicht auf dem neusten Stand, Herr Inspektor. Ich bin nicht mehr ‚auf Stufe sieben des *Office des Bitumes du Tadla'*, ich habe gekündigt. Im Augenblick bin ich nirgendwo. Nicht einmal auf der untersten Sprosse der Leiter."

Basri schien sehr verstimmt. Er holte einen Notizblock und einen kleinen Bleistift aus der hinteren Tasche seiner Hose, befeuchtete die Spitze des Bleistifts mit der Zunge und kritzelte etwas. Adam fuhr fort:

„Zum anderen verstehe ich nicht einmal die Frage. Habe ich nicht das Recht zu wohnen, wo es mir passt?"

„Sicher, sicher. Artikel 24 der Verfassung ist in diesem Punkt eindeutig. Doch vergessen Sie nicht, dass Sie vor ein paar Tagen einen ganz bestimmten Verdacht hervorgerufen haben. Deshalb haben wir Sie im Visier und sind verpflichtet, alles über Sie zu wissen. Wozu wären wir sonst da?"

„In der Tat, wozu? Nun, um den Kommissar zu beruhigen, können Sie ihm Folgendes sagen: ich lege eine Pause ein in meinem Leben. Um Bilanz zu ziehen. Hierher bin ich etwas zufällig geraten, als habe mich ein Instinkt geleitet ... Ich bin von Casablanca bis hierher zu Fuß gegangen."

Der Inspektor schreckte auf.

„Wie meinen Sie das, ‚gegangen'? Machen Sie sich lustig über mich? Niemand geht zu Fuß von Casablanca nach Azemmour. Das ist unmöglich! Es gibt Autos, Busse, weiße Taxen, es gibt sogar einen Zug, zum Teufel! Oder Sie hätten per Anhalter fahren können wie diese verfluchten Hippies."

„Gibt es hier noch Hippies? Denn in Europa gibt es keine mehr."

„Jedenfalls gibt es noch zottelige und dreckige junge Europäer, die mit dem Rucksack in unserem schönen Land auftauchen. Warten Sie mal, warum reden wir überhaupt darüber? Zurück zum Thema: *wie* sind Sie aus Casablanca gekommen?"

„Ich bin zu Fuß gegangen. Es hat mehrere Tage gedauert, doch am Ende bin ich hier angekommen. Und seither tue ich nichts, wie ich Ihnen bereits gesagt habe. Ich ruhe mich aus, ich denke nach. Ich meditiere."

„Sie ‚meditieren'? Was soll das heißen?"

Adam zögerte einen Augenblick und sagte dann:

„Auf Arabisch heißt das: *kan-t'ammel.* Melden Sie es Daoudi und damit hat die Sache ein Ende."

Basri sah ihn mit großen Augen an, dann brach er in schallendes Gelächter aus, schlug sich auf die Schenkel (wozu er zuerst seinen Notizblock in die hintere Tasche seiner Hose stecken und sich den Bleistift zwischen die Zähne klemmen musste, das Ganze bewirkte, dass die Geste (das Martyrium der Schenkel kombiniert mit dem schallenden Gelächter) weniger spontan wirkte als gewollt).

Nachdem er sich beruhigt hatte, pfiff er:

„Hey, hey, *kan-t'ammel ... kan-t'ammel ...* Das gibt es nur in ägyptischen Filmen! Oder vielleicht in den Büchern von Taha Hussein! Das ist der reine Luxus! ‚Ich meditiere ...' Halten Sie sich für Adel Imam? Wir hier tun so etwas nicht. Dazu haben wir keine Zeit. Wir sind keine Philosophen."

„Aber Ochsen sind wir auch nicht."

„Wie bitte?"

„Wir sind keine Philosophen, wir sind keine Ochsen, wir sind nicht in Schweden usw. Merkwürdig, wir definieren uns nur negativ. Gut, hören Sie zu, ich habe Ihre Frage beantwortet. Mehr kann ich dazu nicht sagen. Schreiben Sie das in Ihren Bericht und Ihr Kommissar wird zufrieden sein."

Schweigen.

„Erlauben Sie mir nun, Ihnen eine Frage zu stellen. (Basri nickte leicht.) Sie untersuchen einen Kerl, der nichts tut – mich –, warum interessieren Sie sich eigentlich nicht für Leute, *die etwas tun*? Etwas Bizarres."

Basri runzelte argwöhnisch die Stirn.

„Wovon reden Sie?"

„Ich möchte niemanden anklagen, doch es gibt einen Kerl, der jeden Morgen hierherkommt, um nicht existierendes Wasser zu schöpfen, was ihn nicht daran hindert, es danach in der Gasse gegenüber unserer Eingangstür zu verkaufen. Unter uns gesagt, es würde mich sehr wundern, wenn er ein Patent oder irgendeine Erlaubnis hätte. Und ich glaube auch nicht, dass die Hygienebehörde der Gemeinde, wenn es sie denn überhaupt gibt, ihn oft kontrolliert. Also?"

„Sie meinen sicher Bouazza?", fragte ihn der Inspektor ohne mit der Wimper zu zucken.

Adam war platt.

„Ach, den kennen Sie? Können Sie mir dann vielleicht erklären, was sein Spielchen soll?"

„Sie haben sein Spielchen genau richtig beschrieben."

„Beschrieben ja, aber nicht begriffen."

Der Inspektor sah sich um. Er suchte nach etwas. Er trat aus dem Zimmer und kam einige Augenblicke später mit einem Stuhl zurück, das kleine Mädchen trippelte hinter ihm her. Er stellte den Stuhl in eine Ecke des Zimmers, setzte sich ohne Umschweife hin, zog eine Zigarette aus einer zerknitterten Packung und zündete sie an.

Adam protestierte:

„Mir wäre lieber, Sie würden nicht rauchen. Ich leide unter Asthma."

„Ach wirklich?", staunte Basri.

Erneut zog er den Notizblock aus der Tasche und schrieb ein paar Worte auf. Er zog weiter an seiner Zigarette und begann zu erklären, indem er seine Sätze mit kleinen Rauchwolken unterstrich.

„Sie haben mich gebeten zu erklären, was Bouazza treibt. Das ist ganz einfach, er ist Unternehmer. Sie wissen doch, dass es in unserem schönen Land an Unternehmern mangelt? An Leuten, die Initiativen ergreifen, die es wagen Geschäfte zu machen, zu produzieren, Mehrwert zu erwirtschaften … Natürlich haben wir die Soussi und die Fassi – zum Glück! –; doch die anderen? Um nur ein Beispiel zu nennen, die Leute aus Gharb tun keinen Handschlag, sie wollen alle Beamte oder Rentner sein. Sie ziehen es vor, ihre Äcker zu vermieten, bevor sie sie selber bestellen …"

„Klären Sie mich auf: Sie sind doch nicht etwa aus Gharb?"

„Nein. (Basri spuckte auf den Boden.) Also, Bouazza ist Unternehmer. Bravo! Der Staat muss ihn ermutigen. Deswegen habe ich ihn unter meine Fittiche genommen."

„Das alles erklärt mir nicht genau, in welcher Branche der Industrie Bouazza seine Talente einsetzt. Ich habe zwar festgestellt, dass er Wasser verkauft …"

Basri unterbrach ihn empört.

„Verkauft? Was für ein hässliches Wort … Sagen wir, er *spendet* Wasser (Basri hatte ein klassisches arabisches Wort benutzt: *kay-wuzza' l'ma).* Besser gesagt, er verschenkt es. Er ist ein Wohltäter."

„Ach ja ... Ich habe mit eigenen Augen gesehen, dass ihn die Leute bezahlen. Ein ganz besonderer Wohltäter!"

„Falsch: das sind Spenden. Um die *Zaouïa* wieder aufzubauen."

Während des ganzen Gesprächs war Adam auf der Bettkante sitzengeblieben und hatte den Inspektor, die Zigarette und das kleine Mädchen (das sich hinter dem Stuhl versteckte) vor sich. Entmutigt, erschöpft warf er sich nach hinten auf die Matratze und schloss die Augen.

Er murmelte:

„Hören Sie, Herr Inspektor, das alles zehrt an meinen Kräften. Was Sie mir da erzählen, scheint ein riesiges Rätsel zu sein, oder eine jener Zeichnungen für Kinder, die nur gestrichelt angedeutet sind. Ich soll wohl alle Punkte miteinander verbinden, um den Sinn der Sache zu verstehen, aber wirklich, das kann ich nicht. Ich bin hergekommen, um mich auszuruhen, nicht um Scharaden zu lösen. Also, entweder Sie tragen mir das Ganze deutlich und logisch vor, wie Sie es sicher auf der Polizeischule gelernt haben, oder Sie ziehen wieder ab mit Ihrem Stuhl, Ihrer Zigarette und Ihren Rätseln und lassen mich in Ruhe."

Basri knirschte mit den Zähnen, sein Blick flackerte vor Wut. (Unter Hassan II. hätte ich das Recht gehabt, diesen unflätigen Menschen zu ohrfeigen!) Doch er nahm sich zusammen.

Nachdem er eine zweite Zigarette angezündet hatte, begann er mit seinem „Vortrag".

„Wie ich Ihnen gesagt habe, ist Bouazza Unternehmer ... besser gesagt ein Wohltäter an der Menschheit. Als er feststellte, dass der letzte Sijilmassi zurückgekehrt ist, um im

Hause seiner Vorfahren zu leben, hat er sich an ihre *Baraka* erinnert, an die Gnade, die ihnen Gott gewährt hat. Wer auch immer sich einem männlichen Mitglied dieser edlen Familie nähert, kann diese *Baraka* nutzen. Bouazzas Großvater hatte ihm oft erzählt, dass das Wasser aus dem Brunnen der Sijilmassi mit *Baraka* besprenkelt ist – doch es muss ein authentischer Sijilmassi dort leben! Sie wissen, dass Nanna nur die Witwe Ihres Großonkels ist, sie ist eine Art Ersatzstück, mit ihr klappt das nicht ..."

„Aber ich bin authentisch?"

„Viele Menschen hier in Azemmour wollen von dem Wasser haben, um sich gegen den *Shaytan* zu schützen. (Das kleine Mädchen stieß einen Schreckensschrei aus.) Bouazza hat auf sein großes Herz gehört und sich erboten, allen, die es wünschen, Wasser zu liefern. Niemand hindert die Pilger ..., besser gesagt die Kunden, daran, einen Obolus zu entrichten, um die *Zaouïa* wieder aufzubauen."

Eine ekelerregende Rauchwolke stieg auf.

„Nun fragen Sie mich: wo ist denn diese *Zaouïa*? Aber mein lieber Freund, wir sind mittendrin, zumindest fast, es ist der Raum gegenüber, das ‚eingestürzte Zimmer' wie sie es im Viertel nennen. Bouazza hat sich daran erinnert, was ihm sein Großvater vor Urzeiten erzählt hat. Stellen Sie sich vor, früher hat es genau hier einen Heiligen gegeben, einen *Wali*, der eine *Zaouïa* gegründet hatte, um die Geheimnisse des Ostens zu lehren ..."

„Sie meinen die Geheimnisse des Westens?"

„Ich weiß, was ich sage: die Geheimnisse *des Ostens*, um unsere schöne Religion zu erklären, den wahren Islam. Ich bin ein wahrer Marokkaner; nicht wie Sie. Sie sind *orientierungslos*."

„Vor wenigen Minuten war ich noch ‚authentisch'."

Basri produzierte ein paar Rauchkringel und fuhr fort, ohne auf den Einspruch einzugehen:

„Kurzum, unter der Herrschaft von König Moulay Slimane ist in dieser Gasse etwas Furchtbares geschehen ... Sie wissen doch wer Moulay Slimane war?"

„Erinnern Sie mich."

Basri rutschte auf seinem Stuhl herum und kniff die Augen zusammen.

„Nun ... (Seine Stimme veränderte sich leicht. Er begann *aufzusagen*. Bestimmt hatte er die Textkopien der Polizeischule auswendig gelernt ...) Also, Moulay Slimane war ein sehr frommer Sultan, der eine enge Beziehung zu den Ibn Saoud in Arabien pflegte. Gewissermaßen war er der Erste, der den Wahabismus in Marokko eingeführt hat. Er verbot sogar die *Moussem* und das Pilgern zu den Gräbern der Marabuts. Das führte zu einem allgemeinen Aufstand der Berberstämme. Selbst seine Hauptstadt Fes erhob sich ..."

„Ach so ... *der* Moulay Slimane", unterbrach ihn Adam ironisch.

„Kennen Sie einen anderen?", wunderte sich Basri.

„Nein, nein, machen Sie nur weiter."

Der Polizist rezitierte weiter:

„Nach einer bewegten, von Hungersnöten, Dürren und zwei furchtbaren Pestepidemien 1799 und 1820 getrübten Herrschaft trat Moulay Slimane schließlich zugunsten seines Neffen Moulay Abderrahman zurück."

Adam gab vor Beifall zu klatschen.

„Bravo, das gibt eine Eins. Doch zurück zu diesem alten Kasten, denn er allein interessiert mich. Sie sagen, es habe sich genau hier unter Moulay Slimane etwas Furchtbares zugetragen?"

„Ja. Anhänger des strengsten Islam, also *Wahabisten* (Basri spuckte wieder auf den Boden), sind bis hierher vorgedrungen und haben die *Zaouïa* zerstört. Zumindest haben sie das Zimmer zerstört, in dem der Heilige einigen Jüngern Unterricht erteilte. Er selbst hat die Verdeckung gewählt ..."

„Die was?"

Basri hatte ein klassisches arabisches Wort in sein frankomarokkanisches Gerede eingeführt, aber er hatte es so schlecht ausgesprochen, dass Adam es nicht erkannt hatte.

„Die *Ghayba*", wiederholte der Polizist und sprach es nun korrekt aus. „Warten Sie, ich kenne den französischen Ausdruck."

Basri schloss die Augen und begann zu wimmern, als leide er unter Verstopfung. Schließlich drückte er das gesuchte Wort heraus.

„*Pferdedung!*"

„Wie bitte?"

„*Pferdedung!*"

„Verdeckung?"

„Genauso: er hat sich *verdreckt*. Ist verschwunden, keiner weiß, was aus ihm geworden ist. Vielleicht wird er zum Ende der Tage wieder erscheinen, gemeinsam mit dem Messias und dem Mahdi."

„Ein hübsches Dreigespann."

„*In der Zwischenzeit* häuft Bouazza Geld an, um die *Zaouïa* wieder aufzubauen. Jetzt, da der letzte Sijilmassi zurückgekehrt ist, um hier zu leben, wird es vielleicht wieder Unterricht geben. *Voilà!* (Er rieb sich die Hände.) Nun ist alles geklärt, nicht wahr?"

## 23

# Der Staat ist stärker als die Philosophie

Adam hatte sich im Bett aufgerichtet. Mit zunehmender Beunruhigung hatte er den Ausschweifungen Basris zugehört. *Da stimmt etwas nicht.* Mit dem Rücken an der Wand erhob er Einspruch:

„Wie denn, alles ist geklärt? Es gibt mindestens ein Dutzend Dinge in Ihrer Geschichte, die haken."

„Wo denn?"

„Sie behaupten, dieser Bouazza sei Unternehmer, doch in Wirklichkeit begnügt er sich damit, die Etiketten von den Flaschen zu lösen …"

„Aufkleben oder lösen, das ist alles Arbeit."

„Sie reden von der *Baraka* der Sijilmassi, aber wieso habe ich selber noch nie etwas davon gehört?"

„Pffft! In Ihrer Familie müssen Sie mehrmals darüber gesprochen haben, über die *Baraka*, aber das ging zum einen Ohr rein und zum anderen Ohr raus; Sie waren ja im Lycée Lyautey bei den Franzosen. Also glauben Sie nicht an diese ‚Absurditäten', Sie sind ‚Rationalist', ‚Carthesianer', ‚Voltaireanhänger' ..." (Aus Basris Mund klangen diese Worte wie Beschimpfungen.)

„Sie sagen, ‚das Wasser aus dem Brunnen der Sijilmassi sei mit *Baraka* besprenkelt' – vergessen wir einfach diesen bizarren Ausdruck. Doch wie kommt es, dass diese magische Welle versiegt ist?"

„Sie sind alle weggegangen, sie ist mit Ihnen gegangen. Sie ist Ihnen gefolgt."

„Ein schönes Bild. Doch meines Erachtens ist es eher der

Grundwasserspiegel, der durch zu starkes Pumpen gesunken ist."

„Das ist die Erklärung eines Ingenieurs. Ich spreche von Gott."

„Sie behaupten, viele Zemmouris wollen von diesem Wasser haben, um sich gegen den *Shaytan* zu schützen. Doch warum haben sie sich denn nicht vorher gerührt? Warum hat das alles erst einige Wochen nach meiner Ankunft begonnen?"

„Aber das ist ja genau der Kern der Sache. Es ist wegen Ihrer Vision."

„Warten Sie ... Ich hatte eine Vision?"

„Aber ja doch", sagte Basri scheinheilig. „Sie haben es mir selber erzählt. Im Flugzeug ..."

„Aber das war doch keine Vision! Das war eine ... (er biss sich auf die Lippen, um nicht ‚Epiphanie' zu sagen.) Also nein, es war nur ein Gedanke. Und selbst wenn ... Das ist alles idiotisch. Die Deutschen werden niemals einen Pilgerort aus Sitz 9A eines Flugzeugs der Lufthansa machen, weil dort jemand ... eine Art Offenbarung hatte."

„Die Deutschen glauben an nichts mehr, das ist ja ihr Unglück. Ihr Himmel ist ganz und gar leer (außer den Flugzeugen). Wir aber suchen nach *Zeichen*. Sie müssen zugeben, dass alles zusammenpasst. Der letzte Sijilmassi ..."

„Hören Sie auf mich so zu nennen! Das klingt ja wie *Die Abenteuer des letzten Abencerragen*. Mit dem ist es schlecht ausgegangen, wissen Sie."

„Nein, das weiß ich nicht. Die Ben Serraj sagen Sie? (Wie durch ein Wunder waren Notizblock und Bleistift wieder aufgetaucht.) Wo wohnen die?"

„Nein, nein. Lassen wir das. Diese Dinge sind vor Jahrhunderten in Andalusien geschehen und gehen uns in keinster Weise etwas an. Klären Sie mich lieber weiter auf."

Das wurde in sarkastischem Ton vorgebracht, aber Basri ließ es auf sich beruhen.

„Also alles stimmt überein. Der letzte Sijilmassi hat eine Vision, er lässt alles stehen und fallen."

„Aber das wussten Sie vor einer Viertelstunde noch nicht."

„Wenn schon, es gibt schließlich auch *Vorahnungen.* Also, der letzte Sijilmassi hat eine Vision, er lässt alles fallen, ergreift den Pilgerstab und kommt, vom Schicksal getrieben ... nein, von Gott geleitet, um sich im Haus seiner Vorfahren niederzulassen. Sie können doch nicht behaupten, das sei kein *Zeichen*! Und wo genau lässt er sich nieder? Neben dem ‚eingestürzten Zimmer'. Das soll kein Zeichen sein? Zum anderen, was war er denn vor seiner Vision, der Sijilmassi? Ingenieur! Wenn das kein Zeichen ist! Ein Ingenieur baut doch? Manchmal *baut er sogar wieder auf*!"

„Wer sagt denn, dass es früher hier eine *Zaouïa* gab?"

„Bouazza hatte eine Vision. Sie sind nicht der einzige ..."

„Halt! Vorhin haben Sie gesagt: Bouazza hat sich an die Erzählungen seines Großvaters *erinnert.*"

Basri schüttelte lächelnd den Kopf.

„Wie weit Sie doch von Ihrer Kultur entfernt sind ... Sie wissen doch, dass das arabische Wort *ru'yâ* Traum bedeutet – also beim Schlafen – und niemals ‚Vision' im französischen Sinn des Wortes, das heißt: ‚Vision in wachem Zustand'. Die Seele kann übernatürliche Bilder nur im Schlaf wahrnehmen; die Sinne sind deaktiviert und können den Empfang dieser Bilder nicht mehr stören. Für Ihre christlichen Freunde ist eine Vision im wachen Zustand gültiger als ein einfacher Traum. Wir aber glauben das nicht."

Adam seufzte und verzichtete darauf, einzuwerfen, dass er hellwach gewesen war, als er in der Boeing seine sogenannte „Vision" hatte:

„Na und?"

„Und folglich hat Bouazza seinen Großvater im Traum gesehen, der ihn daran *erinnert* hat, was er ihm früher erzählt hatte: hier gab es einen Heiligen, der eine *Zaouïa* gegründet hatte. Bei so vielen himmlischen Zeichen hat Bouazza verstanden, was von ihm erwartet wird. Er hat seinen Nachbarn das alles erzählt, die haben es ihren Nachbarn erzählt usw. Kurz und gut: jetzt weiß die ganze Stadt, dass das Brunnenwasser Wunder vollbringt."

„Und die Geschichte mit Moulay Slimane?"

„Die ist authentisch. Studieren Sie doch mal die Geschichte Ihres Landes, statt mir mit Ludwig XIV. zu kommen. Also, ich wiederhole: unter Sultan Moulay Slimane, dem Ahnen unseres heutigen gütigen Königs, hat sich Folgendes ereignet: Wahabiten, steif wie Stöcke, sind bis hierher vorgedrungen ..."

„Genau *hierher*?"

„Genau hierher; ... und haben die *Zaouïa* zerstört. Das heißt, sie haben den Raum zerstört, in dem der Heilige unterrichtete."

„Ach, die bösen Buben. Ich meine die bösen Wahabisten."

„Er selbst hat entschieden, sich zu verdecken: er ist verschwunden, hat sich *paffff* in Luft aufgelöst. Niemand weiß, was aus ihm geworden ist. Vielleicht wird er am Ende der Tage wieder auftauchen, mit Jesus und dem Mahdi."

Rauchringe. Basri schloss:

„Deshalb sammelt Bouazza Geld, um die *Zaouïa* wieder aufzubauen. Jetzt, wo der letzte Sijilmassi wieder hier lebt, wird der Unterricht vielleicht wieder aufgenommen."

Adam protestierte:

„Aber wieso weiß ich nichts von alledem? Warum redet

dieser Wohltäter der Menschheit nicht mit mir?“

„Er wagt es nicht. Bouazza ist ein Erdwurm neben dem letzten Sijilmassi.“

Eben jener Erdwurm betrat gerade den Innenhof.

Als er die beiden Männer im Gespräch sah, nahm er allen Mut zusammen und näherte sich ihnen. Basri, der sich so hingesetzt hatte, dass er zugleich alles im Zimmer und im Innenhof überwachen konnte, hatte ihn kommen sehen und wandte sich ihm jetzt zu. Er gab ihm lässig ein Zeichen und Bouazza bemächtigte sich dieser in die Luft gezeichneten Blankovollmacht: er überschritt die Schwelle und gab dem Polizisten demütig gebückt mit einem unterwürfigen Lächeln die Hand. Dann warf er sich zu Adams großem Erstaunen vor ihm auf den Boden und ergriff stürmisch seine Hand, um sie zu küssen.

Adam reagierte heftig, fast reflexartig und machte sich los, bevor der Handkuss verabreicht werden konnte; der Brunnenspezialist schaffte es daher nur, die eigenen gelben, nikotingefärbten Finger zu streifen.

„Ein großer Tag ...“, stammelte er. „Endlich begegne ich Ihro Gnaden.“

Adam war verblüfft, es verschlug ihm die Sprache. (*Weißt du, was du Ihro Gnaden mal kannst?*)

Basri lächelte gnädig und entließ Bouazza mit einer Geste zu seinen hydrodynamischen Tätigkeiten.

„Zurück zur ...“

„Haben Sie das gesehen? Er hat versucht mir die Hand zu küssen! Dabei bin ich weder der Sultan, noch eine edle Dame in einer Hörnerhaube ... Das ist doch verrückt! Wir sind im Jahr 2000 und ein paar Zerquetschte und es gibt noch Marokkaner die Handküsse verabreichen!“

„Pah... Wenn es ihm doch Spaß macht. So badet er in der

von Ihnen ausgestrahlten *Baraka*. Zumindest glaubt er das, umso besser für ihn. Warum soll man dem Volk alle Illusionen nehmen?"

Adam zuckte mit den Schultern und nahm das Gespräch wieder da auf, wo es von Bouazzas Eindringen unterbrochen worden war:

„Eine letzte Frage: welche Rolle spielen Sie denn genau in dieser Sache?"

„Der Staat, lieber Freund. Der *Makhzen*. Ich habe es Ihnen gesagt: der Staat bringt Klarheit in die Welt. Der Staat ist philosophischer als die Philosophie, stärker als Plato: er erklärt sogar Unfälle, Ungereimtheiten, Ungeheuer ..."

Da er merkte, dass der Inspektor wieder herumschwafelte, unterbrach ihn Adam:

„Das erinnert mich eher an den Satz von Cocteau: ‚Da diese Ereignisse uns überfordern, tun wir am besten, als hätten wir sie organisiert.' Ist das nicht ständig die Haltung des *Makhzen*?"

„*Überfordern?* Nichts überfordert den *Makhzen*. Danke trotzdem, dass Sie mich auf diesen Kokto hinweisen. Kennen Sie seinen Vorname? Nein? Sei's drum. Bis bald."

Der Polizist erhob sich und schritt von dannen. Adam schlich ihm auf leisen Sohlen nach und schob die Tür des Riad einen Spalt breit auf, Sekunden nachdem Basri sie geschlossen hatte. Trotz der Dunkelheit sah er Bouazza die Hand in die Tasche schieben, Banknoten herausziehen und sie dem Polizisten zustecken.

*Der Staat ist philosophischer als die Philosophie* ... Wem sagst du das!!!!

Basri lief pfeifend in Richtung Ausgang der Rue du Mouflon; Bouazza setzte sich wieder neben seine Kühlbox und spähte nach weiteren Einfaltspinseln.

Adam kehrte nachdenklich in sein Zimmer zurück. („Meine Herren, wir müssen reagieren!" *„Selbstverständlich werden wir nichts unternehmen."* „Münchenanhänger!" „Wie können Sie es wagen?" „Das geschieht in unserem Namen, jede der kleinen Flaschen wird mit unserer Familie in Verbindung gebracht und Sie wollen, dass wir uns klein halten?")

Er schickte die Ordnungspolizei das Parlament umzingeln und versuchte zu schlafen, auch wenn er nicht zu Abend gegessen hatte. Jetzt war es ganz dunkel geworden.

*Morgen ist ein neuer Tag.*

## 24

## Mademoiselle Cormon

Zwei Wochen vergingen ohne lästigen Besuch. Der nervige Basri geriet in Vergessenheit – sicher musste er in anderen finsteren Gässchen andere Seelen quälen. Bouazza versuchte keinen Überfall auf die rechte Hand von Ihro Gnaden mehr. Nun herrschte friedliche Ruhe im Riad; zeitlose Lethargie schien sich über das Haus zu legen, die allein der Hahnenschrei im Morgengrauen störte – doch dieser Zwischenfall dauerte jeweils nur wenige Minuten. Tagsüber hörte man das vage Raunen der Wasserpilger draußen jenseits der Mauer. Vielleicht ist es ein langer Zug der Verdammten, dachte Adam manchmal, ich sitze in meiner Grotte (oder ich bin blind (oder ich bin Faust)), und sehe nichts. Was soll's? *O Wonne, zu genießen der Ruh' friedlicher Fluren, Fern aller Menschen Kämpfe und fern ihrem Gewühle!* Nachts verfiel er in tiefen Schlaf, ansonsten las er, träumte, machte ausgiebig Mittagsschlaf. Manchmal ging er am späten Nachmittag auf dem Stadtwall spazieren.

Bouazza ging seinen Geschäften lautlos nach. Er hatte Nanna überredet, dass sie ihm einen Hausschlüssel anvertraute, sicher gegen eine bescheidene Summe, und das ermöglichte ihm zu kommen und zu gehen wie er wollte, ohne den Türklopfer zu betätigen, was er vorher immer getan hatte – die heftigen kurzen Schläge, die bis in die Tiefe seines Gehirns vorzudringen schienen, hatten für Adam eine regelrechte Tortur dargestellt. Er war Nanna und dem seltsamen Brunnenspezialisten dankbar, dass sie sich so zum Vorteil aller Beteiligten geeinigt hatten.

Allein das verhaltene Scheppern des Eimers gegen die Brunnenwand störte ab und zu die erstarrte Zeit.

Jedes Mal rührte das Adam, manchmal wurden seine Augen leicht feucht. Warum hatte sich die Welt zuvor durch den heftigen Türklopfer bemerkbar gemacht, wenn das leichte Läuten des Eimers genau so wirksam war?

Azemmour jenseits der Mauern des Riad schien wie ein Raubtier in den Gräsern der Savanne zu lauern, zur heißesten Zeit des Tages leise hechelnd, wenn Schwaden aus geschmolzenem Blei *vom hohen blauen Firmament* herunterschwebten.

Die nüchterne Vergangenheit der kleinen Stadt, das Herzflattern ihres in den Gassen vergrabenen Lebens, ihre vielfältigen Ausdünstungen, das alles vermischte sich und verband sich zu einer leicht feuchten, leicht bedrückenden Atmosphäre. Zum Glück konnte man im Innenhof den Blick heben und da war dann nur noch dieses große blaue Viereck, das die Seele aus der Gefangenschaft befreite.

Die kleine Waise machte auch keinen Lärm: sie konnte völlig lautlos spielen.

Adam beobachtete sie eines Tages durch die einen Spaltbreit geöffnete Tür seines Zimmers: sie saß auf dem Brunnenrand und vergnügte sich mit Lumpen und Holzresten. Ihre Lippen bewegten sich, aber sie stieß keinen Laut aus. Die Lumpen erwachten zum Leben, tanzten, zeichneten Spiralen in die Luft, dann wurden sie je nach Lust und Laune des schmächtigen Demiurgen wieder zu starren, leblosen Gegenständen. Die Holzreste waren vielleicht Häuser, Paläste, Brücken, sie stellten möglicherweise Autos oder Drachen dar ... Sie bewegte sie unaufhörlich von einer Stelle zur anderen, lehnte sie an den Brunnenrand, schob sie dann aneinander und warf sie mit gerunzelter Stirn wie Reisigbündel zu Boden. Manchmal steckte sie sie neben dem Pomeranzenbaum in die Erde und schien dann eine Art barbarisches Ritual zu begehen, ohne dass auch nur ein Laut über ihre Lippen kam, ohne dass es irgendjemand mitbekam.

Eine ideale Ordensfrau, dachte Adam.

Eines Tages kam er von einem Spaziergang in die Rue du Mouflon zurück und sah in einem Schaufenster bunte Kreidestücke inmitten einer Vielzahl von Gegenständen. Er war in den vergangenen Wochen schon mindestens zehnmal an dieser grau verstaubten Vitrine vorbeigelaufen, hatte sie aber nie bemerkt.

Er blieb stehen und betrachtete die bescheidenen kleinen Päckchen, die aus einer anderen Zeit zu stammen schienen. Ja, so war es: das war seine Kindheit; in der Tat eine andere Zeit. Das grüne Paradies … *A schwarz, E weiß, I rot, U grün, O blau …*

Einem plötzlichen Impuls folgend betrat er den Laden und kaufte drei Päckchen sowie eine Schiefertafel. Der Ladeninhaber wollte ein Gespräch anfangen, doch Adam schnitt ihn ab und ging wieder.

Kreide, nun gut, doch wozu? Er hob den Blick und sah einen großen Storch in seinem Nest auf einer Straßenlaterne sitzen; der Vogel hielt seinen langen Schnabel auf Adam gerichtet. Er schien eine Antwort zu erwarten. Hatte er eine Frage gestellt? Nun höre ich schon Stimmen …

Er ging weiter. Wenn du es unbedingt wissen willst, Vogel, sage ich dir, ich möchte etwas tun, das bereits mehrere Wochen lang in mir gärt, doch das mir nicht wirklich bewusst war. Dieses kleine Waisenmädchen, das nicht zur Schule geht: ich werde ihm Lesen und Schreiben beibringen.

Jetzt, wo ich kein *High Flyer* mehr bin, kann ich mich ja auch nützlich machen. So nannte mich Herr Jbilou zu meinen

Hochzeiten. Er mochte mich wirklich, der Jbilou ... Ich war „ein junger dynamischer Kader". High Flyer: der hoch fliegt. Doch ich habe dir den Himmel und die Wolken überlassen, Storch.

Am gleichen Tag, am späten Nachmittag, gab er dem Kind die erste Unterrichtsstunde.

Er nahm sie, als sie sich damit vergnügte, die niedrigsten Blätter des Pomeranzenbaums auszuschimpfen, bei der Hand, zog sie in sein Zimmer und setzte sie auf einen Stuhl. Dann nahm er die Schiefertafel, zeichnete einen Kreis darauf, zeigte ihn der Schülerin und sprach ein langes, tiefes „O" aus. Er bedeutete ihr, sie solle es nun probieren.

Sie verstand sofort, worum es ging. Sie zwitscherte „oooo" und betrachtete dabei den Kreis. Ihre Augen weiteten sich und ein Lächeln überflog ihr Gesicht. Ein neues Spiel! Oder vielleicht etwas Ernsthafteres, aber genauso Aufregendes?

Oooooo..

Ich bin bestimmt der schlechteste Pädagoge der Welt. Doch sie hat nur mich, damit muss sie sich begnügen. Es geht ja auch nur um das Alphabet, wir sind noch nicht bei der Zeitenfolge oder beim Konjunktiv des Verbs „mahlen".

(Warum bringst du ihr eigentlich lateinische Buchstaben bei? Warum keine arabischen? Du bist doch derjenige, der den fliegenden Maschinen den Himmel überlassen hat, um wieder besser in Kontakt mit der Heimaterde treten zu können, mit dem Blut der Vorfahren, die weder das grüne U, noch das weiße E kannten, ja die nicht einmal diese beiden Vokale aussprechen konnten, denn die gibt es in Arabisch nicht.

Adam hatte das Problem erkannt, aber die Dinge waren sehr viel komplizierter. Da gab es diese heikle Frage der

Sprachen, diese linguistische Tragödie, die die Ausbildung der Kinder so schwierig machte. Ja, er hätte damit beginnen können, ihr das arabische Alphabet beizubringen; doch welche Worte, welche Sätze konnte er danach als Beispiel geben? Das klassische Arabisch, die Sprache des Koran und der altehrwürdigen Dichtung, die sich seit vierzehn Jahrhunderten nicht verändert hatte, und in der unser Herr seit vierzehn Jahrhunderten donnerte und drohte, diese Sprache schien unpassend für das winzige Leben von Khadija. Ein arabischer Dialekt? Den kann man nicht schreiben. Und vielleicht hatte dieses Kind ja auch mit seiner Mutter, als die noch lebte, die Berbersprache gesprochen?

Im Zweifel unterrichten wir sie mit dem lateinischen Alphabet. Immerhin waren die fernen Vorfahren dieser Kleinen römische Bürger gewesen ...)

Adam musste lachen. Dieses Argument war an den Haaren herbeigezogen, ein hübscher Sophismus – „Ihre Vorfahren waren römische Bürger" ... Was war das noch für ein Ding ... ach ja, das Edikt von Caracalla ... 212 – ein leicht zu behaltendes Datum, wie Bouvines 1214 und Marignan 1515.

(Beantworte folgende Frage: warum tust du das? Warum bringst du diesem Kind Lesen bei? Du willst die langsame und friedliche Welt von Hadj Maati wiederfinden; sehr gut, doch in jener Welt gingen die kleinen Mädchen nicht zur Schule, konnten die Frauen nicht lesen. Nur die Männer, besser gesagt: *einige wenige,* konnten Ibn Tufail oder Averroës entziffern. Also was tust du da? Was bewegt dich dazu, diese Kleine spontan zu unterrichten?

Willst du es wissen?

Dieser Satz:

*„Wäre Mademoiselle Cormon in der Literatur bewandert gewesen, ... hätte sie Ariost gelesen, wäre es dann wohl zu all dem*

*Ungemach ihres Ehelebens gekommen?"*

Deshalb „unterrichte ich spontan", wie du es nennst.

(Man ist sehr ernsthaft mit 17, wenn man einen solchen Satz, der nur scheinbar eine Frage ist, in einem Buch von Balzac aus der Bibliothek des Gymnasiums liest.)

Letzte Nacht habe ich von einer furchtbaren, aber legalen Vergewaltigung geträumt: Bouazza heiratet in einigen Jahren Khadija, ohne seine erste Frau um Erlaubnis zu bitten, vor Zeugen wird die Fatiha aus dem Koran verlesen, und am Abend reibt der Bauerntölpel sein dickes Leder gegen die zarte Haut des Kindes, das für mehrere Jahrzehnte zu seiner Sklavin wird, zu seinem Prügelknaben, es muss reiben, waschen, putzen, schälen ... Und am laufenden Band Mini-Bouazzas produzieren, die die Blutlinie verewigen sollen.

*Wäre Mademoiselle Cormon in der Literatur bewandert gewesen ...)*

Adam schüttelte den Kopf und wandte sich wieder seiner Mission zu.

Ooooo...

Nach dem O brachte er ihr das A bei, dann die anderen Vokale. Am Ende des Unterrichts ließ er sie alle Vokale in Rimbauds Reihenfolge aufsagen; das tat sie; und er war gerührt, sagte sich, der Parnass sei nun in die Rue du Mouflon eingezogen, was wirklich idiotisch war, aber ihm wie der Anfang von etwas Neuem vorkam. Wovon denn? Das würde man dann sehen.

Am nächsten Tag versuchte er, ihr einige Konsonanten beizubringen, was nicht leicht war. Es ging jedenfalls langsamer voran als das Lernen der Vokale. Er musste es etwas langsamer angehen. Vielleicht ist das ja der berühmte Schulrhythmus, sagte er sich.

In den nächsten Tagen wollte er eine Art normalen Rhythmus erreichen. Die ersten Worte würden gelesen werden.

Zwischen dem Lesen, den Spaziergängen und dem Unterricht für seine neue Heloise verliefen die Tage friedlich.

## 25

# Vetter Abdelmoula

Das alles währte nicht lange. Eines Tages im Morgengrauen gegen Ende Mai erklangen erneut die lauten Schläge des Türklopfers, gepaart mit heftigen Schlägen, die von einer ungeduldigen Hand direkt auf die Tür erfolgten. Nanna stürzte herbei und wollte den Zerberus geben. Sie schrie: „Wer ist da?"; eine Stimme von jenseits der Tür antwortete stolz: „Ich!"

Alexander der Große hätte dieses bombastische „Ich!" nicht besser hingekriegt, doch es war nur Vetter Abdelmoula, der sich so ankündigte.

Nanna öffnete und er umarmte sie auf der Schwelle, schob sie ein wenig zur Seite, küsste sie auf beide Wangen, drückte sie zurück in den Gang und erklärte, er wolle sich nach der Gesundheit seines Vetters Adam erkundigen, da er erfahren hatte, dieser sieche vor Ort dahin.

Er erstickte Nannas Proteste mit einer Flut von schönen Worten und Wangenküssen, die wie abschlägige Bescheide knallten – was? Wie meinst du das? Ich bin doch kein Fremder, sag mal, ich bin dein Neffe, ich bin hier zu Hause, geh mal zur Seite, wo ist er überhaupt, der besagte Vetter?

Adam spitzte die Ohren und erkannte die knarrende Stimme von Abdelmoula. Er verzog das Gesicht. Dieser Kauz war ein Sijilmassi ... wie konnte man es ausdrücken? ... Aus dem „niederen" oder „jüngeren" Zweig der Familie. (Wenn es denn überhaupt Zweige in der Tierwelt gibt. (Konzentration, Adam!))

Ein Großonkel hatte früher die Enkelin einer guineischen Sklavin geheiratet und Kinder mit dunkler Haut produziert, darunter auch diesen Abdelmoula. Sie waren in alle Winde zerstreut, es gab sogar einen in Alaska, der dort Löcher bohrte; ein anderer war in Finnland und kletterte an Felsen herum; eine Friseuse in Douarnenez in Frankreich. Sie waren alle weggegangen, außer Abdelmoula, der sich in der Nachbarstadt El-Jadida niedergelassen hatte und dort klassisches Arabisch an einer Schule unterrichtete. Heutzutage war er um die 50.

Man nannte ihn auch *ould l-khâdem*, was soviel heißt wie „der Sohn der Negerin", und er machte sich nichts draus, lachte fröhlich, wenn man ihn neckte, zitierte bei Gelegenheit Bilal den Äthiopier, den ersten Muezzin des Islam, der schwarz war wie er; er war ein guter Junge, etwas einfältig, und sah nicht weiter als bis zu seiner platten Nasenspitze ... (Doch vielleicht versteckte er so nur sein wahres Wesen, denn manchmal, unter bestimmten Umständen und sekundenlang, nahm sein Blick eine fast metallische Schärfe an; dann sprach er kühl ein paar kurze Sätze, widersprach trocken und deutlich, formulierte knapp ein unwiderlegbares Argument, das, ohne dass es jemand gemerkt hätte, hinter seiner schwarzen Clownsmaske gereift war.)

Er durchschritt den Innenhof zügig, schob die Tür auf und beugte sich über Adam, der sich wieder auf das Bett gelegt hatte. Er umarmte ihn lange im Liegen – keine leicht durchzuführende Geste – und stieß He-He-Rufe aus, die nichts zu bedeuten hatten; dann küsste er ihn auf beide Wagen (schmatzend!) und setzte sich schließlich uneingeladen auf die Bettkante, was Adam zwang, sich sehr unwillig aufzurichten und mit dem Rücken an die Wand zu lehnen. Es war eine unbequeme Stellung.

Abdelmoula stürzte sich ohne jede Vorwarnung auf sein Thema:

„Nun Adam, lieber Vetter, es gibt das Gerücht, du leidetest an einem furchtbaren Nervenzusammenbruch."

„Wie bitte?"

„*Ma ykoun bass* ... Ich bin gekommen dich zu trösten und dir eine gute Nachricht zu überbringen: du musst wissen, dass es gar keine Nervenzusammenbrüche gibt! Bei uns gibt es das nicht, es ist ein Ding für Christen und Juden! Wir verspüren vielleicht eine vorübergehende Lethargie, sogar Trauergefühle, doch unsere Religion ermöglicht uns, das leicht zu überwinden ..."

*Jetzt ist es so weit.* „Unsere Religion" ...

In den Achtziger Jahren des letzten Jahrhunderts war das ganze Land von intensiver religiöser Inbrunst ergriffen worden. Ein eigenartiger Fall von kollektivem Wahn, der weiter anhielt und vielleicht nie wieder aufhören würde.

Wie und warum hatte das alles begonnen? Man wusste es nicht wirklich. Die Soziologen kratzten sich am Hinterkopf ... Die Verländlichung der Städte? Doch die Landbevölkerung war weniger devot als die Städter ...

Vielleicht war dieses plötzliche Phänomen eine Folge der Machtübernahme von Ajatollah Khomeini 1979 im Iran gewesen. Aus durch die Niederlage von 1967 gedemütigten Arabern, aus Nassers Waisen seit 1970, hatten sich innerhalb weniger Monate Millionen zu islamischen Eroberern gewandelt, die Amerika ein Schnippchen schlugen, seine Diplomaten als Geiseln nahmen, seine Fahne mit Füßen traten ... Der Ajatollah hatte weder Angst vor dem großen Satan noch vor den kleinen, denn Gott stand auf seiner Seite. Von Qom bis Casablanca löste das erregenden Überschwang aus.

Wen kümmerte es schon, dass jener Ajatollah weder Araber noch Sunnit war; das wussten zu der Zeit nur wenige

Marokkaner. In verschiedenen Städten des Königreiches gaben Väter stolz als Vornamen ihres jüngsten, in seinen Windeln krähenden Sprosses „Khomeini!“ zu Protokoll. Der Standesbeamte musste ihnen darauf geduldig erklären, dass dieser ungewöhnliche „Vorname“ „vom *Makhzen* nicht gestattet“ war.

Hassan II., der Oberkommandierende der (sunnitischen) Gläubigen, hatte schließlich über die *Oulémas* eine *Fatwa* in die Welt geschleudert, die den fernen iranischen Ajatollah als Häretiker abstempelte ... (was Adam damals sehr amüsiert hatte, weil es ihn an den Geschichtsunterricht des grinsenden Herrn Porte am Lyautey-Gymnasium erinnerte: „1054 hinterlegte der Gesandte des Papstes in der Hagia Sophia einen Kirchenbann gegen den Patriarchen von Konstantinopel ...“ Mit diesen alten Mätzchen schlugen wir uns noch 1980 herum ...)

Es gab nicht nur die Schockwelle der iranischen Revolution. Dieser Anfall von religiöser Leidenschaft war auch das (gewollte) Resultat der Arabisierungs- und Islamisierungspolitik im Bildungswesen, einer von Hassan II. und der Istiqlal-Partei dekretierten Politik, die zur gleichen Zeit Anfang der Achtziger Jahre einsetzte.

In dem Zusammenhang war auch der Philosophieunterricht abgeschafft worden. Raus! In den Abfall mit Aristoteles und seinem gleichgültigen Gott! Descartes und dem systematischen Zweifel! Kant und seiner Ablehnung der Metaphysik! Sartre und seinem atheistischen Kult des Einzelnen! Wir wollen so etwas nicht hier bei uns! *Macht euch dumm* ... Die jungen Generationen sollten nur die „islamische Erziehung“, das Dogma, die Orthopraxie kennenlernen. Tut dies, nicht jenes.

So war das Kopftuch aufgetaucht, das vorher nur von den

Großmüttern getragen worden war. Dann der *Niqab,* dann die *Burka,* nach dem wohlbekannten Prinzip: „Ich bin frommer als du, Tropf, denn ich beachte das Dogma noch strenger." Diese dämliche Auslegung hatte junge Mädchen, deren Mütter Röcke und Hemdblusen getragen hatten und mit wehendem Haar durch Straßen und Wege gezogen waren, zu wandelnden Leichentüchern gemacht.

Vetter Abdelmoula war auch von der konformistischen Flutwelle erfasst worden. In den Sechziger Jahren, in seiner Jugend, hatte er zum Rhythmus von Popsongs getanzt, hatte versucht, auf Partys mit Mädchen zu knutschen, hatte Brel, Brassens und Ferré gesungen, Jugendmagazine wie *Salut les copains* gelesen, alles, was aus Frankreich kam, begeistert aufgenommen, doch heute schwor er nur noch auf den Koran, die *Hadiths* und die fünf täglichen Gebete.

Was sagte er gerade?

„... doch du musst zum Grab von Moulay Bouchaïb pilgern. Das hättest du sofort nach deiner Ankunft tun müssen, er ist schließlich der Schutzpatron unserer Stadt. Und um deine Chancen zu verdoppeln (Abdelmoula gluckste) kannst du auch den Segen von Rabbi Abraham Moul' Ness einholen, dem heiligen Juden von Azemmour. Der heilt ebenfalls diese Art von Unpässlichkeit."

Meinte er es ernst? Adam schloss die Augen. *Nicht mit dem Ersten dem Besten zu disputieren; sondern allein mit solchen, die man kennt und von denen man weiß, dass sie Verstand genug besitzen, nicht gar zu Absurdes vorzubringen ...* Doch der Andere war da, nur ein paar Zentimeter entfernt, und er wartete mit vergnügtem Gesicht und fürsorglicher Miene.

„Hör mal Abdelmoula ..."

Er wollte ihm sagen, dass ihm dieses Eindringen taktlos

vorkam, dass man die Leute nicht überfällt und ohne Umschweife ihre Probleme, Nöte und Krankheiten anspricht; schließlich, dass sie ja auch nicht die Kühe zusammen gehütet hatten. Doch er bekam Skrupel: der Andere war ja kein schlechter Kerl und trotz seines ungeschickten Vorgehens hatte er gute Absichten.

„Hör mal Abdelmoula ... Erstens hatte ich keinen Nervenzusammenbruch ..."

„Habe ich doch gesagt!"

„Um genau zu sein, hast du zuerst diese Hypothese aufgestellt und sie dann widerlegt – und der Sache einen anderen Namen gegeben. Ich sage dir, darum geht es gar nicht – ich bin *nicht* krank. Zweitens: wie kannst du medizinische Ausdrücke benutzen und dann vorschlagen zu einem Marabut zu gehen? Sind wir im 21. Jahrhundert oder in der Medina zur Zeit der Hedschra?"

Der Vetter runzelte die Stirn.

„Unsere Religion kümmert sich um alle Bereiche. Der Prophet hat einen ganzen medizinischen Zweig begründet: es ist die prophetische Medizin."

*Nicht mit dem Ersten dem Besten zu disputieren ...*

Abdelmoula nahm Adams Schweigen als Zustimmung oder als brennenden Wunsch, mehr zu erfahren, erhob den Finger und sagte:

„Der Koran erwähnt den Nervenz..."

„Aber du hast doch gesagt, so etwas gibt es ‚bei uns' nicht!"

„Warte, lass mich zu Ende reden. Der Koran spricht von Depression und Nervenzusammenbruch: ‚Und diese Tage ... (mal gute, mal schlechte) lassen Wir unter den Menschen abwechseln ...' Es ist Sure 3, Vers 140."

Er hatte den Satz im Dialekt gesprochen und jetzt rezitierte er ihn in Hocharabisch: *watilka al-ayyâmu nudâwiluha bayna an-nâss.*

Wider besseres Wissen (*Nicht mit dem Ersten dem Besten zu disputieren ...*) machte Adam darauf aufmerksam, dass es in dem Zitat nur um „Tage" ging; wörtlich bedeutete es: „Und diese Tage lassen Wir wechseln unter den Menschen", was aus seiner Sicht ein Truismus war. Woher hatte der Andere „mal gute, mal schlechte" genommen?

Abdelmoula machte ein mürrisches Gesicht. Man musste den guten Willen haben, dem Text sein Herz öffnen, sich nicht von Kleinigkeiten ablenken lassen. Das war die *conditio sine qua non,* um ihn wirklich zu verstehen. Und dann fand sich dort auch die Definition der Melancholie.

„Zugegeben", sagte Adam. „Und was bedeutet das?"

„Dafür hat die prophetische Medizin verschiedene Heilmittel. Zum Beispiel die *Talbina.*"

„Die *Talbi...* was?"

Abdelmoula wandte sich dem kleinen Mädchen zu, das wie gewöhnlich in einer Ecke hockte und versuchte sich unsichtbar zu machen.

„Mein Kind, lauf zu Nanna und bitte sie, uns Tee zu machen."

Die Waise stob davon. Abdelmoula nahm seinen Vortrag wieder mit knarrender Stimme auf:

„Lieber Vetter, du musst wissen, die *Talbina* ist ein Präparat aus Gerstenmehl, Milch und Honig. Natürlich muss das Gerstenmehl traditionell hergestellt sein. Das kann man nicht bei *Félix Potin* kaufen. *Félix Potin, on y revient.* Das ist doch der Werbespruch, oder?"

Die drei letzten Sätze hatte er breit lächelnd in Französisch gesagt. (Ich bin weit herumgekommen, bin gebildet, weiß alles über diese Ungläubigen, spreche ihre Sprache usw.)

Adam versetzte seinem Enthusiasmus eine kalte Dusche: „*Félix Potin* gibt es gar nicht mehr. Doch lassen wir das. Also reichen deiner Meinung nach Gerste, Milch und Honig, um einen Nervenzusammenbruch zu kurieren – der im übrigen eine Fiktion ist?"

„Ganz genau! Aischa, die Mutter der Gläubigen verschrieb die *Talbina* für Menschen, die vor kurzem von einem Todesfall betroffen worden waren. Wir wissen das dank 'Urwa, der folgende Worte Aischas überliefert hat: „Ich habe den Propheten (Gottes Segen und Friede sei mit ihm) sagen hören: ‚Die *Talbina* tröstet das Herz und lindert den Kummer.' Das alles findet man im *Sahih* von Boukhari."

Seine Augen leuchteten.

„Du solltest öfter im *Sahih* blättern, statt deine Zeit mit Montaigne und Voltaire zu vertrödeln."

Den letzten Satz hatte er in scherzhaftem Ton gesagt und dabei gezwinkert, als wolle er im Voraus um Verzeihung für seine Unverschämtheit bitten – schließlich war er nur *ould l-khâdem* – doch man spürte deutlich, dass er es eigentlich sehr ernst meinte.

Adam begann der Sache überdrüssig zu werden.

„Sag mal Abdel, du hast doch studiert? Dann weißt du ja, dass unsere Launen von chemischen Reaktionen bestimmt werden. Auch wenn wir ihnen Respekt schulden waren 'Urwa, Aischa und *tutti quanti* eindeutig keine Chemiker, oder? Sie arbeiteten nicht mit Reagenzgläsern und Bunsenbrennern ..."

Der Vetter zweiten Grades unterdrückte ein Lächeln der „mitleidgetränkten" Art mit dem Unterton „Du glaubst, du hast mich in der Tasche, aber ich werde dich kriegen", ein triumphierendes Licht flackerte in seinen Augen und in seinem ganzen Gesicht auf, das erstaunlicherweise zugleich braun, hochrot, erfreut und spöttisch aussah (und somit die Fahne einer unwahrscheinlichen Republik darstellte); das Ganze drückte den eindeutigen Gedanken aus: „Darauf habe ich gewartet!"

„Chemie, sagst du? Die *Talbina* beinhaltet doch Tryptophan! (Er schloss die Augen als rezitiere er einen auswendig gelernten Text.) Tryptophan ist eine der zweiundzwanzig Aminosäuren, die Proteine bilden. Es ist eine für den Menschen wesentliche Aminosäure, die über die Nahrung zugeführt werden muss, zum Beispiel über die *Talbina* (und zack!)."

Unerbittlich fuhr er fort:

„Tryptophan produziert Serotonin. Und, lieber Vetter, die Substanz Serotonin verbessert die Laune. Antidepressiva konzentrieren ihre Wirkung wesentlich auf die Produktion von Serotonin. Warum sollen wir den Amerikanern eine Unmenge Geld für ihr Zoloft oder Prozac zahlen, wo uns der Prophet offenbart hat, dass diese sogenannten Medikamente nicht wirksamer sind als die gute alte *Talbina* aus Mutters Küche?"

Adam blieb der Verstand stehen. (Ich träume ... Ein Eindringling hält mir eine Chemievorlesung vermengt mit Religionsgeschichte. Alles was ich wollte war Ruhe und Beschaulichkeit.) Abdelmoula hatte den Eindruck, diese Schlacht gewonnen zu haben, und gab sich gönnerhaft.

„Du kannst ja Nanna bitten, dir *Talbina* zuzubereiten, kannst sie ja nach deinem Besuch bei Moulay Bouchaïb essen. Achtung, der Hauptbestandteil Gerstenmehl zieht Feuchtigkeit an. Das kann schnell Schimmel ansetzen! Du solltest die Alte bitten darauf zu achten."

Adam schüttelte den Kopf und löste sich aus seiner Schockstarre.

„Entschuldige ... hast du wirklich gesagt: ‚... wo uns der Prophet offenbart hat, dass diese sogenannten Medikamente nicht wirksamer sind als die ... *Talbina*‘?“

„Ja.“

„Der Prophet hat von Zoloft und Prozac gesprochen? Im siebten Jahrhundert?“

Der Andere hob die Arme zum Himmel.

„Jetzt fängst du wieder damit an! Ich hab’ dir doch gesagt: es geht nicht darum herumzukritteln, man muss sein Herz öffnen. Natürlich hat der Prophet nicht *buchstäblich* von Prozac gesprochen. Ich habe das nur so gesagt.“

Adam nickte.

„Ach so, nun verstehe ich ... Sonst noch was?“

Abdelmoula plusterte sich auf, stolz, endlich von einem Ingenieur ernst genommen zu werden – die Ironie war an ihm abgeglitten wie Wasser an Entenfedern.

„Ja! Die *Hijama*. Du musst sie praktizieren während du deine Diät mit *Talbina* machst. Sie bringt Entspannung, besseren Schlaf usw. Durch die *Hijama* verschwinden die Symptome der Depression: Kopfweh, Muskelkater, Verstopfung ... Du leidest doch unter all dem, oder?“

„Ja, meine eingebildete Depression ist unerbittlich.“

„Der Prophet (Gottes Segen und Friede sei mit ihm) hat gesagt: ‚Die *Hijama* ist eines der besten Heilmittel.‘ Anas (Gott sei mit ihm zufrieden) überliefert diese Worte des Gesandten.“

Bevor Adam irgendetwas erwidern konnte, setzte der Vetter schnell seinen anderen Hut auf:

„Eine Studie aus dem *Journal of Biomechanics* von 2005 stellt die *Hijama* (die Amerikaner nennen es *cupping therapy*) ... also die *Hijama* als ernsthafte Alternative zur Akkupunktur dar. Man kann die gleichen Punkte benutzen, doch es hat einen entscheidenden Vorteil: da die Haut nicht penetriert wird, kann es keine Krankheitsübertragung durch Nadeln geben. Zum Teufel mit der Akkupunktur! Wer braucht schon die Chinesen?“

## 26

# Ein Regenschauer auf mein Herz

Adam war sprachlos. Als er das Wort „Chinesen" gehört hatte, hatte er an Naïma gedacht und plötzlich große Trauer verspürt – was ihn erstaunte und beunruhigte. (Liebte er sie doch auf seine Art? Oder fehlte ihm nur der alabasterweiße üppige Körper?)

Nanna trat mit schweren Schritten ein und stellte ein Tablett mit zwei Teegläsern auf den Nachttisch. Abdelmoula reichte Adam ein Glas. Der war immer noch verstört (Naïmas Bild tanzte vor seinen Augen), trank einen Schluck Tee und fragte zerstreut:

„Du redest von Hija... irgendwas ... Doch ich weiß nicht, was das ist."

„Aber ja, du weißt, was das ist! Man sieht es überall auf dem Markt!"

„Ich war schon lange nicht mehr auf dem Markt."

„Nun, es sind ..., wie sagt man noch auf Französisch? ... *Blutsauger!* Du weißt doch, man zieht Blut aus der oberen Hautschicht durch Sauger ..."

„Ach ja, nun verstehe ich. Und das gehört auch zur prophetischen Medizin?"

„Aber wie! Anas ibn Malik berichtet, dass Gottes Gesandter (*salla-llahou 'alayhi wa sallam'*) ..."

„Entschuldige ... Musst du wirklich jedes Mal, wenn du den Propheten erwähnst, *salla-llahou 'alayhi wa sallam'* hinzufügen? Das wird echt monoton. Es geht einem auf die Nerven."

Abdelmoula, der in seinem Elan gebremst worden war,

verspürte eine Art Brechreiz. Sicher wollte er nur ein vages Gefühl von Entrüstung und Fassungslosigkeit ausdrücken (und auch eine verschlüsselte Botschaft an den Himmel schicken: ich bin nicht der Wächter meines Vetters, Deinen Zorn musst du auf ihn richten, o Herr).

„Selbstverständlich! Jeder Muslim muss diese Formel nach dem Namen des Propheten aufsagen."

„Aber wenn es nur eine Formel ist, kann man sie doch auch abkürzen, oder? Du könntest zum Beispiel nur den ersten Buchstaben jedes Wortes aussprechen: *s-a-w-s*. Das ist doch hübsch, *saws* ... Man könnte auch zirpen *piiiieeep* oder *tirilili*. Das gäbe den Sätzen Schwung. ‚Der Prophet, *piiiieeep*, hat gesagt ...'"

„Wie meinst du das, *piiiieeep* oder *tirilili*? Das ist Gotteslästerung!"

„Ganz und gar nicht. Wichtig ist ja nicht, was man von sich gibt, sondern welchen Sinn man dem gibt. Es geht um die *Intention*. Du kannst problemlos *piiiieeep* oder *tirilili* sagen, solange es für dich ‚Gottes Segen und Friede sei mit ihm' bedeutet. Das müsstest du als Lehrer eigentlich wissen. Ihr hattet doch im Lehrerseminar Linguistik, oder etwa nicht? De Saussure ... ‚Die Verbindung zwischen dem Zeichen und seinem Begriff ist willkürlich ...', klingelt da was?"

Abdelmoula hörte Adam zu und schlürfte seinen Tee mit besorgter Miene. Dann entspannten sich seine Züge und ein breites Lächeln erhellte sein Gesicht:

„Du machst doch nur Spaß, oder? Das ist ein gutes Zeichen, du kommst heraus aus dem Schlamassel. Der Einfluss des Propheten macht sich geltend. Doch man sollte nicht über Religion scherzen. Gut, also wo war ich stehengeblieben?"

„Anas ibn Sonstwas überliefert, dass Dingsbums ..."

„Ach ja! Also, der Prophet (*salla-llahou 'alayhi wa sallam'*) hat gesagt: ‚Während meiner nächtlichen Reise bin ich nie an einer Gruppe Engel vorbeigekommen, ohne dass sie mir sagten: O Mohamed! Befehle deiner Gemeinschaft die *Hijama* zu praktizieren.' Das steht in der *Sahih* von Jamii'."

„Aber dieser *Hadith* ist dämlich. Die Engel sollen nichts anderes zu tun haben, als von Blutsaugern zu sprechen? Warum nicht auch von Scoubidous oder vergoldeten Spachteln? Das ist doch unwahrscheinlich! Doofer als doof!"

„Du wagst es, einem *Hadith* zu widersprechen?"

„Das ist doch kein Evangelium, all diese Gerüchte in der Art: ‚Ich habe gehört, wie X erzählt hat, Y habe behauptet, ein afghanischer Pilger habe seinem buckligen Großvater anvertraut, der Prophet, *piiiieeep*, putze sich die Zähne mit einem Baumwurzelstück ...' Das hat doch keinerlei Bedeutung!"

Abdelmoula ließ sich nicht beirren.

„Es freut mich, dass du einige *Hadiths* zu kennen scheinst, auch wenn du sie auf deine typisch französische Art zu widerlegen versuchst: sarkastisch, respektlos dem Heiligen gegenüber. In der Tat, der Gesandte Gottes (*salla-llahou 'alayhi wa sallam'*) hat gesagt: ‚Benutzt regelmäßig den *Siwak*, denn es ist eine gute Art, den Mund zu säubern und es gefällt Gott.' Der Siwak, der Arakstab, ist was die *Ungläubigen* (er betonte das Wort) sicher ein Baumwurzelstück nennen."

„Siwak, Baumwurzelstück, *potato, tomato* ... Kommt dir denn nicht eigenartig vor, dass man auf der gleichen Ebene sagt ‚den Mund säubern' und ‚das gefällt Gott' ?"

„Nein, das stört mich nicht."

„Dann gebe ich auf."

Abdelmoula unterdrückte ein triumphierendes Lächeln und kehrte zu seinen therapeutischen Obsessionen zurück:

„Wenn du in Moulay Bouchaïbs Marabut bist, musst du

nach der Begrüßung des Heiligen folgende Worte aufsagen: ‚O Herr ich bin dein Diener. Mein Zopf liegt in Deiner Hand ...'"

„Mein was?"

Der andere rezitierte weiter:

„Dein Dekret erfülle sich. Ich bitte dich in allen Namen, die dir gehören, die du in deinem Buch offenbart und in deiner Wissenschaft des Unsichtbaren bewahrt hast ..."

Er machte eine Pause, schloss kurz die Augen und fuhr dann fort:

„Ich bitte dich, den Koran zu einem Regenschauer auf mein Herz, einem Licht auf meiner Brust zu machen. Er soll meine Trauer lindern und meine Sorgen verjagen."

Er hielt inne, nahm einen letzten Schluck Tee und donnerte zu Adam gewandt

„Merk dir diese Sätze, du musst sie am Grab von Moulay Bouchaïb sprechen!"

„Keine Sorge, ich werde mir diese Euphonie merken: *Ham* und *Gham*, um ‚die Sorgen' zu bezeichnen. Zudem ist ‚Regenschauer auf mein Herz, ... Licht auf meiner Brust' wirklich schön. Es könnte von Lamartine stammen. Woher hast du dieses Gebet?"

Der Sohn der Afrikanerin zuckte zusammen. Er verzog das Gesicht, sicher um seine Ablehnung der profanen Formulierungen des Ingenieurs auszudrücken. Doch er beantwortete die Frage:

„Diese Worte hat Abdullah ibn Mas'oud überliefert. Sie finden sich in einem *Hadith* von Imam Ahmed."

„Was hat es denn mit diesem ‚Zopf' auf sich? ‚Mein Zopf liegt in Deiner Hand ...' Muss ich zum Friseur und mir die Frisur eines chinesischen Kuli verpassen lassen wie zu Zeiten des Wilden Westens? Geflochten?"

(*Tex Willer versetzte die Cowboys in großes Erstaunen, als sie ihn im Frühling in El Alamo wiedertrafen: er hatte den Kopf rasiert außer einer Haartolle oben auf der Stirn.)*

„Du machst schon wieder schlechte Witze. Das ist nur ein Bild. Es bedeutet, dass dein Schicksal in Gottes Hand liegt."

Tex-mit-der-Tolle nickte und verzichtete darauf, gegen den Ausdruck „Gottes Hand" zu protestieren. (Gott, wie viele Finger? (Lange Diskussion über den *Tajsid*, den Anthropomorphismus (die Amerikaner landen auf dem Mond und wir streiten über den Tajsid.)))

Er trank einen Schluck Tee und sagte ruhig:

„Danke für die Ratschläge. Auf Wiedersehen. Ich bin noch ein wenig krank, ich muss mich ausruhen."

Abdelmoula erhob sich, ein breites Lächeln überzog sein Gesicht. Er drückte dem Liegenden die Hand, versetzte dem Waisenkind einen freundlichen Klaps, betrat den Innenhof und schmetterte ein Auf Wiedersehen in die Runde, das sicher an Nanna gerichtet war; dann verschwand er mit einem lauten Krachen der Tür des Riad, als habe er gerade Cordoba zurückerobert.

27

## Die Marionette wieder auferstehen lassen

Adam spazierte eine Runde an den Ufern des Oum er-Rbia.

Die Sonne tauchte den Hitze ausstrahlenden Stadtwall in blondes Licht. Adam saß auf einem Baumstamm und genoss das ein paar Minuten lang, dann dachte er nach. Abdelmoulas Besuch hatte ihn aus dem Konzept gebracht. *Da stimmt etwas nicht.* Versuchen wir uns Klarheit zu verschaffen.

Also: Epiphanie über der See von Andaman. Flugzeug, Höhe, Geschwindigkeit ... „Wer bin ich?", „Was tue ich hier?" usw. Mein Großvater „ein würdiger Greis, der ... niemals die Geschwindigkeit des ... Pferdes überschritten hat" ... mein Vater „der nie ein Auto besessen" hat ... Sehr gut! Also bremse ich, entschleunige, halte inne. Ich kehre zurück zu den Ursprüngen. In den Geburtsschlauch. Den altehrwürdigen Riad. *Das* ist es doch, was ich bin, was wir sind. Diese Trägheit, in der sicher auch Weisheit liegt. *Es glänzt die Zeit und Wissen wird der Traum.*

Ich verleugne Voltaire und das ganze Jahrhundert der Aufklärung. Dann stoße ich zufällig auf eine Truhe voller Bücher „von uns". Schock, als ich *Hayy Ibn Yaqzan* zum zweiten Mal lese und endlich verstehe. Ja, genau das habe ich gesucht. Ibn Tufail, Ibn Rushd, ein ruhiger Sommer in Cordoba ... Als die Araber denken konnten, als der Islam intelligent war ... Ich kann der Enkel von Hadj Maati sein, ohne etwas aufzugeben, stolz und aufrecht, und doch: *die Welt ist nach meinem Maß geschneidert ...*

Dann plötzlich Abdelmoula! Die personifizierte Einfalt. *Talbina, Hijama* ... Ist es *das,* was wir sind? Zu dem wir *geworden* sind in den letzten dreißig Jahren? Langsam und schwerfällig? Dumm? Dumpf?

Vorwärts Abdelmoula, du Brunnenexperte. Der die allgemeine Gutgläubigkeit ausnutzt. Die *Baraka* der Sijilmassi ... Soll auch ich Bouazza Wasser abkaufen? Du wolltest doch zurück zu den Quellen? Dann trink aus der von Bouazza. „Sag niemals nie ... ich trinke nicht von deinem Wasser." Aber ja doch! Du willst doch *authentisch* sein! Werde zu Abdelmoula, liebe Bouazza. Man muss Bouazza lieben. Und dann auch Basri. Den Staat. *Staat heißt das kälteste aller kalten Ungeheuer ...* Der *Makhzen.* Der die Fäden zu ziehen scheint.

Hör' auf, Mallarmé in einem Gebäude zu sehen, das nichts von dir hören will; vergiss Valéry, Breton, Hugo ...; lösche Marx, Freud, Darwin aus deinem Gedächtnis ...

Die Sonne sank. Auf seinem Baumstamm spürte Adam, wie Trauer ihn überkam.

Zugegeben. *Macht euch dumm.* Aber wie? Bouazzas Betrügerei, Abdelmoulas Blödheit, Basris Zwielichtigkeit türmen sich wie Pyramiden vor mir auf. Wie kann ich das Urteilsvermögen in mir verbannen? Wie die Marionette wieder zum Leben erwecken? Was tun?

Mit dem Kopf gegen den Boden schlagen, bis man verblödet?

Sogar dann wäre ich der scharfsinnige Mensch, der sich beim Verdummen beobachtet. Wer sich verdummt, schärft seine Klarsicht, je mehr er verdummt. Wer das Knie beugt, verachtet sich umso mehr, je öfter er sich beugt, doch genau deshalb schätzt er sich: weil er sich verachtet ...

Das ist ein Teufelskreis oder ein Engelskreis, in jedem Fall ist es logisch unmöglich.

Langsam ging er nach Hause und hatte den Eindruck, vor einem unlösbaren Problem zu stehen, vor einer Folge von Oxymoren ... *Wie ein Flug der Oxymoren heraus aus dem heimischen Aas.* Dieses ehemals am Gymnasium gelernte Gedicht tauchte leicht verändert in ihm auf, das Wort „Oxymoren" ersetzte das elegante „Jagdfalken". Eigenartig ...

Als er darüber nachdachte, bemerkte Adam, dass dieser aus dem Nichts aufgetauchte Satz Bedeutung hatte. Die Oxymoren müssen das Nest verlassen dürfen, man muss am Heimatort (in der Heimatsprache? ... der Muttersprache?) verweilen, da, wo es keinen Widerspruch mehr gibt, keinen Zweifel, keinen Teufelskreis. *Es gibt keine Eklipse mehr auf der Stirn des Universums.*

Er hielt bei einem Gemüsehändler an, kaufte Gemüse, ging zum Metzger und besorgte ein schönes Stück Fleisch. Das Ganze überreichte er Nanna, die im Innenhof saß, und legte sich dann in seinem Zimmer hin.

Bald kam das kleine Mädchen, lautlos, mit geweiteten Augen, die Schiefertafel fest unter den linken Arm geklemmt, als handle es sich um ein Schutzschild. Sie schwang ein Stück Kreide in der rechten Hand, setzte sich an die Wand, wandte sich Adam zu und versuchte ein Lächeln, das eine bange Bitte enthielt.

*Du bist für mich nur ein kleines Mädchen, ein kleines Mädchen wie hunderttausend andere auch. Ich brauche dich nicht. Und du brauchst mich auch nicht. Ich bin für dich ein Fuchs unter hundertausenden von Füchsen. Aber wenn du mich zähmst, dann werden wir einander brauchen. Du wirst für mich einzigartig sein. Und ich werde für dich einzigartig sein in der ganzen Welt …*

Adam erwiderte das Lächeln und stand auf.

Auch er bewaffnete sich mit einem Stück Kreide und begann Buchstaben an die Wand zu malen. Wo war er stehengeblieben? Ach ja, Kleinbuchstaben, Großbuchstaben ... Er war kein Pädagoge und verließ sich auf seinen Instinkt. Sie musste erst diese einfachen Zeichen malen können, dann würden sie zu den Silben vorstoßen, dann zu den Worten und Sätzen.

Die Waise saß im Schneidersitz da, ihre winzige Zunge lugte ein wenig aus ihrem Mund heraus, sie malte Buchstaben auf ihre Tafel. Die Stimme des Muezzin erklang, doch weder die Schülerin, noch der Lehrer unterbrachen die Arbeit.

Als die Tafel voll Buchstaben war, reichte Khadija sie Adam. Die Buchstaben waren perfekt. Bildete er sich das nur ein? Manche erschienen ihm größer als andere. Sie bildeten das Wort BABA. Verwundert senkte er den Blick zur Waise. Sie sah ihn herausfordernd an.

Er zeigte mit dem Finger auf die Buchstaben:

„Was ist das?"

Sie antwortete fröhlich:

„Baba!"

Es verschlug ihm die Sprache. Tränen stiegen in seine Augen und er musste sich auf die Lippen beißen, um nicht laut aufzuschluchzen. Diese kleine Waise hatte vielleicht zum ersten Mal im Leben das Wort „Vater" ausgesprochen. Er machte schließlich eine knappe Handbewegung, als entlasse er sie.

Sie ging und trällerte dabei *Baba, Baba, Baba ...*

# 28

## Theologische Stürme

Abdelmoula machte sich zur Gewohnheit, jeden Abend vor dem Abendessen vorbeizuschauen, um mit Adam zu plaudern.

Nie kam er mit leeren Händen: immer brachte er ein wenig Kuchen mit oder Brathähnchen oder *Harira* in einer Art militärischem Essgeschirr. Nanna war begeistert. Das kleine Mädchen hatte sicher gemischte Gefühle: Abdelmoula vergaß nie, ihr ein paar Bonbons zuzustecken, doch danach kniff er sie in die Wange oder gab ihr einen freundschaftlichen Klaps und diese kleinen Gewalttätigkeiten führten zu großem Schmollen, was er aber nicht bemerkte.

Manchmal begleitete ein Freund Abdelmoula, ein gewisser Nadir. Der Mann wirkte dämlich, steif, unsicher. Das war sicher Ausdruck jener Form krankhafter Schüchternheit, die die Betroffenen überzeugt, ihr Körper falle aus dem Rahmen, störe die anderen, ekele sie sogar an, während die anderen nichts sehen, oder paradoxerweise nur die Verlegenheit und Beschämung bemerken, die diese schüchternen Menschen durch jede Pore ihres Körpers ausströmen, der sonst gar nicht aufgefallen wäre.

Adam hatte es aufgegeben, Abdelmoula zu erklären, dass er vor allem allein sein wollte. Er empfing ihn ohne übertriebene Freude, ließ sich starr umarmen und setzte sich auf sein Bett. Der Vetter nahm einen Stuhl und begann ihn auszufragen. Seine Neugier schien unersättlich.

Wenn Nadir dabei war, sagte er nichts oder fast nichts, und wich dem Blick seines Gastgebers aus; doch er hörte genau zu.

Im Lauf der Zeit veränderte sich etwas in Adam; manchmal freuten ihn diese täglichen Besuche (vielleicht kam das Verlangen zurück?), auch wenn es ihm weiterhin schwerfiel, eine richtige Diskussion zu führen. Doch er sagte sich, zu Zeiten seines Großvaters hätten die Männer ihre Tage genauso verbracht. Und Ibn Tufail mit seinem Freund, dem Emir? Spazierten sie nicht durch die Gärten von Alkazar und redeten über Philosophie, Dichtung, Wissenschaft? Hielt der Emir seinen Rat nicht auf seinem Diwan ab, wo die Angelegenheiten der Welt behandelt wurden? Eigentlich waren diese langen Gespräche Teil des langsamen, heiteren Lebens, das er anstrebte.

Abdelmoula hatte eine fixe Idee, die er in zwei Teilen darlegte: Adam hatte einen Nervenzusammenbruch. Den einzigen Ausweg bot der Islam. (Der Islam ist die Lösung für *alles*.)

Er war überzeugt, dass Adam Atheist war oder zumindest Agnostiker, oder *Zindik*, Freigeist, obwohl Adam nichts in dieser Hinsicht hatte verlauten lassen. Doch da man ihn nie beten sah, kam Abdelmoula zu diesem untrüglichen Schluss.

Nach einigen Tagen Diskussion kamen sie zum Ernst der Dinge. Es war Anfang Juni.

„Also, woran glaubst du? Die Welt ist absurd, ist es das? Wie *dein* Sartre behauptet?“

(*Mein* Sartre? (Ich stehe im Wettbewerb mit Simone.))

„Nicht ganz“, antwortete Adam. „Es gibt einen Sinn, wenn man so will. (Nur Mut, es muss heraus.) Gewissermaßen vier Ebenen von Sinn.“

„Vier? Nicht mehr und nicht weniger?“, machte sich Abdelmoula lustig und räkelte sich auf seinem Stuhl. „Ich bin gespannt, was du uns da wieder erzählst.“

An diesem Tag war Nadir anwesend. Ihm schienen die Augen aus dem Gesicht zu fallen.

Unwillig begann Adam zu sprechen.

## 29

# Credo des Agnostikers

Auf der Nullebene, der der Atome, ist nichts. Nicht mehr als: Elementarteilchen. Wir wissen nicht genau, was das ist. (Schwingungen? (Doch wovon?)) Welchen Sinn macht es? Keinen. Wir können nur sagen: *da ist etwas*. Wir können nur feststellen. Messen womöglich. (Messen bedeutet *wissen*.)

Abdelmoula schnaufte, das war sicher eine Form des Widerspruchs, doch er sagte nichts. Nadir riss den Mund weit auf.

Auf der zweiten Ebene sind die *Verbindungen* zwischen diesen Teilchen. (Vielleicht sind diese Verbindungen die einzig *wahre* Welt.) Zum Beispiel, die vier elementaren Kräfte ...

„Sag' noch einmal, welche das sind", knirschte Abdelmoula.

War das ironisch gemeint? Oder eine wirkliche Lernwilligkeit? Aber das wusste doch jeder, oder?

Nach einigen Sekunden Zögern legte Adam los. Die vier elementaren Interaktionen entsprechen *allen* im Universum beobachteten Phänomenen. Jede drückt sich durch eine Kraft aus: die starke und die schwache atomare Interaktion, die elektromagnetische Interaktion, die Schwerkraft. In gewisser Weise macht das Sinn: es sind *Gleichungen*. Etwas ist gleich etwas anderes. Nicht mehr und nicht weniger. Doch alles in allem ist es eine elementare Form von Sinn. (Schnaufen.)

Ja, es ist eine Form von Sinn, denn es gibt eine gewisse Ordnung: „Das Buch der Natur ist in mathematischen Zeichen geschrieben."

„Wen zitierst du da?"

„Galileo."

„Hmmmm. Mach weiter."

Dann auf der dritten Ebene entstand Leben auf dieser Erde. Der Sinn hier ist die Evolution. Darüber hat Darwin bereits alles gesagt.

(Trompetenstoß durch Abdelmoulas Nase. Das ist die Kriegserklärung.)

„Die Finalität einer lebenden Struktur kann nur darin bestehen, sich als Struktur zu erhalten", behauptete Adam; dann erwähnte er das „egoistische Gen".

„Ich werde dir Dawkins' Buch ausleihen."

„Nein, nein", meinte Abdelmoula halbherzig. „Ich verzichte auf alle Bücher, die sich auf Darwin berufen. Der Darwinismus ist nur eine Theorie und sie ist falsch. Der große Gelehrte Harun Yahya hat das nachgewiesen. Doch zurück zu dem, was du vorher gesagt hast. Diese Sache mit der Interaktion der Kräfte usw. (Er zögerte kurz, sah sich um, nahm dann einen Bleistift vom Nachttisch.) Schau genau hin: ich halte den Bleistift über dem Boden in den Fingern. (Kurze Pause.) Wenn ich die Finger öffne, was passiert dann wohl?"

Adam antwortete mürrisch:

„Der Bleistift fällt auf den Boden."

„*Vielleicht*. Aber warum?"

„Wegen der Schwerkraft. Wozu diese Fragen?"

„Die Schwerkraft? Falsch! Es ist Gottes Wille, der ihn fallen lässt. Jede tausendstel Sekunde ist es Gott, der entscheidet was passiert. Das hat Ibn Arabi in *Risâlat al-anwar* sehr gut erklärt. (Er schloss die Augen und deklamierte:) ‚Wenn Er aber den Augenblick eines Lidschlags von der Welt getrennt wäre, würde die Welt verschwinden ...'"

„Der Bleistift ..."

„Was, der Bleistift? Gott drückt jede milliardste Sekunde

darauf, jedes *Atomteilchen von Zeit*, um ihn zu Boden zu schieben bis er den Boden berührt; das ist ein Fall. Deine Interaktionen, deine Kräfte, das ist alles nur Illusion, Erfindung der Philosophen. Dazu hat Ghazâli bereits alles gesagt."

Adam erhob Einspruch:

„Aber der Bleistift fällt *immer*! Er schwebt nie in der Luft. Man kann also sagen, dass es ein Naturgesetz ist und muss Gott nicht für so banale Dinge wie den Fall eines Bleistifts oder eines Tischtennisballs bemühen! Wie Laplace sagte: diese Hypothese brauchen wir nicht ..."

Empörtes Aufzucken des Vetters:

„Gott soll eine *Hypothese* sein?"

„Nein, dein Ding mit dem Bleistift ist eine Hypothese: dass Gott sich in den Gang der Welt einmischt, um ihn zu verewigen oder von Zeit zu Zeit zu korrigieren was schief läuft. In diesem Sinn sagt Laplace, dass wir diese Hypothese nicht brauchen."

„Versteh ich nicht."

„Es ist doch einfach. Es gibt Gesetze des Universums. Du magst glauben, dass Gott sie geschaffen und sich dann in sein Zelt zurückgezogen hat. Das ist gewissermaßen sogar ... *eleganter*. *Würdiger*. Es erspart Gott, sich in die Auswahl der Krawatte von Herrn Soundso einzumischen, wenn der auf den Feuerwehrball geht."

„Es ist nicht dein Feuerwehrmann, der seine Krawatte aussucht, sondern Gott. Das steht in der Sure ‚Die Beute': ‚Und nicht du hast geschossen, sondern Allah gab den Schuss ab.' (Er wiederholte den Satz mit erhobenem Finger:) *Ma ramayta idh ramayta walakinna Allah rama* ... Wenn du Ghazâli liest, wirst du es verstehen. Was war also die vierte Ebene?"

Adam atmete tief ein. Sollte er weitermachen? Er merkte nun, dass er nur das Credo eines x-beliebigen europäischen

Agnostikers in einer ernüchterten Welt verkündete. War *er* das im Grunde wirklich?

Er nahm seinen Vortrag wieder auf.

Ja, es gab die Menschen. *Den Menschen*. Die vierte Ebene. Da gibt es Affekte, eine gewisse Freiheit. Einen Sinn, *den jeder seinem Leben gibt*. Wenn manche das in Form des Glaubens machen wollen, warum nicht?

Das klang wie ein Zugeständnis an den Vetter, doch der sah es gar nicht so.

„Mit anderen Worten, jeder Glaube ist gleich viel wert?", fragte Abdelmoula verblüfft.

Nadir hörte mit offenem Mund zu und schwieg.

„Ja", antwortete Adam.

„Du wirst doch den Islam nicht auf eine Ebene mit den anderen Religionen setzen?"

„Welchen Islam?"

## 30

## Zniga und die beiden Notare

Eine Sekunde lang war es still, gefährlich still, totenstill.

„Wie meinst du das, welchen Islam? Willst du mich veräppeln?"

„Nein, aber ich stelle fest, dass jeder überzeugt ist, *seine* Art den Islam zu praktizieren wäre die einzig richtige; mit anderen Worten, nur er kenne den *wahren* Islam. Deshalb gibt es Dutzende von Religionen, die diesen Namen beanspruchen, so als würden Dutzende Menschen behaupten Archibald Pumpernickel zu heißen und der einzige, der wahre Archibald Pumpernickel zu sein. Deshalb frage ich dich: *welcher* Islam?, wenn du vom ‚Islam' sprichst."

„Archibald Pumpernickel?"

„Vergiss es, es ist nur ein Beispiel. Aber meine Frage ist ernst gemeint. Es gibt die Sunniten, die Drusen, die Qarmaten, die Ismaeliten, die Ibaditen, die Ahmaditen, die Anhänger des Alten auf dem Berg (das erinnert doch sehr an *Tim und Struppi*), die Nozariten, die Mustalianer usw. Es reicht! Zudem hat innerhalb dieser Sekten jeder Einzelne unterschiedliche Vorstellungen von denen seines Nachbarn, auch wenn sie zusammen in der Moschee beten. Der eine stellt sich Gott als großen Kerl mit weißem Bart vor, einen Knüppel schwingend, um die Ungläubigen niederzuprügeln; der andere sieht ihn als erleuchteten Weisen im Schneidersitz auf einer Wolke; wieder ein anderer stellt sich gar nichts vor und begnügt sich damit, sich zu unterwerfen. Wie kann man behaupten, die Leute hätten *dieselbe* Religion?"

„Wer ist Archibald Pumpernickel? Ein Orientalist?"

„Aber nein, vergiss Archie, ich habe ihn frei erfunden; es ging nur darum, dir zu erklären, dass man nicht von *dem* Islam in der Einzahl sprechen kann, als gäbe es nur einen. Es gibt davon genau eine Milliarde, genau so viele wie Individuen, die sich als Muslime bezeichnen."

„Wir beziehen uns doch alle auf denselben Gott, oder etwa nicht?"

„Nein. Es fängt schon damit an, dass du und ich nicht von der gleichen Sache sprechen, wenn wir das Wort ‚Gott' benutzen."

„Wie das?"

„Mein lieber Abdelmoula, dein Gott ist eine Art Superman; doch was ist ein Superman? Am Ende doch nur ein Mensch mit übernatürlichen Kräften. Dein Gott ist nur ein unsterblicher, sehr starker, sehr schlauer Mensch ... Eine Art Kirmesherkules mit Luchsaugen, einem Katzengehör und einem Hunderiecher ... Dein Gott ist eine Art Ein-Mann-Bestiarium, ein Allrounder-miau-wuff-wuff plus Luchsschrei. Das ist nicht meine Idee vom höchsten Wesen, das man sich nicht ausmalen kann, nicht einmal in seiner Vorstellung."

„*A'oudou billah* ... Du bezeichnest Gott als Katze? Du vergleichst ihn mit einem Hund?"

„Nein, das tust du. Du und die Millionen Einfaltspinsel, die dir in diesem schönen Land und in der ganzen islamischen *Oumma* ähnlich sind."

Nach ein paar Sekunden Schockstarre riss sich Abdelmoula zusammen und gab perfekt den fassungslos Empörten. Er richtete sein Kinn auf Adam, rollte mit den Augen wie ein wütender Roland, warf die Zipfel einer imaginären Toga über seine Schulter, erhob sich und tat als wolle er gehen („Keinen Augenblick länger kann ich an diesem Ort verweilen, wo man mich beleidigt usw."); doch als er feststellte, dass sein getreuer Nadir mit Stielaugen an seinen Stuhl gefesselt blieb, setzte er sich grummelnd wieder hin.

Dann:

„Was hat es schon zu bedeuten, wie Gott aussieht oder nicht aussieht? Es geht eindeutig um denselben Gott, denn du und ich schreiben ihm die gleiche Macht zu ... (Schweigen.) Denn wir schreiben ihm die gleiche Macht zu, oder etwa nicht?"

„Kaum", antwortete Adam.

„Ach so? Dann erklär' uns das mal, lieber Vetter."

(Er schaffte es „lieber Vetter" wie eine Beschimpfung herauszuspucken.)

„Beginnen wir mit dem scheinbar Einfachsten. Ist Gott allwissend?"

„Selbstverständlich! Das steht wortwörtlich im Koran: *Wa huwa bi-kulli chay'in 'alîm* ... Gott ist der *'Alîm*, der *Wissende* unter den Wissenden. Er weiß alles, absolut alles."

„Nun siehst du, damit ich habe ich ein Problem. Sogar drei."

„Dann mal los."

„Das erste Problem: wenn Gott unsterblich und unwandelbar ist, wie kann er dann kontingente Ereignisse verstehen?"

„Kontingent?"

„... ja, das bedeutet, die sich ereignen können, sich aber genauso gut nicht ereignen können."

„Erklär' das."

„Zum Beispiel, wenn ein Fußballer einen Elfmeter schießt. Wenn er trifft, weiß Gott das in dem Moment? Wenn dem so ist, muss es bedeuten, dass Gott es zu einem bestimmten Zeitpunkt nicht wusste und es dann zu einem anderen Zeitpunkt weiß. Daher verändert sich sein Wesen in dem Moment, Gott weiß eine Sache mehr: dass der Fußballer trifft.

(Hurra!) Das übersteigt meine Vorstellungskraft: Gott ‚verändert', sein Wissen ‚zunehmend' durch einen Fußtritt! Wie kann das Unendliche, das Ewige von einem banalen Elfmeter verändert werden?"

Abdelmoula zog kurz eine bösartig scholastische Grimasse in der Art „darauf habe ich gewartet!", „mich kannst du nicht überlisten!", „ich bin doch nicht von gestern!".

Er schrie triumphierend:

„Aber nein! Ob der ungläubige Fußballer trifft oder nicht verändert nichts an Gottes Wesen, denn Gott hat immer schon gewusst, was geschehen wird! … Von jeher!"

Nadir nickt heftig mit dem Kopf. (Es ging um Fußball, da konnte er mitreden.) Adam fuhr ruhig fort:

„Sehr gut. Also hat es seit ewigen Zeiten diesen *potentiellen* Fakt gegeben, dass der Fußballer diesen Elfmeter treffen würde und das wusste Gott. Doch in dem Moment, als das Tor fällt, am 3. Mai diesen Jahres um 19:35 Uhr, gehen wir vom Potentiellen zum *Realen* über, zum Tatsächlichen. Das Ereignis verändert sich dem Wesen nach. Man könnte sogar sagen: es gibt zwei verschiedene Ereignisse. Zu wissen, dass etwas geschehen wird, ist nicht das Gleiche wie zu wissen, dass etwas *tatsächlich* geschehen ist. Daher verändert sich auch Gott in jenem Augenblick; oder aber er ist nicht allwissend."

Abdelmoula schwieg und verdaute die Argumente seines metaphysischen Vetters.

Der nutzte das, um seine Meinung weiter zu erläutern:

„Das zweite Problem ist Folgendes: wenn Gott allwissend ist, weiß er folglich alles, was sich in Zukunft ereignen wird, und kennt insbesondere unsere zukünftigen Taten, nicht wahr?"

„Das stimmt, alles was wir denken, sagen, tun werden,

weiß Gott seit ewigen Zeiten."

„Aber ... was ist dann mit dem freien Willen des Menschen?"

„Den gibt es. Da geht es um das Bewusstsein, die Intention, den Willen."

„Aber wie? Wenn Gott doch schon weiß, was wir tun werden! Dann hat er es doch bestimmt und nicht wir."

„Nein, wir bestimmen es. Das menschliche Wesen wird frei und für seine Taten verantwortlich geschaffen. Im Gegensatz zum Tier wird es nicht von seinen Instinkten geleitet."

„Aber wie kann ich für meine Taten verantwortlich sein, wenn Gott sie seit aller Ewigkeit bestimmt hat?"

„Das tut er nicht ..."

„Ach so? Er ist also nicht allmächtig?"

„Er flößt uns die Begriffe für Gut und Böse, Wahr und Falsch ein usw., danach sind wir frei zu handeln."

„Aber wenn er wusste, dass Zniga die beiden Notare ertränken würde, warum hat er den Gang der Ereignisse nicht verändert, damit Zniga sie nicht ertränkt?"

„Sieh an, du erinnerst dich an jene Geschichte? Das ist schon lange her ..."

„Aber ja, das Verbrechen wurde in einem Haus genau gegenüber von unserem begangen, als ich noch klein war ..."

„Also Zniga?"

„Gott wusste, was geschehen würde. Er hätte den Lauf der Dinge verändern können, damit dieser Zniga die beiden Volljuristen nicht ertränkte, aber er hat es nicht getan. Daher ist er verantwortlich und nicht der glücklose Zniga, der ungerechterweise in der Hölle schmort."

„Nein! Gott zwingt uns nur das auf, was unabhängig von unserem Willen ist. Das ist der wahre Sinn von *Mektoub*."

„Zniga ..."

„Du nervst mit deinem Zniga!“

„Du hast Recht, die Frage ist unlösbar. Kommen wir also zum dritten Problem: ist es angemessen, dass Gott alles weiß? Zum Beispiel dein Pipi am Morgen ... Muss Gott wissen, dass du heute früh um 7 Uhr 56 drei knappe Deziliter uriniert hast? Dass du eine grüne Unterhose mit orangefarbenen Punkten trägst? Das ist doch würdelos, oder?“

„Was hat meine Unterhose damit zu tun?“

„Ich kann mir keinen Gott vorstellen, der sich für die Farbe deines Höschens interessiert.“

„Selber Höschen!“

„Bleiben wir auf der Ebene der Philosophie.“

„Du hast meine Unterhose ins Spiel gebracht!“

„Ich ziehe sie (metaphorisch) zurück; aber du verstehst was ich meine. Ich kann mir keinen Gott vorstellen, der in allen Einzelheiten beobachtet, wie du heute früh um 7 Uhr 56 Pipi gemacht hast, mit dem Drum und Dran, von dem wir lieber nichts wissen wollen.“

Adam hatte das alles auf Französisch gesagt, ohne auch nur ein Wort *Darija* in die Sätze einzufügen. Die beiden Nebenrollen hatten daher keinerlei sprachliche Krücke, um genau zu verstehen, was er gesagt hatte, daher schwiegen sie.

Er ließ nicht locker:

„Du siehst also, keiner hat die gleiche Vorstellung von Gott wie sein Nachbar. Der Teufel steckt im Detail.“

„Aber was *weiß* Gott, deiner Meinung nach?“

„Wir müssten uns zuerst über die Bedeutung des Begriffs *wissen* einigen. Dein Superman-Gott ‚weiß‘ wie der Mensch, nur *besser* als er; gewissermaßen hat er alles im Blick und besonders scharfe Sinne, wie ich vorhin erklärt habe; Luchsauge, Katzengehör ...“

*„A‘ oudou billah ...“*

„Das ist aber idiotisch. Wenn Gott dieser Superman wäre, wäre er nicht absolut, unermesslich im Vergleich zum Menschen, er wäre ihm zu ähnlich ... für mich hat Gott keine Augen, keine Ohren, keine Nase. Folglich ist sein Wissen von ganz anderer Art als das des Menschen. Es ist das Wissen des Schöpfers, nicht des Beobachters, nicht dessen, der riecht, schmeckt, hört usw. ..."

„Aber was weiß *dein* Gott denn überhaupt?"

„Er hat allgemeine Prinzipien erschaffen, die Gesetze des Universums, die Geometrie, die Notwendigkeit der Evolution ... das ‚weiß' er. Man könnte auch sagen: das *ist* er. Der Rest ‚die Welt der Zeugung und der Korruption' wie Ibn Tufail sagen würde, ist nicht seine Sache. Das ist der banale Lauf der Welt, die Wahl, die du jeden Morgen zwischen sechsunddreißig Unterhosen triffst."

Nadir nickte unmerklich, als schleuse er die Flut von Gedanken durch das Zimmer.

Abdelmoula runzelte die Stirn. Ohne auf den Bezug zu seiner Kleidung einzugehen, richtete er sich auf seinem Sitz halb auf und schrie:

„Dann weiß er also nicht, dass ich fünf Gebete am Tag verrichte? Dass ich den Bedürftigen Almosen gebe? Dass ich im Ramadan faste?"

„Er steht über all dem."

„Aber wie weiß er dann, dass ich nach meinem Tod ins Paradies gehöre? Durch diese Handlungen erringe ich doch dort meinen Platz, oder wie?"

Adam schwieg. Erneut bedauerte er, zu viel gesagt zu haben. Der Sohn der Afrikanerin und sein Adlatus würden seinen Gedankengängen niemals folgen. Er erhob beschwichtigend beide Hände.

„Jeder sieht die Dinge auf seine Weise."

„Deine Weise, die Dinge zu sehen, ist Unglaube!"

„Dann war Ibn Rushd ein Ungläubiger, denn es ist genau seine Position. Ich habe sie nur zusammengefasst. Er war immerhin *Kadi* in Cordoba, aus einer Juristenfamilie ..."

„Hat Ibn Rushd das wirklich gesagt?"

„Ja. Aber lassen wir das, es ist besser nicht zu diskutieren. Ich wollte dir nur beweisen, dass jeder davon überzeugt ist, *seine* Art den Islam zu verstehen, sei die einzig richtige. Doch alle können nicht gleichzeitig Recht haben. Die beste Art zusammenzuleben besteht also darin, dass jeder in seiner Ecke glaubt, was er will, ohne die anderen bekehren zu wollen und sogar ohne mit den anderen darüber zu reden. Ich wiederhole: der Teufel steckt im Detail."

Abdelmoula schüttelte den Kopf.

„Nein, nein der Teufel steckt in der Diskussion mit Leuten wie dir. Hassan II. hatte Recht, die Philosophie zu verbieten. Vergiss nicht, dass *wir anderen Marokkaner* (er hatte die drei letzten Worte stark betont) *Ash'ariten* sind: wir glauben, dass der Mensch nicht alle diese Mysterien verstehen kann und muss. Man muss sie beiseite lassen, ohne zu fragen ‚warum' oder ‚wie'. Man muss einfach glauben *bila kayf*."

„Wenn du betonst ‚*wir* sind *Ash'ariten*', bedeutet das doch, dass alle Muslime nicht die gleiche Sache glauben. Genau das wollte ich sagen."

Abdelmoula und Nadir sahen sich zweifelnd an.

Der Sohn der Afrikanerin kam als erster wieder zu sich.

„Vielleicht. Doch wir sind die wahren Muslime. Die 70 Sekten werden zur Hölle fahren, eine einzige wird gerettet: die unsere, die der Sunna und der *j'ma'a'*: die Sunniten; wir eben. Man muss sich nur an den Koran und an die *Hadiths* halten. Und an die großen Exegeten, wie Ghazâli."

Er kicherte. Nanna hatte die Stimmen aus dem Zimmer,

wo der Kongress tagte, gehört und kam, um einen diskreten Blick auf die drei Männer zu werfen; die nutzten das, um Tee zu verlangen: die Debatte musste begossen werden.

Adam kam vom Hölzchen aufs Stöckchen, er gab seinem Vetter zu bedenken, dass jener Islam, mit dem er sich gerade brüstete, mehr von Kalif Omar als vom Propheten selbst definiert worden war. Provozierend zeigte er mit dem Finger auf Abdelmoula:

„Gewissermaßen bist du kein Muslim, sondern ein *Omarist*!“

## 31

# Der zweite Mann

Abdelmoula sprang auf, aus Prinzip entrüstet, denn er konnte gar nicht verstanden haben, was Adam gerade gesagt hatte. Er stammelte:

„Nimm zurück was du gesagt hast!"

Sein Lächeln war ganz verschwunden. Nadir schien versteinert.

„Beruhige dich!", sagte Adam. „Ich werde dir erklären, was ich damit meine. Wir können doch gelassen diskutieren, wie Ibn Tufail und sein Kumpel, der Emir?"

Er holte tief Luft und legte los unter den doppelten Blicken von Nadir und Abdelmoula, der eine verblüfft, der andere erbost.

„Nun also ... (Warum lasse ich mich eigentlich auf solche Geschichten ein. Ich werde wieder wirken wie ein Oberlehrer, der Vorlesungen hält.) Also lieber Vetter, es gibt in allen Religionen, in allen Sekten ein bekanntes Phänomen, das des *zweiten Mannes.*"

„Ist das nicht *der dritte Mann*?", unterbrach Nadir, beglückt etwas zur Debatte beitragen zu können. „Da gibt es sogar einen Film, mit dem dicken Amerikaner ..."

Er hatte zum ersten Mal in der Rue du Mouflon zwei zusammenhängende Sätze ausgesprochen. Leider passten sie nicht zum Thema. Adam verscheuchte den Einwurf mit einer Handbewegung:

„Nein, nein, ich rede vom zweiten Mann der Religionen. Zum Beispiel wurde das Christentum von Paulus und nicht Christus erfunden, die Religion der Mormonen von Brigham

Young und nicht von Joseph Smith, dem Propheten der Mormonen ... (Verächtliches Gelächter an Backbord, wo der Sohn der Afrikanerin ankerte.) Es gibt auch Nassan Ha'azati und viele andere, aber gut, ihr seht, was ich meine: es ist immer der zweite Mann, der die Rituale einführt, was man tun und glauben muss usw. Im Islam ist es Kalif Omar ..."

„Gott schütze ihn!", riefen Nadir und Abdemoula dazwischen.

„... Omar, der diese Rolle des ‚zweiten Mannes' spielt. Jedoch ... (Adam machte eine beschwichtigende Geste hin zu seinem Vetter, der den Mund aufgerissen hatte, um ihn zu unterbrechen.) Warte, lass' mich weitermachen, du kannst alles was du willst dagegen vorbringen, aber erst *nachher*, einverstanden? Also Omar. Seine Persönlichkeit war der des Propheten Mohamed vollkommen entgegengesetzt. Das ist kein Lästern, alle Muslime sind sich darüber einig: Mohamed war umgänglich, eher sanft, kurzum etwas feminin, aber Omar war hart, trocken, unversöhnlich. Merkt euch, dass die Schiiten Omar besonders hassen, weil sie ihren eigenen *zweiten Mann* haben, Ali."

„Gott schütze ihn!"

„Amen. Stellen wir uns also folgende einfache Frage: wer hat sich nach dem Tod des Propheten zur Eroberung der Welt aufgemacht und hat alle erstaunlichen Schlachten gewonnen? Omar! Siege über die Byzantiner, in Syrien in Yarmouk, westliche Offensive gegen die persischen Sassaniden ..."

„Ich *muss* dich unterbrechen", forderte Abdelmoula laut. „Du redest von ‚Eroberung', es handelt sich aber um den *Futuhat*."

„Es ist das gleiche Wort ‚Eroberung' auf Französisch, *Futuhat* auf Arabisch."

„Ganz und gar nicht. *Futuhat* ist positiv. Omar bringt den

Islam, also das Licht zu unwissenden Völkern. Das kannst du doch nicht in die gleiche Ecke tun, wie die Eroberungsfeldzüge der Spanier in Mexiko zum Beispiel? Die *Conquistadores* waren nur hinter Gold und Geld her."

„Vom Standpunkt der Völker aus, die Horden von Eroberern mit gezückten Säbeln, drohend *Hoi, hoi, hoi* schreiend auf sich zustürmen sehen, ist es ziemlich gleich ... Übrigens hatten die Spanier auch eine Religion dabei: den Katholizismus. Doch lassen wir die semantischen Querelen. Ich sage ‚Eroberung' und du kannst es ja in deinem Kopf durch *Futuhat* ersetzen."

„Tja ... ich bin nicht überzeugt. Mach weiter."

„Nach diesen Er... *Futuhat* (bist du nun zufrieden?), war es Omar, der den Islam aufbaute, das heißt den Staat: die Verwaltung, die Gesetze, das politische und soziale Leben usw."

Nadir und Abdelmoula spürten, dass sie nun auf vertrautem Gebiet waren, weit weg von Brigham Young und Nathan Ha'azati, und begannen auf ihren Stühlen herumzurutschen; ihre Stimmen verschwammen zu einem Protestgesang in kontinuierlichem Bass, der eine setzte seine Stimme zwischen Cello und Kontrabass ein, der andere gab eine knarrende Theorbe.

„Ja, aber Omar war der gerechteste aller Regierenden! (Das genaue Gegenteil der korrumpierten Eliten, die uns heute beherrschen!) Ich werde dir ein Buch ausleihen: *Omar, der erste demokratische Staatschef.* (Und ich besorge dir zwei: *Omar und die konstitutionellen Mächte* sowie *Omar und die Legislative.*) Ich habe ein Buch von Taha Hussein über Omar! (Und ich ein Werk von Al-'Aqqâd ...)"

Abdelmoula erhob sich und gebot mit zum Himmel erhobener Hand Schweigen; dann schloss er die Augen, wie um sich etwas Bedeutendes in Erinnerung zu rufen, und begann in seiner verrosteten Wetterhahnstimme zu deklamieren. Man sah genau, dass er einen auswendig gelernten Satz aufsagte und sich bemühte „den Ton zu treffen“:

„Omar der Große ... war ... groß ... weil er zugleich Salomon, Alexander, Julius Cäsar, Justinian, Zar Peter der Erste und Napoleon war: ein General, der alle Schlachten gewonnen hat, ein erfahrener Staatsmann, ein Gesetzgeber, ein Reformer ... und ein geistiges Oberhaupt.“

Er setzte sich glühend vor Bewunderung wieder hin. Nadir klopfte ihm auf den Rücken wie einem Mittelstürmer, der gerade ein Tor geschossen hat.

Adam erstickte zuerst hundert Sätze, die flatternd, unflätig, gepaart mit Stereogekicher in ihm aufstiegen und als reinigendes Gegengift zur Tirade des Vetters eingesetzt werden wollten. („Genug!“, „Kann er auch mit den Ohren wackeln?“, „So groß ist Omar!“ usw.) Dann nahm er den Faden ruhig wieder auf:

„Euer Enthusiasmus bestätigt was ich sage. Ich gehe sogar weiter. Hat Mohamed nicht jemandem anvertraut: ‚Wenn es einen Propheten nach mir geben sollte, wäre es Omar‘? (Frenetische Zustimmung von Kontrabass und Theorbe.) Er erkannte ihn also als fast gleichwertig an. Das muss nach Mohameds Tod die Festlegung des Islam, wie ihn Omar verstand, erleichtert haben. Hat der Prophet nicht auch in manchen *Hadiths* verkündet, Omar sei unnachgiebiger als er? Also gewissermaßen *aufrechter*! (Zögern bei den Duettisten.) Daher stammt das Starre, Puritanische und ... (er zögerte) ... *Fanatische* im Islam eher von Omar als von Mohamed. QED.“

Der Sohn der Afrikanerin und der andere Bursche schwiegen still. Sie hatten den Prämissen des Syllogismus zugestimmt: wie konnten sie die Schlussfolgerung ablehnen? Nadir wirkte wie ein auf frischer Tat ertapptes Kind, das sich in die Hosen gemacht hat. Adam nutzte seinen Vorteil.

„Es gibt Dutzende *Hadiths,* die das alles bestätigen. Auf dem Totenbett bittet Mohamed um Schreibutensilien und darum, seine letzten Empfehlungen aufzuschreiben: er will ein Testament für die Gemeinschaft hinterlassen. Omar wehrt ab: ‚Der Koran genügt uns.' Ist das heute nicht die Losung der verstocktesten Islamisten?"

Abdelmoula verzog das Gesicht. Adam fuhr fort:

„Omar hat sich sogar widersetzt, die Worte des Propheten, die *Hadiths,* aufschreiben zu lassen. Es ist der gleiche Gedanke: der Koran genügt uns. Er ist die Lösung für *alles.*"

Diesmal greift der Vetter ein:

„Omars Haltung lässt sich anders erklären: er wollte nicht handeln wie die Juden, die alles aufgeschrieben haben. Die Armen finden sich darin nicht mehr zurecht. Sie müssen vierzig Jahre lang studieren und dann haben sie immer noch nicht alles verstanden."

„Wie auch immer. Ihr wisst auch, was man zur Zeit des Propheten sagte: ‚Omar hatte einen Gedanken, die Offenbarung hat ihn bestätigt.' Oder wenn es ein Problem gab: ‚Möge die Offenbarung schnell kommen und mit Omars Meinung übereinstimmen ...'"

Die beiden Männer schienen versteinert, denn sie begannen zu verstehen, was das alles implizierte. Es war wirklich unvorstellbar ... Nach kurzem Schweigen schüttelte Abdelmoula den Kopf, sprang auf die Beine und machte Nadir ein Zeichen; der erhob sich ebenfalls.

Er tat als klopfe er seine Kleidung ab und murmelte:

„Du gehst zu weit Vetter. Viel zu weit. Gib Acht. Wir sind hier nicht in Schweden. Du kannst nicht egal was behaupten."

Adam seufzte:

„Gut, es war nur eine Diskussion unter uns, ich wollte dir nur erklären, warum ich dich als *Omaristen* bezeichnet habe. Das ist im Übrigen keine Beschimpfung."

„Ich bin vielleicht Omarist, aber du, was bist du? Weißt du es überhaupt?"

Er zupfte sein Jackett zurecht und zog, ohne die Antwort abzuwarten, mit Nadir ab. Adam hörte wie sich ihre Schritte entfernten. Wenige Augenblicke später krachte die Tür des Riad zu.

## 32

# Die ersten Jünger

Am nächsten Tag, am Freitag, den 2. Juni, geschah etwas Unerhörtes, das spektakuläre Folgen für die weiteren Ereignisse haben sollte.

Zur Mittagszeit kehrte Nadir alleine ohne Abdelmoula in die Rue du Mouflon zurück, die in der Tat seit einigen Wochen Zustrom, ein Kommen und Gehen, verschiedenste Aktivitäten verzeichnete, die all jene höchst erstaunt hätten, die im Lauf der Jahrhunderte dort gelebt hatten und in deren Augen sie immer ein typischer marokkanischer Derb gewesen war: ruhig, friedlich, auf ewig vor sich hin dämmernd.

Nadir war aufs Äußerste erregt und trommelte ohne Unterlass an die Tür des Riad, bis Nanna ihm jammernd und mit schleppenden Schritten öffnen kam.

In einer Art Trance fand Nadir den Mut in den Innenhof zu treten, ohne eingeladen zu sein, als existiere die arme Frau gar nicht –, er schob sie entschlossen zurück, ohne ihr jegliche Beachtung zu schenken, wie man ein im Weg stehendes Maultier in einer engen Straße zur Seite schiebt.

Adam saß mit einem Buch in der Hand auf dem Brunnenrand, das kleine Mädchen spielte zu seinen Füßen.

Nadir stürzte sich auf die Hände des Ingenieurs, presste sie in die seinen und drückte sie lange, mit leuchtenden Augen, halboffenem, ein wenig schiefem Mund, aus dessen Winkeln ein winziges Rinnsal Spucke lief. Sein ganzes Gesicht, das Gesicht eines glücklichen Einfaltspinsels, schien einen Grund mehr zur Freude zu haben, drückte tiefe Inbrunst aus, was Adam, der Gefühlsausbrüche hasste, vor allem wenn er den Grund dafür nicht kannte, sehr unangenehm fand.

Nun gut. Was will der denn von mir? Ich hoffe er küsst mir nicht die Hand, dann muss ich ihn in den Brunnen werfen.

Vielleicht braucht er ja Geld.

Oder er will mir seine Liebe erklären.

Die gleiche Reaktion: hinab in den Brunnen. (*Tragischer Ball in Azemmour, ein Ertrunkener ...)*

Adam löste seine Hände aus denen des Besessenen und rückte ein wenig auf dem Brunnenrand zur Seite; er wandte sich mit gerunzelter Stirn ab, als schnappe er nach Luft.

Nadir schien sich sehr anzustrengen, um seine Gefühle zu beherrschen. Zuerst stotterte er unverständliche Wortfetzen, die seine wirren Gefühle ausdrücken sollten. Nach einigen Augenblicken schaffte er es, seine Stimme unter Kontrolle zu bringen, und begann zu sprechen.

Eine Flut von Sätzen strömte aus ihm heraus, eine Mischung aus Französisch und marokkanischem Dialekt, vermengt mit ein paar sehr ausgesuchten, sehr eleganten Worten Hocharabisch, die das Ganze erheblich aufwerteten, genau wie der auf das Dach einer Ente geschnallte Koffer einer großen Marke jedem Gefährt ein gewisses imponierendes Ich-weiß-nicht-was verleiht.

Er behauptete, sehr beeindruckt gewesen zu sein von dem, was Adam ihm und dem Sohn der Afrikanerin am Vorabend erklärt hatte. Es war ihm den ganzen Abend lang im Kopf herumgegangen, er hatte nicht einmal essen können und stattdessen einen Spaziergang am Fluss Oum el-Rbia unternehmen müssen, was – wie jeder weiß – Seelenfrieden bringt.

In der Nacht, als er endlich hatte einschlafen können, hatte er eine Vision, er, Nadir, „so wie ich jetzt vor Ihnen stehe." (Eine ausholende Geste.) Der Prophet war ihm erschienen ...

Ja, der Prophet! Leider konnte er sich nicht mehr an die Worte erinnern, die der Gesandte Gottes benutzt hatte, ja er wusste nicht einmal, ob er den Mund aufgemacht hatte, aber nun kannte er, Nadir, seine Mission, sein Schicksal, seinen Weg.

„Nur große Worte!“, dachte Adam.

Erneut hielt Nadir von Gefühlen überwältigt inne. Er verspürte den Drang, um den Pomeranzenbaum herum zu gehen, was nur einige Sekunden dauerte: das Areal war bescheiden.

Wieder am Ausgangspunkt angekommen war er noch genauso aufgewühlt, doch er schaffte es, sich zusammenzureißen, indem er sich wie ein Pferd schüttelte. Etwas ruhiger erklärte er Adam, was er von ihm erwartete. Er wollte *wissen* … wissen, was dieser Islam war, den der letzte Sijilmassi intuitiv empfangen hatte … Das wäre ja ein wirklich spiritueller Islam: sanft, „weiblich“, ohne Kalif Omars Zusätze. Ich will alles erfahren … Lehren Sie mich die Mysterien … Herr Sijilmassi ... *Oustad!* Ich werde Ihr zweiter Mann sein! Zu Füßen des Meisters! Das Gesicht zu ihm erhoben … Zu einem neuen Morgen … Wie in der Al-Quaraouiyine-Moschee in Fes! Wie in der großen *Mezquita* in Cordoba!

Adam sprang auf, legte sein Buch auf den Brunnenrand und erhob die Hand mit der Handfläche zu Nadir wie ein Schutzwall gegen dessen Übergriffe:

„Stopp! Schluss mit diesen wirren Gedanken! Ich habe niemanden etwas zu lehren. Gestern haben wir eine lange Diskussion gehabt, wie man sie in jedem Kaffeehaus, in jeder Kneipe oder auf einer Bank auf dem Marktplatz haben kann; doch das ist alles! Im übrigen bedauere ich, Philosophie oder Theologie oder Geschichte diskutiert zu haben; ich weiß gar nicht, wie ich das alles bezeichnen soll. Das nächste Mal reden wir über Fußball. Ich habe gehört, der *Difaa Hassani*

*Jadidi* hat einen neuen Trainer?“

Nach ein paar Sekunden der Unsicherheit stammelte Nadir:

„*Oustad* ... Wie können Sie so etwas sagen? Wenn man Wissen besitzt, muss man es teilen.“

Er wirkte ehrlich erstaunt.

Er fuhr fort:

„Warum sind Sie zurückgekommen, wenn nicht um uns den Weg zu zeigen, uns, die wir nicht wie Sie das Glück gehabt haben, im Ausland studieren zu können, uns, die wir nicht wie Sie aus berühmtem Hause stammen?“

„Warum bin ich zurückgekommen? Das frage ich mich mittlerweile selbst ... Auf jeden Fall nicht, um eine neue Religion zu gründen wie diese amerikanischen oder indischen Hochstapler, die sich aus dem Staub machen, nachdem sie ihre Gläubigen ausgeplündert haben. Ich bin gekommen, um mich in Azemmour auszuruhen, ich ziehe die Bilanz meines Lebens. (Muss ich mich eigentlich vor diesem Einfaltspinsel rechtfertigen?) Kurz und gut, ich möchte meine Ruhe haben. Ist das klar?“

„Oooo Herrrr ...“

„Nein wirklich: Hier gibt es weder einen Herrn, noch einen *Oustad*, noch auf Bäumen wachsende Butter. Nur einen sehr erschöpften ehemaligen Ingenieur, der möchte, dass man ihn nicht n..., eh, ihn in Ruhe lässt. Ist das klar? Und jetzt gehen Sie bitte.“

Nadir zuckte zusammen. Sein Kinn schien unter der Last der Enttäuschung herunterzufallen, seine Augen erloschen, die Begeisterung war verschwunden, sein Rücken krümmte sich; dann wandte er sich ab und ging, seinem Schatten folgte eine Art ständiges Pfeifen, als seien seine Bronchien ebenfalls von seiner Bestürzung betroffen.

Dennoch gab er sich nicht geschlagen. Auch wenn er Adam nie mehr aufsuchte, sah man ihn mehrmals in der Rue du Mouflon. Er sprach an die Mauer gelehnt mit Bouazza, während der Unternehmer sein Wunderwasser verkaufte; er stand am Eingang der Straße, starr und schweigend; man glaubte nachts seinen Schatten auszumachen, lebendig, unfassbar. Es taten sich große Dinge; aber welche?

Eine Woche später saß Adam auf einem Stuhl neben dem Pomeranzenbaum und war überrascht, Nadir mit einem Schlüsselbund in der Hand in den Innenhof eintreten zu sehen. Er war dabei, die Tür zum blauen Zimmer aufzustoßen. Verblüfft ließ Adam das Buch, das er in der Hand hielt, sinken und fragte ihn: „Kann ich helfen?"

Nadir nickte dem Ingenieur zu:

„Guten Tag, *Oustad*. Ich hoffe es geht Ihnen gut. Nein, ich brauche keine Hilfe. Vielen Dank. Gott schütze Sie. Gott behüte Sie."

Er trat in das blaue Zimmer und schloss die Tür hinter sich. Bald hörte man ihn eine *Soufi*-Melodie herunterleiern, die gerade ständig von Radio Tanger gespielt wurde.

*Wie ein Besatzer* ... Das kleine Mädchen amüsierte sich, spitzte den Mund und sah Adam mit funkelnden Augen an, als wollte es sagen:

„Das ist doch ein starkes Stück! Was tust du jetzt? Na? Na?"

Adam ging um den Pomeranzenbaum herum und trat in das Hinterzimmer, was er sonst nie tat; doch die Situation war außergewöhnlich.

Ohne sich mit Begrüßungsformeln aufzuhalten, schrie er:

„Nanna! Kennst du einen gewissen Nadir?"

Die alte Frau lag auf ihrem Bett, fuhr zusammen, setzte

sich dann auf und zupfte ihr Kopftuch auf dem spärlichen, mit Henna gefärbten Haar zurecht. Sie stammelte:

„Wie? Was? Was willst du mein Sohn?“

„Ich frage dich, ob du einen Mann namens Nadir kennst, einen großen Knallkopf, der manchmal Vetter Abdelmoula begleitet. Es ist unglaublich: es sieht so aus, als habe er sich im blauen Zimmer breitgemacht. Jedenfalls hat er den Schlüssel.“

Nanna saß auf der Bettkante und dachte zuerst nach, als sei das in dieser Angelegenheit unumgänglich; dann antwortete sie:

„Redest du von Lekbiras Sohn, die im Hammam Massagen gibt? Ja, ich habe ihm dieses Zimmer vermietet, das leer stand. Er hat versprochen, uns nicht zu stören. Er wird weniger Lärm machen als eine Maus, du wirst ihn nie hören, außer zu den Gebetsstunden. Er ist ein sehr anständiger Mensch.“

*Verdammt nochmal ...!* Unbändige Wut überkam ihn. Adam begann auf Französisch herumzuschreien, was keinen Sinn machte, denn Nanna verstand kein Wort. Auf gut Glück begann sie zu heulen und das kleine Mädchen machte es ihr sofort nach; sie war nun gar nicht mehr amüsiert und fügte der allgemeinen Betrübnis ein paar sehr gelungene Schluchzer hinzu.

Dann murmelte Nanna:

„Mein Sohn, du weißt doch, dass ich kein Geld habe. Zum Glück bist du hierher zurückgekommen, die *Baraka* hat dich begleitet, Bouazza kauft mir das Brunnenwasser ab und Lekbiras Sohn hat das blaue Zimmer gemietet. Gott ist groß!“

Adam erwiderte kein Wort und ging zurück in den Innenhof, er zögerte einen Augenblick. (Sollte er Nadir *manu militari* hinauswerfen? Doch auf welcher Grundlage?) Dann ging er in sein Zimmer zurück, legte sich auf das Bett und starrte auf einen Fleck an der Decke. Was tun?

Er überlegte hin und her und kam zu dem deprimierenden Schluss: im Moment konnte er diese ungewöhnliche Situation nur akzeptieren. Nadir, sein erster, selbsternannter Jünger, wohnte nunmehr Wand an Wand mit ihm, im blauen Zimmer. Warte mal, ich träum wohl! Diese Geschichte wird absurd. Der Sohn der Masseuse, der Abtrünnige, der sich vom Sohn der Afrikanerin abgewandt hat, wird – mir sträuben sich die Haare – mein Mitbewohner. (Apropos Haut und Haar, ich bräuchte wirklich eine Massage, das Ganze erschöpft mich derart.) Zum Teufel, es ist eine Schmierenkomödie. *Türen werden geknallt! Peng, peng!* (Das musste ja so enden. (Eine Gangsterstory …)) Ja, aber noch mal: was kann ich daran ändern?

Die Dinge entwickelten sich rasant.

In den darauffolgenden Tagen empfing Nadir in seiner Höhle eine Gruppe von „Nieten“ (das Wort kam Adam in den Sinn, als er sie zum ersten Mal erblickte). Sie schlichen sich unauffällig mit gesenkten Köpfen in den Riad und bogen nach links ab, um in das blaue Zimmer zu gelangen, ohne jemals zum Pomeranzenbaum oder zum Hinterzimmer zu schauen, wie fromme Pilger, die die Frauen des Hauses nicht überraschen wollen, denn sie könnten ihr Haar frei tragen oder schlimmer noch, mein Herr, sie könnten nackt wie Würmer herumlaufen, und der Fluch Gottes kann einen schnell ereilen, nicht wahr?

Wer zum Teufel waren diese folgsamen Zeloten?

*Da diese Ereignisse uns überfordern ...* Adam beschloss, das Äußere der Nieten sorgfältig zu notieren, ihre Physiognomie … ihren Gang, das Alter des Kapitäns … (Nein, nein, Konzentration, das kann böse enden, vielleicht brauche ich eines Tages ein Alibi, oder ich muss die Verdächtigen beschreiben, verrückt, wie schnell man im Kopf zum Bullen wird, wenn man im Land von Basri lebt.)

Ihr Äußeres? Nun, Herr Kommissar, ich kann sie nur folgendermaßen beschreiben „sanft, weiblich, undefinierbar" ... Sieh an, sie erinnern mich an Fürst Myschkin ...

„Ach, Sie verkehren mit einem Fürsten?"

„Ich will damit nur sagen, die Pilger wirken gutmütig, naiv, ein wenig wie Idioten."

Das blaue Zimmer war zum Versammlungsort einer merkwürdigen Sekte schwammiger Hinterwäldler geworden; was Adam beunruhigte war, dass besagte Deppen sich auf ihn zu berufen schienen. Sie kamen nie zu ihm, um mit ihm zu reden, man konnte also nicht wissen, was sie wollten oder wer sie waren, doch ihr Anführer war ohne Zweifel Nadir-mit-der-dicken-Lippe, Nadir, der gerade seinen ehrgeizigen Traum umsetzte: ein „zweiter Mann" zu werden.

Nun traf Adam zu jeder Tagesstunde, wenn er in den Riad kam oder ausging, auf Sektenmitglieder. Manche erstarrten und schienen eine Art Verbeugung anzudeuten, wenn sie ihn sahen, andere pressten beide Hände an die Brust und nickten ihm zu. Adam konnte nicht umhin, ihren Gruß zu erwidern, wobei er leicht den Kopf senkte, auch wenn er die Lippen zusammenpressen musste, um einen gewissen Widerstand oder einen Rest von Ablehnung auszudrücken.

*„Ich bin umzingelt!", murmelte Tex Willer.*

## 33

# Auftritt Lee van Cleef

Der Sommer kam. Da die Tage länger wurden, machte sich Adam zur Gewohnheit zum Ufer des Flusses zu gehen, um die Abenddämmerung abzuwarten, dann ging er zum Riad zurück und legte sich schlafen. Er saß auf einem Baumstamm, starrte auf das langsam fließende Wasser, manchmal kam es ihm vor, als löse er sich in der Nacht auf, die endlich herabsank, in das Schweigen, dass sich verdichtete, in die leichte Brise, die der Stadt Jodgeruch und Tangduft bescherte.

Dann stellte er sich nicht mehr die Frage: „Was tue ich hier?“, denn hier gab es nichts weiter, als ein Herz, das sanft schlug, und eine reglose, passive Seele. Eine Seele, die keinerlei Bedürfnis mehr verspürte, der Welt einen Sinn zu geben durch die Verbindung der winzigen Zeichen, die seine Augen berührten wie verschwindend kleine Schmetterlinge, der leichten Bewegungen der Luft, die oberflächliches Geraune vom Stadtwall herbeiwehte, und des fast unmerklichen Dunstes, der aus der feuchten schwarzen Erde stieg. Dann gab es die Versuchung definitiv Schluss zu machen, als Verlängerung dieses momentanen und so sehr beruhigenden Fallenlassens. Man brauchte nur Steine in seine Taschen zu laden …

… Dann erschien ihm das lange feine Gesicht einer englischen Romanschriftstellerin, die von diesem Bild heraufbeschworen wurde; und sie ging in den Fluss Ouse mit den Taschen voller Kieselsteine …

... Selbst mein Tod wäre nicht authentisch, nur ein blasses Abbild jener Frau …

... Selbst das würden sie mir nehmen.

Eines Morgens, als er mit einer Flasche Milch in der Hand aus dem *Hanout* kam, traf Adam am Eingang der Rue du Mouflon auf zwei grau gekleidete Männer, die *Marquise* rauchten und auf ihn zu warten schienen. Sie überwachten das Kommen und Gehen der Bürger auf einem ausgetretenen Stück Bürgersteig, neben einem Müllhaufen, auf dem ein Wurf herrenloser Kätzchen herumwuselte. Dennoch schien die Sonne, die Luft war rein, es gab viel anderes und besseres zu tun, als sich an eine Mauer zu lehnen und den Passanten lauernde Blicke zuzuwerfen.

Einer der Männer war Basri; der andere, ein großer beunruhigender Zaunpfahl, war das genaue Abbild des Schauspielers Lee van Cleef, der im marokkanischen Reich in den siebziger Jahren erstaunlich berühmt geworden war. Die Marokkaner aus den Städten kannten seinen Text aus dem Western *The Good, the Bad and the Ugly* auswendig. Manche sagten ihn in den Sackgassen und billigen Kneipen auf, wenn sie Streit suchten.

Adam blieb stehen und betrachtete ihn fasziniert.

Dieses scharf geschnittene Gesicht, diese kleinen, misstrauischen Äuglein, diese Adlernase, diese von der Sonne gebräunten Züge … Das Paradebeispiel des Bullen aus der Einöde!

Basri riss ihn aus seiner Träumerei:

„Hören Sie mal, Herr Ingenieur, mein Kollege Lguerjouma und ich sind hier, um Sie zu warnen. An höchster Stelle ist man beunruhigt! Der Kommissar stellt sich auf die Hinterbeine! Er flucht, wütet, droht ... Solange Sie eine Art lebendiger Marabut waren, war alles in Ordnung. Die Leute sind gutgläubig, sie wollen an Wunder glauben. Was konnte das feuchte Wasser der *Baraka* der Sijilmassi schon anrichten?"

„Zudem war es ja auch nicht für alle von Nachteil."

„Wie meinen?"

„Nichts, nichts. Machen Sie weiter."

„Also, Marabut, Mara-hin oder -her, flüssige *Baraka*, Talisman, das alles würde niemanden stören. Doch jetzt, da Sie Ihre eigene Sekte gegründet haben (er hob den Arm um Adam an jeglichem Protest dagegen zu hindern) … Jetzt, wo Sie Ihre eigene Sekte gegründet haben, sage ich, gibt es ein Problem. ‚Die Sekte der blauen Kammer' … Jaja, so wird sie im Kommissariat genannt, bis wir mehr Informationen haben … Und wir stellen uns Fragen. Was sind das für Typen, die beginnen von einem Islam ‚ohne Omar' zu reden? Dazu fällt uns nichts ein. Wir verstehen es nicht. Wir haben den lokalen Rat der *Ouléma* befragt – diskret, versteht sich … – und nach einem Monat des Nachdenkens hat der Rat Folgendes geantwortet: im Namen Gottes des Gütigen, des Barmherzigen, ist uns einerseits diese Häresie nicht bekannt (sie haben im *Kitab* von Shahrastani nachgesehen); es handelt sich also um eine tadelnswerte Neuerung und Sie wissen, was mit tadelnswerten Neuerungen passiert ..."

Er wandte sich zu Lee van Cleef, erhob die Hand wie ein Dirigent zum Auftakt der Ouvertüre einer Symphonie, hophop!, und die beiden Gevatter rezitierten:

*„... wa koulla bid'atin fi-nnar!* Alle Neuerungen führen in die Hölle."

(„Und so tritt man jahrhundertelang auf der Stelle", dachte Adam, aber er sagte nichts.)

Basri hob erneut an:

„Zum anderen – ich fasse weiterhin die Meinung des Rats der *Ouléma* zusammen – ist Ihre Häresie umso gefährlicher, als sie dem Schiitentum eigenartig nahekommt. Sie wissen, die Schiiten hassen Kalif Omar. Da sind wir ja nicht weit weg von *Ihrem* Islam ohne Omar ... Des Weiteren habe ich über

Ouajjou, den lokalen Historiker, gehört, dass die Sijilmassi vor einigen Jahrhunderten Schiiten waren. Doch, doch! Das erklärt vielleicht vieles. Sie sind erst vor kurzem Sunniten geworden, vielleicht ist es ein Vorwand, wir können nicht ausschließen, dass Sie, die Sijilmassi, Kryptoschiiten sind, die voll die *Taqiyya* anwenden. Hihi... ‚Heilige Scheinheiligkeit' ... Nicht mit uns, mein Lieber ... Wir haben Informationen! Wir beherrschen die Lage, wir haben alles im Griff ... Aber gut, auf die Sijilmassi kommt es uns nicht an, sie sind eine angesehene, diskrete Familie, die sich in ihren Büchern vergräbt, sie stört nicht mehr als ein Schmetterling, der mit seinen kleinen Flügeln in einem im Keller verscharrten Krug schlägt ... Aber die ‚Sekte der blauen Kammer'? Das ist das Volk, Hinterwäldler, Dorftrottel, Achtung! Das ist gefährlich ... *Charidschiten* im Keim ... Man stelle sich nur vor, sie konvertieren massenweise zur Häresie der Ajatollahs! Um das klarzustellen: wir wollen hier keine Schiiten. Nicht hier bei uns! Hassan II. hatte den Ajatollah exkommuniziert ... Unser schönes Königreich ist malikitisch-sunnitisch-islamisch. Ende. Es gibt ein paar tausend Juden, die niemandem auf den Wecker fallen. Davon abgesehen ist jeder Marokkaner – ich sage es noch einmal – malikitisch-sunnitisch-islamisch."

„Wir haben keine Wahl?"

Lee van Cleef meldete sich mit einschmeichelnder Stimme:

„Doch, doch, wir haben die Wahl. Wir müssen nur das Richtige wählen: malikitisch-sunnitisch-islamisch."

Adam betrachtete aufmerksam den Mann, der eben gesprochen hatte. Gesicht und Haltung drückten keinerlei Emotion aus. Warum hatte Basri es für nötig befunden, sich diesmal einen Komparsen zuzulegen? War der der Spezialist für Häresien beim Geheimdienst? Oder der Zuständige für Sekten?

Er protestierte:

„Was ist denn mit Artikel 3 der Verfassung? ‚Der Islam ist die Staatsreligion; der Staat garantiert jedem die freie Ausübung seiner Religion.‘ Bedeutet das nicht, dass jeder das Recht hat, die Religion auf seine Weise auszuüben?“

Lee van Cleef antwortete kalt:

„Woher nehmen Sie das denn? Meine Lesart ist: ‚Der Islam ist die Staatsreligion; der Staat garantiert jedem die freie Ausübung seiner Religion: *malikitisch-sunnitisch-islamisch (außer ein paar tausend Juden, die niemandem auf den Wecker fallen.*‘“

„Aber ... Sie haben da mehrere Worte hinzugefügt! Die stehen nicht in Artikel 3!“

Lee zog an seiner *Marquise* und erwiderte:

„Warum soll man aufschreiben, was offensichtlich ist? Doch Sturköpfe Ihrer Art sehen das Offensichtliche nicht, oder tun so, als sähen sie es nicht. (Er beugte sich nach vorn.) Die Verfassung sagt auch nicht, dass der Himmel blau ist oder dass Katzen miauen. Sie wollen doch nicht etwa infrage stellen, dass der Himmel blau ist oder dass Katzen miauen?“

„Nein.“

„Sehen Sie!“

Ich sehe in der Tat, dass wir uns jenseits jeder Logik befinden, in einer Welt, die weder Aristoteles, noch Boole, noch Frege vorausgesehen hatten. Adam schwieg; er wusste nicht, was er sagen sollte.

Driss Basri und Lee van Cleef sahen sich zufrieden an. Da kann man mal sehen, dieser Ingenieur ist nicht so hartnäckig, wie wir dachten. Wir haben ihn schnell zur Räson gebracht.

Nicht ganz so schnell!

„Vergessen wir die Verfassung, vergessen wir Ihre merkwürdige Logik“, knurrte Adam, der seine momentane Fassungslosigkeit überwunden hatte. „Da gibt es noch etwas anderes, das mir Unbehagen bereitet: Sie sprechen von ‚meiner' Sekte ... Ich verstehe, worauf Sie sich beziehen, das ganze Kommen und Gehen ... aber was habe ich mit diesen Spinnern zu tun? Es sind die Anhänger eines gewissen Nadir, den ich gar nicht kenne: ich habe ihn im Ganzen drei Mal in meinem Leben gesehen. Er hat ein Zimmer bei meiner Tante Nanna gemietet. Ich wohne in einem anderen Zimmer. Das ist alles. Bin ich der Hüter meines Nebenmieters? Dieser Nadir ..."

Basri unterbrach ihn:

„Das wissen wir alles. Wir wissen auch aus sicherer Quelle, dass Sie an keiner Versammlung der Sekte teilnehmen. Doch das ist nicht die Frage. Die Frage ist: warum hat sich Nadir (in Wirklichkeit heißt er Tibari, er ist bei uns erfasst), warum hat sich Nadir in Ihrem Riad niedergelassen? *Weil Sie dort wohnen*! Woher bezieht er seine Doktrin? Das ist einfach, sie gründet auf Ihren Hirngespinsten ..."

„Welche Hirngespinste? Ich habe eines Tages mit meinem Vetter Abdelmoula über Fragen der Religionsgeschichte diskutiert, ein durchaus legitimes Thema, das die Gelehrten ..."

„Das wissen wir alles. Wir haben eine Zusammenfassung Ihres Vortrags (der im übrigen sehr interessant ist, Glückwunsch, auch vom Kommissar) über das, was Sie ‚die Theorie des zweiten Mannes' nennen. Das ist nicht die Frage, wir sind hier nicht bei einem akademischen Kongress, wir sind in Azemmour, hier und heute."

Er zeigte mit dem Finger auf den Müllhaufen, auf dem drei Kätzchen sich balgten, als sei das das *hic et nunc.*

„Hören Sie, wir wollen hier nicht herumphilosophieren, Sie haben einen Monat, um den Mietvertrag mit Nadir aufzulösen, wenn es denn einen solchen Vertrag gibt. Er soll sich anderswo niederlassen! Dann gibt es wenigstens diese Nähe nicht mehr, die der Kommissar gefährlich findet, zwischen dem Nachkommen einer berühmten Familie, Ihnen, und einer Bande von Habenichtsen, denen ein Arbeitsloser, *Ihr* Nadir, bizarre Dinge predigt. Wenn es so weit ist, werden wir sie unauffällig verhaften, sie schnell verurteilen – Tibari ist als erster dran – und ein paar von ihnen werden im Knast von El-Adir oder in den Sandmeeren der Sahara Eukalyptusbäume pflanzen. In der Zwischenzeit kommt es darauf an, dass sie sich nicht mehr implizit auf Ihre Herkunft berufen können. Verstanden?"

Beide Männer drückten ihre *Marquisen* mit den Schuhspitzen auf dem Bürgersteig aus, in einer schönen, synchronisierten Bewegung, die bei einigen ziellosen Passanten Bewunderung auslöste, dann tippten sie mit den Zeigefingern an ihre nicht vorhandenen Mützen und gingen davon.

Nach einigen Schritten drehte sich Lee van Cleef plötzlich um und verpasste dem am Anfang des Derb stehengebliebenen Ingenieur einen Blick, der alle Drohungen des Far West beinhaltete. Das musste er lange vor dem Spiegel geübt haben. Es gelang ihm perfekt.

Adam ging gedankenverloren nach Hause und gab der kleinen Waise eine weitere Unterrichtsstunde. Mit dem Herzen war er nicht dabei, aber wie konnte er dem Kind dieses Treffen abschlagen? Sie erwartete ihn im Innenhof mit ihrer Schiefertafel unter dem Arm. Er brachte ihr mehrere Objektnamen in Französisch bei. Als er sich nach dem Unterricht auf seinem Bett ausstreckte, hörte er, wie sie um den Pomeranzenbaum herumlaufend mit heller Stimme die Worte aufsagte, die sie gerade gelernt hatte: das Haus, die Mauer, der Stuhl, der Brunnen …, doch sie sprach es folgendermaßen aus: „die Aus, das Maur, der Tuul, der Prunnen" ... Er lächelte.

Das ist doch etwas anderes als die Polizei und die barfüßigen Luftverkäufer.

## 34

# Unsere Sekte und die ihre

Eine Woche später, am 26. Juni, kamen die beiden *Marquise*-Raucher zu Adam zurück, doch nun redeten sie ganz anders.

Es war ein schöner Spätnachmittag. Sie drangen ohne Vorwarnung in den Innenhof ein; sicher hatten sie den Riad offen vorgefunden, oder vielleicht hatten sie auch Schlüssel.

Als er sie aufkreuzen sah, ließ Adam sein Buch neben den Stuhl sinken, auf dem er im Schatten des Pomeranzenbaums saß, und sah sie fragend an.

Selbstverständlich hatte er Nadirs Vertrag nicht aufgelöst, wenn es denn einen gab, denn er hatte beschlossen, sich nicht mehr um die Angelegenheiten der einen und der anderen zu kümmern. Man könnte auch sagen: er hatte seine Augen vor der Welt verschlossen; das waren nur Schatten in der Höhle und das Wesentliche war anderswo – in den Büchern. Gerade beschäftigte er sich mit dem sehr komplexen *Tahâfut at-tahâfut* von Ibn Rushd.

Diesmal übernahm Lee van Cleef die Initiative. Nach den üblichen Begrüßungsformeln ging er zum Angriff über:

„Herr Sijilmassi, reden wir nicht um den heißen Brei herum. Sie sind Ingenieur, *folglich* intelligent. Wir legen die Karten auf den Tisch, einverstanden?"

„Was spielen wir denn?"

Lee überging den ironischen Ton, den Adam angeschlagen hatte, und fuhr ohne mit der Wimper zu zucken fort:

„Sie wissen, dass es bald Gemeindewahlen im ganzen Land gibt, also auch hier in Azemmour, genauer gesagt Ende

Juli. Gemeindewahlen muss man ernst nehmen. Die Sekte von Pseudo-Scheich Bassine bereitet uns Sorgen. Sie ist fähig alle Ziellosen, Unzufriedenen, Elenden der Stadt zu ‚mobilisieren', wie man so sagt."

„... Auch die Schwärmer ...", fügte Basri hinzu.

„... Die Ignoranten, die Lehrer, die Verrückten ..."

„Das reicht!", protestierte Adam.

„Kurzum, wir verstehen uns, nicht wahr? Das betrifft etliche Leute ... Diese Individuen könnten eine islamistische Mehrheit in den Gemeinderat schicken, aus der dann der Bürgermeister hervorginge. Ein Albtraum, wie Sie sich vorstellen können! Ein durchgedrehter Bürgermeister, ein bekloppter erster Beisitzer, ein ‚Kulturdezernent', der beim erstbesten Vorwand zur Flinte greift, ein Verantwortlicher für Vereine, der sie gleich alle verbietet, ein Umweltdezernent, der Felder und Wiesen abfackelt, und bei öffentlichen Sitzungen alle Durchgeknallten aus dem Dunst- und Umkreis, die den Tourismus abschaffen und sofort die Apokalypse herbeirufen wollen!"

Er war außerordentlich gesprächig geworden, dieser Lee van Cleef. Meisterhaft kombinierte er die marokkanische *Darija* mit Französisch und Hocharabisch, das Ganze versetzt mit ein paar spanischen Worten aus dem Norden.

„Warum erklären Sie mir dieses abgefahrene Szenario?", beunruhigte sich Adam.

„Dazu komme ich gleich. Sie wissen doch, dass es früher genau hier in der ‚eingestürzten Kammer', einen Heiligen gab, der eine *Zaouïa* gegründet hatte ..."

„Ja, ich weiß, um die berüchtigten Mysterien des Ostens zu lehren. Na und?"

Basri und Lee van Cleef starrten ihn lange Zeit an, mit leuchtenden Augen, und auf ihren beiden Fratzen zeichnete sich jeweils ein isomorphes Lächeln ab. *Sie hatten einen Plan.*

Lee begann wieder mit leiser Stimme.

„Sie wissen auch, dass die Wahabiten unter Moulay Slimane die *Zaouïa* zerstört haben, das heißt das Zimmer, in dem der Wali seine Jünger unterrichtete ..."

„Er selber ist verschwunden", rief Basri dazwischen.

„Genau", fuhr Lee van Cleef fort. „Herr Ingenieur, Sie wissen auch, dass in Erwartung der Parusie, das heißt des Wiedererscheinens des Heiligen, unser Freund Bouazza die Initiative ergriffen hat, Geld zu sammeln, um die *Zaouïa* wieder aufzubauen."

Adam protestierte:

„Ich kenne alle diese haarsträubenden Geschichten. Um ehrlich zu sein fangen sie an, mir auf die Nerven zu gehen. Sie verstopfen mein Hirn. Was genau ist das Ziel Ihres Besuches?"

Lee und Driss sahen sich triumphierend an, ein wenig vorgreifender Jubel schwang auch mit. („Da haben wir dir was Schönes zu erzählen!")

Diesmal sprach Basri oder vielmehr er stotterte:

„Aber ... aber Herr Sijilmassi, sehen Sie nicht worauf wir hinauswollen? Es ist doch offensichtlich! Durch Sie haben wir eine Möglichkeit, die Sekte des sogenannten Scheichs Bassine zu übertrumpfen!"

„Durch mich?"

„Ja! Ihre Rückkehr in das Haus Ihrer Vorfahren ist ein wahres Geschenk Gottes. Nun bekommen alle Ihre Abenteuer einen wirklichen Sinn. Es ist wie ein Puzzle: die kleinen Stücke finden ihren Platz. Diese Reise zu Fuß von Casablanca nach Azemmour … Zu Anfang wollten wir es nicht glauben, wir haben uns gesagt: der Ingenieur hat Hirngespinste. Er übertreibt … Er gibt an, macht Scherze … Doch gestern, als wir mit Kommissar Daoudi erneut Ihren Fall durchgegangen sind, haben wir endlich verstanden. Eureka! Wir waren zu dritt, wir beide und Daoudi, es war um die Mittagszeit, drei Sandwiches, drei Coca-Cola, und Ihre Akte vor uns auf einem niedrigen Tisch im Büro des Chefs. Es war eine Offenbarung! Wir wollen gerecht sein: es war der Kommissar, der die Offenbarung hatte. Er hat den Zeigefinger in die rechte Hand gelegt und ausgerufen: ‚Er ist von Casa zu Fuß gekommen? Aber … Das ist wie die Propheten: die gehen auch immer zu Fuß!' Wir haben uns angesehen. Er hatte Recht, der Chef: noch nie hat man einen Propheten in einem Taxi gesehen oder in einer Rikscha. Abraham auf dem Fahrrad, Josef in der Limousine, Moses in einem Jeep im Sinai: noch niemand hat solche Szenen beobachtet."

„Warten Sie, ich fürchte ich verstehe. Sie halten mich für einen Propheten?"

„Es kommt doch nicht darauf an was *wir* denken. Das Wichtige ist, was die Wähler, die Masse, die *'Amma,* denken wird. Nun, da der letzte Sijilmassi hierher zurückgekommen ist und zudem zu Fuß, zu Fuß! ... wie *Bouna* Adam, wie *Sidna* Moussa, wird vielleicht der esoterische Unterricht in der eingestürzten Kammer wieder aufgenommen werden ... Der Kommissar hat weiter ausgeführt: ‚Letztendlich ist die Sekte des Ingenieurs gar nichts Schlechtes … Das hat etwas für sich! Die Gemeindewahlen nahen, und danach gibt es die Parlamentswahlen. Warum nicht den Ingenieur und seine rechte Hand Tibari mit dem Brunnenexperten Bouazza zusammentun und die *Zaouïa* wirklich wieder aufleben lassen? Es gibt schon Jünger, alle die das Wunderwasser kaufen, und den harten Kern: die Habenichtse von Tibari (den Sie Nadir nennen) … Wir können Artikel in den Zeitungen platzieren, die haben wir alle in der Hand: wir werden die Wirksamkeit der

Wunderquelle beweisen (da werden Ärzte unterschreiben) und wir stellen die Verbindung zur wiederbelebten *Zaouïa* her. Das heilige Wasser, die *Baraka*, die *Zaouïa*, das alles wird sich zu unseren Gunsten auswirken, nicht zu denen des alten Gauners Scheich Bassine. Warum? (Hören Sie zu, das ist genial, das ist der Clou der ganzen Sache ...). Weil im richtigen Moment der letzte Sijilmassi (‚das heißt Sie', erklärte der Polizist, der die Worte des Kommissars wiedergab) öffentlich zu den Gemeindewahlen Stellung beziehen wird, zugunsten des jetzigen Bürgermeisters!' Kennen Sie ihn eigentlich? Den Rechtsanwalt? Dahane?"

„Diese Ehre wurde mir noch nicht zuteil."

„Auf diese Weise werden wir Tausende von Bürgern davon abhalten, die Sekte von Scheich Bassine zu wählen", schloss der Kommissar und schlug sich heftig mit der Hand auf die Schenkel. „Daoudi war so begeistert von seinem Einfall, dass er uns seinen kaum angebrochenen Sandwich überlassen hat und in aller Eile ins Rathaus zu seinem Freund Dahane gelaufen ist. Er kam gerade zum richtigen Zeitpunkt!"

Basri holte Luft, dann sagte er in vertraulichen Tonfall:

„Stellen Sie sich vor, der Rechtsanwalt macht sich seit Monaten große Sorgen. Er hat Angst seine Stelle zu verlieren, sie an einen durchgedrehten Bassine-Anhänger abtreten zu müssen. ... In Rabat sind sie auch beunruhigt. Azemmour ist klein, hat aber große Symbolkraft. Die antike Stadt Azama, die Phönizier, die Römer, Juba II., Sie kennen die Litanei, das Tourismusbüro bringt sie ja immer wieder an ... Azemmour in den Händen des Scheichs? Rabat zittert, Rabat bebt ... Aber nun haben wir eine Lösung! Durch Sie!"

Adam unterbrach den Durchmarsch, indem er die Hand hob, als gehe es um die Diskussionsregeln.

„Meine Herren, da ist etwas, das ich nicht verstehe. Sie

entwerfen große Pläne vor mir, Pläne, in denen ich eine zentrale Rolle zu spielen scheine; und Sie tun es ohne jegliche auch nur verbale Vorsichtsmaßnahme, schamlos; als sei mein Einverständnis vorausgesetzt; kurzum, als sei ich einer von Ihnen."

Das Duo sah sich verdutzt an, dann antwortete Lee van Cleef als sei es eine Selbstverständlichkeit:

„Aber Sie *sind* doch einer von uns. Das ist der Lauf der Dinge. Also wirklich, zwischen dem *Makhzen* und der Sekte von Scheich Bassine, wen wählen Sie denn da?"

„*Muss* ich überhaupt wählen?"

„Natürlich. Sie sitzen im selben Boot. (Er räusperte sich.) Stellen Sie sich eine einfache Frage: möchten Sie lieber in einem Land leben, das von abgefahrenen ‚Integristen' regiert wird, die Sie am Ende steinigen werden, weil Sie nicht in Konformität mit den Gesetzen des Koran leben, so wie *die* sie interpretieren; oder in einem modernen, von einem rationalen *Makhzen* regierten Land, das Sie alles tun lässt, was Sie wollen, solange Sie Gesetze, die am Ende wenig bindend sind, respektieren?"

Adam schwieg eine endlose Minute lang. (Satzfetzen, bei denen es um Pest und Cholera ging, erschienen vor seinen Augen.) Die beiden Polizisten nutzten die Zeit, um jeder eine Zigarette anzuzünden. Sie sahen ihn an und bliesen Rauchringe in die Luft, als erwarteten sie eine Antwort auf diese Frage, die jedoch keiner Antwort zu bedürfen schien.

Endlich brach er das Schweigen:

„Zugegeben. Aber Sie zählen doch sicher nicht auf mich, um religiösen Unterricht zu erteilen?"

„Warum denn nicht?"

„Erst einmal bin ich kein *Fqih*."

„Das ist ja keine eingetragene Marke. Jeder kann sich zum

*Fqih* katapultieren."

„Zum anderen bin ich hergekommen, um Bilanz zu ziehen, nachzudenken ..."

„Nach den Wahlen, sobald Dahane wiedergewählt ist, haben Sie jede Zeit der Welt zum Nachdenken. Wir werden Ihnen einen Aufenthalt im besten Hotel von Agadir bezahlen, es gibt keinen besseren Ort, sich Dinge durch den Kopf gehen zu lassen, am Meer, mit einem Cocktail in der Hand. Doch vorher tun Sie hier Ihr gutes Werk. Sie müssen nur Ihre Hirngespinste in Bezug auf Omar fallenlassen, den ‚zweiten Mann', den ‚Starren', den ‚Integristen' usw. Begnügen Sie sich mit der goldenen Mitte, unserer guten alten Sunna, besprenkelt mit ein wenig Mystik. Selbstverständlich werden Sie wie ein Imam oder wie ein Studienrat bezahlt werden, von jetzt bis zu den Wahlen. Oder wenn Sie das vorziehen, können wir Ihnen auch gern Miete für die Nutzung der eingestürzten Kammer zahlen, die nun zur ‚wiederaufgebauten Kammer' wird. Hihi..."

„Hihi? Was denn hihi? Ihr Plan funktioniert nicht. Eine *Zaouïa*, das ist doch Sufismus, oder nicht? Die Leute mischen sich nicht in die Politik ein. Wie wollen Sie die in den Dienst des Staates stellen?"

Lee van Cleef riss den Mund auf, um zu antworten, doch Basri machte ihm ein kleines Handzeichen („warte, ich habe diesen Einspruch vorausgesehen, ich kann ihm das Maul stopfen ..."). Er räusperte sich und verwandelte sich in einen hochrangigen Sophisten:

„Denken Sie nach. *Ihre* Soufis suchen doch die Vereinigung mit Gott, nicht wahr? Es ist das höchste Stadium ihres Glaubens, was? ... Die Vereinigung, der *Fna'*, das Auslöschen des Ich, das sich auf alle Ewigkeit in Gott auflöst ... ‚Es gibt keine Realität außerhalb von Ihm', sagen sie. Gut. Aber Er, Gott, was ist er denn anderes als die höchste Vernunft? Die absolute Vernunft?" Kleine Pause. „Und was ist der Staat anderes, als die höchste Form der Vernunft? (Sagt man nicht: die ‚Staatsräson', um auszudrücken, wer oder was das Recht hat, sich über die Gesetze hinwegzusetzen?) Also, der Staat regiert die Körper auf die vernünftigste Weise, die existiert; die Seelen können tun was sie wollen (solange diese Heuschrecken niemanden stören)." Er zog an seiner Zigarette, und fuhr dann wie nebenher fort: „Zum Beispiel können die Seelen nach der Vereinigung mit Gott streben, solange die Körper sich dem Staat hingeben. (Sagt man nicht: der Staatskörper?)"

„Das hat doch nichts damit zu tun", protestierte Adam.

„Alles hat mit allem zu tun", antwortete Basri stoisch und blies ein paar Rauchringe in die Luft; „und umgedreht. Wo war ich stehengeblieben? Ach ja, die Seelen zu Gott, die Körper dem Staat. Ihr Freund Hegel ..."

„Wieso ist Hegel mein Freund?"

„... Ihr Freund Hegel hat sein ganzes Leben lang nach der höchsten Form der Vernunft gesucht. Wo hat er sie denn am Ende gefunden? Im preußischen Staat! Da können Sie mal sehen."

„*Mehr Licht* bitte, ich sehe gar nichts."

„Stellen Sie sich nicht so an. Sie haben sehr gut verstanden. Der *Soufi* strebt nach der Vereinigung seiner Seele mit der höchsten Vernunft, also völlig logisch, dass er seinen Körper mit dem Staat verbindet, der hier unten die Vernunft vertritt."

Adam war höchst erstaunt; woher nahm ein einfacher Polizeiinspektor, in Azemmour stationiert, dümmlich aussehend, mit unehrlichen Augen, dieses philosophische Geschwafel, diese gelehrten Bezüge, diese eines Gorgias würdigen Argumente? Das grenzte an ein Wunder. Er fragte ihn schließlich:

„Sie wissen bestimmt, dass Sie nicht sehr *glaubwürdig* sind? Ich meine als Figur. Wenn Sie in einem Roman oder Film vorkämen, würde niemand an Sie glauben. Ein metaphysischer Bulle, der Hegel zitiert? So etwas gibt es nicht."

Der andere schnaubte, warf ihm einen bösen Blick zu, als hege er einen alten Groll.

„Die Kultur ist nicht nur für diejenigen da, die auf der ‚Missionsschule' waren. Auch ich, ein Bauer aus dem Oum er-Rbia, habe an der Universität die Schulbank gedrückt, bevor ich in die Polizeischule ging. Ich habe Philosophie, Politikwissenschaften und *Tutti Quanti* studiert. Doch da ich niemandes Sohn bin, musste ich meine Doktorarbeit abbrechen und einen sicheren Beruf ergreifen. Deshalb bin ich jetzt Beamter beim Geheimdienst. Basri, der einfache Bulle. Aber kein Einfaltspinsel – ich lese, um mich zu bilden; und um zu verstehen, wie Leute wie Sie denken, aber auch die Linksradikalen, die Islamisten, die Tunten aus Tanger, die Schickeria aus Casa, die Krämer aus dem Berberland, die Migranten, die Frauen und die Verbrecher: alle eben. Wenn du weißt, wie dein Gegenüber denkt, bist du ihm einen Schritt voraus."

„Und ich? Wissen Sie, wie ich denke?"

Basri zündete gemächlich eine neue Zigarette an. Dann murmelte er:

„Ich weiß genau, wie Sie denken. Und jetzt, wo ich Ihnen die Verbindung zwischen den *Soufis* und dem Staat erklärt habe, sehe ich auf meine schöne Casio Uhr und stelle fest, dass die Zeit vergeht …"

„… Und dass Sie uns Ihre Zustimmung immer noch nicht gegeben haben", vervollständigte Lee van Cleef.

## 35

# Adam sagt nein

Die beiden Komparsen schwiegen erneut und starrten ihn an. Adam wusste nicht, ob er über das Gehörte lachen, sich begeistern oder sich aufregen sollte.

„Wollen Sie eine ehrliche, klare Antwort?"

Stumme Zustimmung des Duos.

„Nun meine Herren, es ist einfach und endgültig: nein. Nein, ich werde mich nicht als Prophet oder Prediger verkleiden. Nein, ich werde die Rolle nicht spielen, die Sie mir bei der Wahlkampagne für das Bürgermeisteramt zugeteilt haben. Nein, ich werde nicht mitmachen bei Ihrem Spielchen. Haben Sie nun die Güte und verlassen dieses Haus, das noch immer Privatbesitz ist und kein Bahnhof."

Die beiden Polizisten waren stumm vor Erstaunen. Nach einer Weile murmelte Lee:

„Was genau stört Sie am Plan des Kommissars?"

„Was mich stört? Also nochmal: wenn ich es recht verstanden habe, geht es um eine Art heilige Allianz zwischen diesem Trottel Nadir, Bouazza und meiner Wenigkeit? O.k.? Aber fragen Sie sich einfach: was habe ich mit diesen beiden Kerlen zu tun?"

Basri antwortete scheinheilig:

„Nun, zuerst einmal, sind Sie alle drei Marokkaner."

„Und dann?"

„Reicht Ihnen das nicht? Sie sind Marokkaner, *also* Patrioten, *also* wollen Sie alle drei alles Gute für Ihr Land; folglich wollen Sie nicht, dass Bassine die Macht ergreift. Deshalb werden Sie mit uns zusammenarbeiten, um diese Katastrophe zu verhindern."

„Sie haben den Sinn meiner Frage nicht verstanden. Hören Sie, es tut mir leid, wenn ich das sagen muss, ich weiß es klingt sehr arrogant, aber … eh, ich habe studiert; nicht wie Nadir …"

„... Tibari ..."

„... oder Bouazza, der ein Analphabet ist. (Er begann sich aufzuregen.) Sagen Sie mal, man vermischt Äpfel nicht mit Birnen, ich habe schließlich Diplome, ich bin Ingenieur, ich habe Montaigne und Voltaire gelesen …"

Adam hielt verwirrt inne.

Ich kann nicht glauben, dass ich das gerade gesagt habe. *Voltaire*? Aber ging es nicht gerade darum, Voltaire zu vergessen? Und jetzt halte ich ihn hoch wie … wie einen Passierschein, wie einen Ehrentitel ... Bandschleife ... großes Verdienstkreuz ... akademische Würden ... „Äpfel und Birnen" (habe ich das wirklich gesagt?) ... Bin ich so ... eitel?, hochmütig?, elitär? Was ist los mit mir?

Er sagte nichts mehr, war ganz versunken in diese große Verwirrung, die sich seiner bemächtigt hatte. Die beiden Polizisten sahen sich an, dann erhob Basri drohend den Zeigefinger:

„Nun, wir haben ja auch was anderes zu tun. Zum letzten Mal: was sollen wir Kommissar Daoudi sagen? Was ist Ihre Antwort?"

Adam riss sich zusammen.

„Nun, ich wiederhole, es ist endgültig: Nein. Nein, ich werde keinen Club mit zwei unkultivierten Narren bilden, um einen Kerl zum Bürgermeister wählen zu lassen, den ich nicht einmal kenne. Politik interessiert mich nicht, und Ihr Kram noch weniger. Wiedersehen."

Die Polizisten rührten sich nicht von der Stelle.

Die starken Worte des Ingenieurs drangen sicher nur sehr schwer zu ihnen durch. Basris Blick schweifte über die Wände des Riad, über die Zimmertüren, über den Baum und den Brunnenrand, als ziehe er Bilanz. Lee van Cleef hingegen zündete langsam mit eingespielten Gesten eine Zigarette an und blies den Rauch in Adams Richtung; der verzog das Gesicht und begann zu husten. Dann sprachen sie sich mit Blicken ab und wandten sich zum Gehen.

Die Eingangstür krachte zu.

In der Ferne begann der Muezzin mit dem Gebetsruf.

Das alles hat nichts Gutes zu bedeuten. War es richtig, sie zum Teufel zu schicken? Hätte ich besser ein Treffen mit dem Kommissar ausmachen und ihm das Ganze erklären sollen? *Besser man spricht mit Gott als mit seinen Heiligen* … Doch andererseits läuft diese Geschichte völlig aus dem Ruder, das ist alles Quatsch; wenn ich dem nicht Einhalt gebiete, kann man nicht wissen, was noch alles passieren wird. Am Ende werde ich noch Stellvertreter des Bürgermeisters oder Lieblingsberater des Gouverneurs oder ein großer Guru, ohne zu verstehen, was überhaupt los ist. Ach Marokko! Ich suche hier nach Ruhe und Frieden, und lande in endlosen Intrigen … *Hinab in den Maelström* ... Ab ins Bett.

Und so geschah es.

## 36

# Plan B

Was geschah danach? Adam ahnte, dass etwas Großes im Schwange war, als er zufällig in einem winzigen Café gegenüber vom Stadtwall auf eine Art Konferenz zwischen Nadir, Basri, Bouazza und Lee van Cleef stieß.

Er war eingetreten, um seinen Durst zu löschen, denn es war an jenem Tag besonders heiß, es war der letzte Tag im Juni; da sah er sie hinten im Schankraum, über einen Tisch gebeugt, um den sie im Kreis herumstanden. Basri flüsterte und schlug mit dem Zeigefinger auf den Tisch, als skandiere er eine Reihe von Abläufen, die in den Tresor einer Bank münden müssten; die anderen hörten ihm aufmerksam zu, bemüht, den Faden nicht zu verlieren.

Eine richtige Verschwörung, dachte Adam. Sofort verließ er das Café, ohne etwas zu trinken. Die Verschwörer bemerkten ihn nicht.

Zwei Wochen später wurde bei einem spontanen Besuch Abdelmoulas alles klar. Der Vetter erschien mit einem Korb voll gegrillter Sardinen, die in ein großes weißes, kariertes Tuch eingewickelt waren. Er breitete sie im Innenhof aus und lud die ganze Familie ein, am Festmahl teilzunehmen.

Das kleine Mädchen stieß spitze Freudenschreie aus, Nanna zierte sich, („das ist nicht vernünftig, ich habe die *Salzkrankheit"*), Adam ließ sich nicht lange bitten und verzehrte ein paar davon.

Diesmal vermied es Abdelmoula, große Diskussionen über Gott oder die Engel zu führen, er begnügte sich damit, reihenweise Plattitüden von sich zu geben, über das Wetter, die verschwundenen Störe aus dem Oum er-Rbia, die Verländlichung der Städte und die gestiegenen Lebenshaltungskosten.

Adam fragte ihn irgendwann, ob er wisse, was in der Gasse los war; schließlich war er ja mit Nadir befreundet.

Abdelmoula kniff die Lippen zusammen. Diese Freundschaft war erkaltet. Die sektiererischen Neigungen und die Ambitionen des Sohnes der Masseuse hatten Distanz zwischen ihm und seinen ehemaligen Tischgenossen geschaffen, er aß nur noch mit seinen Gefolgsleuten ... Man sah ihn herumspazieren, mit erhobener Nase sufistische oder vorgeblich sufistische Beschwörungen murmeln, die zwischen seinen wulstigen Lippen obszön wirkten. (Mein Gott, er hält sich für Hallâj!, krächzte der Sohn der Afrikanerin, aber für Hallâj ist es schlecht ausgegangen, oder?)

Doch auch ohne Nadirs Zutun wusste der Vetter genau, was sich in der Stadt und in ihrem Umkreis, im Innenhof und auf dem Stadtwall, hinter dem Schnurrbart des Kommissars und in den Köpfen der Leute abspielte. Wer informierte ihn? Das blieb ein Geheimnis.

Nachdem er eine Sardine verspeist und mit einem Glas Molke hinuntergespült hatte, das Nanna freundlicherweise anbot, erhob er wieder die Stimme.

Adam hörte verblüfft die Informationen über den Stand der Dinge.

Nadir-Tibari, der zweite Mann, stellte sich als entfernter Vetter von Lee van Cleef heraus und sicher hatte ihn dieser von Anfang an auf Adam angesetzt, um ihn kennenzulernen (und daher zu überwachen), da er ja mit dessen Vetter befreundet war. Die Drohungen der Polizisten („Wenn es so weit ist, werden wir Tibari zum Eukalyptusbäumepflanzen in den landwirtschaftlichen Knast verfrachten"), waren also nur Wind, reine Ablenkungsmanöver. Im Grunde war Tibari auf die eine oder andere Weise einer von ihnen. Da Adam sich geweigert hatte, die Durchgeknallten zusammenzuführen, war Kommissar Daoudi zu Plan B übergegangen: die blaue Kammer war zum spirituellen Zentrum der *Zaouïa* geworden, zu der auch das nebenan gemietete Haus von Bouazza gehörte. Das Geschäft mit dem Wasser florierte ...

Abdelmoula schöpfte Atem, verspeiste noch eine Sardine und fuhr in freundschaftlichem, fast lässigem Ton fort. „Du verstehst also, lieber Vetter usw."

Was er erzählte war unglaublich.

37

# Homo sum

Spätabends als Abdelmoula wieder gegangen war und alle im Riad schliefen, setzte Adam auf dem Bett liegend das Puzzle in seinem Kopf zusammen.

Nadir und Bouazza, der Brunnenspezialist, hatten die *Zaouïa* wieder belebt, aber nicht wie am Anfang geplant in der eingestürzten Kammer. Sie hatten sie in Bouazzas Haus eingerichtet; dessen Anhänger oder besser gesagt dessen Kunden, alle, die sein Wunderwasser kauften, wurden heftig bedrängt, sich dieser *Zaouïa* anzuschließen.

Nadirs Jünger wiederum waren in gewisser Weise in der Hierarchie aufgerückt, sie waren nun die offiziellen Missionare der Sekte, welche Wasser in ihren Wein oder in ihren Tee geschüttet hatte: man sprach nicht mehr von einem Islam „ohne Omar", das hatte der Kommissar ja formell untersagt; man begnügte sich mit der Behauptung, Nadir sei ein „zweiter Mann" (die Schmutzfinken bringen alles durcheinander ...), ohne genau zu sagen, was das bedeutete, außer dass Nadir wunderbare, unerhörte Geheimnisse kannte, die in einem (rätselhaften) Bezug zum letzten Sijilmassi standen ... Doch um diese Geheimnisse zu ergründen, musste man sich bemühen, sich bei „Meister" Nadir zu treuer Gefolgschaft verpflichten, an den Sitzungen mit Gebeten, Beschwörungen, Kasteiungen teilnehmen.

Tatsächlich waren in einigen Zeitungen von Ärzten verfasste Artikel erschienen, die von der Wirksamkeit der wundersamen Wasserflut zeugten, sei es nur als Placebo (das richtete sich an die paar Skeptiker in der Stadt).

So entstand der Bezug zur wiederbelebten *Zaouïa*, da es ein und dieselbe Holdinggesellschaft unter der Fuchtel des Duos Nadir-Bouazza und unter der unfreiwilligen Schirmherrschaft eines stummen Sijilmassi war, die das Wasser, die *Baraka* und die *Zaouïa* kontrollierte.

Wie der Kommissar vorausgesehen hatte, war es nicht schwer gewesen, die *Aqua Sacra*- und Gebets-Verbrauchermassen hin zum Vereinigten-*Makhzen*-Dahane-Konsortium zu orientieren; wie so oft agierte ersterer versteckt; der zweite hingegen war sehr sichtbar, denn er verteilte eifrig Schirmmützen mit seinem Abbild, Zuckerbrote und Gratiseintrittskarten für den Hammam; all das gegen die Sekte von Scheich Bassine, die weder über eine einzige Kappe verfügte noch über Glukose oder ein funktionierendes Dampfbad. So verschmolz das Konkrete, Fassbare mit dem Übernatürlichen; alle Aspekte der menschlichen Natur, der zu massierende Körper und die zu tröstende Seele, waren so zur großen Zufriedenheit der Marketingabteilung der Holding abgedeckt.

Nadir, der Prokurist der Holdinggesellschaft, gab den uralten Bassine jetzt als Häretiker aus. Es ging voran!

Die von Daoudi unter der Hand finanzierten Schmierblätter publizierten mit Gusto.

In einer Woche würde Präsident Bouazza verkünden, der letzte Sijilmassi (in dessen Namen dieser gigantische Schwindel ablief) werde Stellung zu den Gemeindewahlen beziehen und zwar zugunsten des Amtsinhabers: des Rechtsanwalts Dahane. Jauchzet ihr Himmel, frohlocket ihr Engel!

Adam lag immer noch auf seinem Bett und ballte die Fäuste vor Wut.

Ich glaub' ich träume ... Besser gesagt, der Albtraum geht weiter ... (Wie ein zum Tode Verurteilter in seinen letzten Sekunden sah er die jüngsten Ereignisse vor seinem geistigen Auge, Wortgirlanden über flüchtigen Bildern.)

Also *etwas geschieht* mit mir über der See von Andaman ... Es ist stark, einschneidend ... überwältigend ... Ein Schock ... Ein „existentielles Erlebnis" wie man sagt ... Meine „feurige Nacht" ... Mein „zweiter Pfeiler am Choranfang" ... Ich ziehe scharf die Bremse, halte inne, kehre zu den Wurzeln zurück: hier in den Riad meiner Vorfahren. Rue du Mouflon ... Benommenheit, Weisheit ... Meditation ... Konsequent bis ans Ende: ich verleugne Voltaire, sein *fratzenhaftes Lächeln,* Diderot, der doch der beste aller Menschen war, Rousseau ... Das ist der Preis ... Ich verleugne die Sekte der Philosophen, die Freigeister, die Aufklärung.

Gleichzeitig entdecke ich *Hayy Ibn Yaqzan* wieder ... Und die *Abhandlung* ... Hoch leben Ibn Tufail und der überragende Ibn Rushd! ... Das ist mein Zuhause ... Das bin ich. Ich bin der Enkel von Hadj Maati, stolz, hochmütig, auf dem rechten Holzweg ... *Die Welt ist nach meinem Maß geschneidert ...*

Aber nein ... Es war zu schön, um lange zu währen ...

Auftritt Abdelmoula ...

Nur herein, Abdelmoula! ... Mit deiner Karawane von Ungereimtheiten ... Sohn der ... der Einfalt ... sein ... Elefant im Porzellanladen ... Kamel auf dem Trampelpfad ... Ibn Tufail, Averroës? *Unsere* Philosophen? Kenn' ich nicht! ... Nie gelesen! Auf den Scheiterhaufen! Philosophen, pffff... Frivole Argumente, unzutreffende Sophisterei ... Zum Teufel mit den Philosophen, es gibt nur Die Schrift ... Buchstäblich! ... *bila kayf*: man frage nicht wie oder warum ... Ohne wenn und aber ...

Welch' ein Elend! Sollten die Menschen hier so leben? Sollten die Menschen so sein? Unbeständig, dümmlich ...? Eingemachte Ergebenheit, ohne überhaupt zu wissen warum? Gott ist groß, *piiiieeep...*

Oder Hochstapler? Scharlatane, Gauner? ... Man verrichtet sein Gebet und bringt dennoch seine Ziegen ins Trockene? Bouazza? Alles verschwimmt ... Manipulationen ... Die Hand der Masseuse in der Unterhose des Zuaven ... Allgemeine Gutgläubigkeit ... Sie schlucken alles ... Je unglaubwürdiger, umso beliebter ... Die *Baraka* der Sijilmassi ... Trink von diesem Wasser ... Gluckgluck... Daran kannst du nicht vorbeiziehen wie die Karawanen in der Wüste ... Mein Stamm läuft in die Irre, aber ich muss ihm folgen ...

Nun hatte er Tränen in den Augen, einen bitteren Geschmack im Mund. Dafür soll ich meine Arbeit, meine Wohnung, meine Frau verloren haben? In diesem Augenblick fehlt ihm Naïmas Körper, er möchte sie neben sich haben, sich an ihren Rundungen, Kurven und Abflachungen wärmen ... Sein unerbittliches Gehirn zieht weiter Bilanz, schildert die Katastrophe in allen Einzelheiten.

Während ich mich mit diesem ersten großen Widerspruch herumschlage (muss ich verdummen, um mich in Einklang zu bringen?), erfolgt der zweite, gemeinere: Der Staat mischt sich ein.

Der Staat!

Seine kalten Fangarme ... Der *Makhzen* ... Nadir-Tibari, man weiß nicht einmal genau wie er heißt ... Die Polizei ... Unscharfes, Trübes, schwammige Gestalten... Hell-dunkel ... Basri, Lguerjouma, Kommissar Daoudi ... „Sie müssen mit uns arbeiten."

Und als ich ablehne („ein Anfall von Würde"), mich umzingelt in mein Zimmer zurückziehe, entwickelt sich die Abzocke umso prächtiger ... Er macht nicht mit? Dann machen wir es ohne ihn! Wir brauchen seine physische Präsenz nicht ... Wir betrügen die Leute mit seinem Abbild. Ich zweidimensional, auf ein Porträt reduziert ... Eine Ikone, die man dem Volk von oben aus einem Winkel zeigt ... Seht an! Ein Wunder! Der letzte Sijilmassi ... Halleluja ... *Allah akbar!* ... Die Rückkehr des verlorenen Sohnes! ... Er ist unter uns! Er unterstützt Dahane, wählt Dahane!

(Übelkeit, Brechreiz ...)

Gibt es eine Alternative?

Zurück nach Casablanca? ... Paris? Auswandern? Selbstmord? Wahn? Zwangsjacke, Gummizelle, Elektroschock?

Oder ein kalter, klarsichtiger Wahn: werde Abdelmoula, liebe Bouazza, küss dem Kommissar, dem Gouverneur, dem Satrapen die Hand. Darauf läuft es immer hinaus ... *Man muss Bouazza lieben* ... und auch Basri, den Bullen; die Dinge verschlimmern sich. Hafen in Polypenhand! ... Eiskalter Wahn ... Halte dich an die Spielregeln ... Alles liefe gut, ich würde angenehm essen, luxuriös wohnen, Orden bekommen ... Limousine mit Fahrer ... Einladungen an den Hof ... gut geschnittener Anzug, italienische Schuhe, Ray-Ban Sonnenbrille auf der Nase ... Und ich könnte mich nicht mehr im Spiegel ansehen; oder falls ich es versuchte, wäre da Leere ... das Nichts ...

(Er richtet sich auf dem Bett auf, hat plötzlich eine Idee.)

Ich könnte mich ja auch der Sekte von Scheich Bassine anschließen ...

... Allein um gegen diesen riesigen, widerlichen Schwindel zu protestieren, der gegen meinen Willen in meinem Namen durchgeführt wird ... Das wäre spektakulär ... Schließlich haben früher in allen Städten des Landes im Namen des gemeinsamen Feindes *Makhzen* junge Rebellen und alte kampferprobte Linksradikale mit der Sekte zusammen demonstriert. Man konnte junge Mädchen aus den besten Kreisen von Rabat oder Casablanca dort sehen, mit wehenden Haaren, Jeans, eng anliegenden Pullovern, an der Seite von wilden Bärtigen und in Burkas vergrabenen Frauen, definiert von ihren Augen, die demonstrierten, ohne etwas zu zeigen, welch ein Paradox … Junge Männer, Liebhaber von Bier und freier Liebe, marschierten mit jenen, die sie hassen und zur Hölle wünschen … Nach der Marter, die Folter, hingeworfen auf die Treppe eines verwüsteten Palastes ... Im *Februar* jenes Jahres hatten wir erstaunliche Dinge gesehen … *Ein Irgendwer sprang vom Pont-Neuf ...* Fall ... Wir hatten das Unvorstellbare gesehen ... Sie marschierten, die Jugendlichen neben jenen, die sie steinigen wollten ... *Wird auch der Tod einmal an sich halten? ...* Warum sollte ich es nicht machen wie sie? Einen Teil des Weges mit der Sekte? Aus Protest! Das hätte doch was ... Schneid ...

Aber nein ... Unmöglich!

Das wäre die höchste Niederlage.

Das Ende des Denkens ... Diese Sektierer sind doch diejenigen, die an die Allgegenwart ihres Führers glauben! Er ist hier und dort ... Es tanzt ein Bibabutzemann in unserem Haus heru... er rüttelt sich, er schüttelt sich. Sie glauben sogar, dass er durch Wände gehen kann ... Eine Spukgestalt für Arme ... was für Eseleien! ... was für ein Kinderkram! ... Doch diese Witzbolde sind dennoch höchst gefährlich. Es waren ja sie, beziehungsweise ihre Vorfahren, die Ibn Rushds Bücher in Cordoba verbrannt haben; sie haben Sohrawardi erwürgt und seine Leiche von der Stadtmauer von Aleppo geworfen, weil er den „inneren" Orient, das Licht, das Wissen suchte, ... sie haben Ibn Bâjja vor acht Jahrhunderten in Fes vergiftet, weil er anders dachte als sie; ... sie haben Faraj Foda vor einigen Jahrzehnten in Kairo exkommuniziert und dann ermordet, weil er Ironie anwandte; ... den Ingenieur Taha im Sudan erhängt, weil er die Menschenrechte, die Rechte des Einzelnen verteidigte ... Haben sie nicht Naguib Mahfouz erdolcht, weil er ein Buch geschrieben hat, das nicht einer von diesen Trotteln gelesen hatte? ... Haben sie nicht Millionen von kleinen Mädchen, Frauen, Menschen verschleiert, vergewaltigt, mit Vitriol verschandelt, eingekerkert? ... Und mit denen soll ich mich einlassen?

Nein.

Niemals.

(Es ist eine Offenbarung. Er springt auf, läuft in den Innenhof, blickt zum Himmel auf; dann betastet er absurderweise den Stamm des Pomeranzenbaums, als wolle er sich vergewissern, dass die Welt hier unten existiert und dass es kein unsagbarer Kampf ist, den sich die Schatten in seinem Kopf liefern. Der Baum ist wirklich da, solide, konkret. Holzig.)

Nein. Ich weiß, was ich zu tun habe. Sich engagieren, ja. Marschieren, ja. Aber nicht mit einer Horde von Schreihälsen, einer Masse von Mördern mit aufgerissenen Mäulern, sondern in der langen Reihe jener, die die Ehre gerettet haben. Die Ehre der Menschheit. Ihre Würde ... Der Protestmarsch der intellektuellen *Khassa* der Welt ... ihren Adel.

Aristokratie des Denkens. Es gibt keine menschlichen Rassen, es gibt nur die *Menschheit*. Ich bin ein Mensch, ich bin ein Mensch ... *was könnte es Natürlicheres geben?*

Königsgeschlecht des Schweigens, des Lesesaals, des Schreibtischs, der großen Spaziergänge im Wald von Ermenonville ... Ich botanisiere, ich stelle das Herbarium meiner Vorfahren zusammen ... Überraschung! Es sind nicht die, die ich dafür hielt. Besser gesagt, es sind sehr viel mehr als ich dachte ...

Nein, man sollte Voltaire, Rousseau oder Diderot nicht verleugnen ... ich nehme sie *zusammen mit* Ibn Rushd und den anderen ... Ibn Tufail, ein Vorgänger Spinozas, der dessen Werke eifrig studierte ... Ibn Bâjja ... die Mystiker aus Cordoba und Fes, die Philosophen aus Bagdad ... *Haus der Weis-*

*heit* ... und die mir unbekannten Chinesen, die Japaner, die Inder, die tausend Jahre vor allen anderen die großen Theoreme entdeckt haben ...

Sollten sie einen Zulu-Zola ausgraben, wäre er auch einer von uns ... Welche Freude *Candide* als andalusisches Märchen und *Robinson Crusoe* als Londoner *Hayy Ibn Yaqzan* zu lesen ... Ich bin ein Mensch. *Homo sum...* Nichts Menschliches ist mir fremd ... Nichts *Geschriebenes* ist mir fremd ...

Das Glück *Don Quixote* zu lesen, wie es *wirklich* von Cid Hamet ben Engeli geschrieben wurde ... Freude, Freude, Freude, Freudentränen ... Homer! (O Mutter) Die großen Russen! *Tristram Shandy* ... Goethe! ... *Mehr Licht* ... das ist wirklich treffend ... Dante! ... (er war es, der in der *Göttlichen Komödie* Ibn Rushd zu den Genies des griechischen Wunders, zu den lateinischen Meistern zählt! ...) Darwin, Freud, Denker und Meister der Sprache! ... Pessoa! ... Marquez! ... Paz! ... Hikmet! ... Hermans! ... Tagore! ... Faulkner! ... Hier bin ich wirklich zu Hause.

Die Rue du Mouflon, die wirkliche, ist die Enzyklopedie ... der Aufstieg des menschlichen Geistes ... Ich möchte alles lesen, alles verstehen ... Alle Sprachen der Welt sprechen ... Und die Musik! Die Bildhauerei, die Malerei! ... Riesige Kontinente ... *Hic sunt leones* ... Sie warten nur auf mich ... *Homo sum!*

Wie lächerlich sie sind: Bouazza und sein Schöpfeimer, Bassine und sein Schöpfermythos, die beiden Dummköpfe fallen ins Wasser ... Gut so, sie verdienen es! ...

Wie erbärmlich ist die Polizei der Körper, die diese Gasse nun kontrolliert ...

Wichtig ist nur der Weg in die höheren Gefilde ...

Eine große Gelassenheit erfasste Adam. Er ging zurück in sein Zimmer und legte sich wieder auf das Bett. Ein Gedicht schwebte in der Luft. *Es glänzt der Himmel über dem Dach, so blau, so stille. Ein Baum wiegt draußen über dem Dach der Blätter Fülle.* Der Blätter Fülle? Kein Zweifel, das war an ihn gerichtet. Ein Blatt vom Stammbaum, die Blätter der Bücher ...

Er schlief lächelnd ein.

## 38

# Die große Schlacht

Der nächste Tag war Samstag, der 15. Juli.

Azemmour erwachte an einem glühend heißen Sommertag. Die Luft brannte, die Gassen waren schläfrig, der Südwind entfachte Brände.

Die Hauptstraße war total leer.

Aber das währte nicht lange. Die örtliche Sektion der Sekte von Scheich Bassine war es müde, auf eine Genehmigung zu warten, die nicht kam, und hatte beschlossen, eine Demonstration zu organisieren, um die Verdienste ihrer Wahlliste öffentlich herauszubrüllen. Daoudi erfuhr das durch die Spione, die er selbst bei Bassine eingeschleust hatte, und entwarf sofort den Plan einer Gegendemonstration: die Wasser*zaouïa* sollte sich auf derselben Route ausbreiten wie die Spinner des Scheichs: so würde deren Begeisterung gedämpft.

Deshalb wurde die Hauptstraße an jenem Tag plötzlich von Volksmassen überrollt, der Länge nach entzwei geteilt: an Backbord marschierte ein endloses Rinnsal von grauen Habenichtsen und verschleierten Wesen, von denen man annehmen konnte, dass es Frauen waren; an Steuerbord bewegte sich eine kürzere Schlange von Möchtegern-*Soufi*, angeführt vom Duumvirat Bouazza-Nadir.

Habenichtse und potentielle *Soufi* schweigen, das entspricht dem Wesen der Dinge; deshalb schwebt eine surreale Stille über der Straße, die nur durch das Geschrei eines Esels unterbrochen wird, der ob dieser Leere beunruhigt ist: wo bleiben die Menschen und ihr Geraune!

Die Mitte der staubigen Straße ist leer. Auf beiden Seiten

sind die Gehwege voller Menschen. Sie starren sich feindselig an wie tausend versteinerte Hunde und Katzen.

Sie hassen sich.

Und sie warten. Worauf? Das weiß keiner.

Zwei Männer erschienen.

Der eine kam aus der Rue du Mouflon, der andere aus dem Kommissariat. Adam sah Basri von weitem, in Grau gekleidet, langsam in seine Richtung gehen. Sie trafen sich am Ende der Straße, an der Ecke zur Hauptstraße. Basri schob seinen Hut nach hinten und blieb stehen.

„Gehen Sie zur Demo?", fragte er ironisch.

Adam blieb auch stehen und sah auf die beiden unbeweglichen vertikalen Körperreihen, die aussahen, als seien sie in den Boden gepflanzt, und die sich auf beiden Seiten der Hauptstraße gegenüberstanden. Das Bild war beeindruckend. Basri fuhr im gleichen Tonfall fort:

„Zu meiner Linken, die wahren Patrioten, die ihr Land und ihren König lieben; zu meiner Rechten die Anhänger von Scheich Bassine: finsterstes Mittelalter eben. Da stellt sich nun eine Frage, Herr Ingenieur: auf welcher Seite werden Sie marschieren?"

Eine leichte Brise streifte Adams Gesicht.

„Sie können sich nicht mehr herausreden ... Also? Der Bürgersteig des *Makhzen* oder der berüchtigte Gehweg des religiösen Fanatismus?"

(Halt' den Mund, dachte Adam. Die Weisheit steht nie auf Seiten dessen der redet.)

Doch der Andere war nicht zu stoppen:

„Sie werden auf dieser Seite der Straße mit offenen Armen empfangen, die *Zaouïa* trägt den Namen Ihrer Familie, vergessen Sie das nicht. Auf der anderen Seite werden Sie früher oder später gesteinigt werden. Beim Scheich kann man sich nicht erlauben Voltaire zu lesen."

Adam nickte und ging langsam weiter. Der Polizist wandte den Kopf und folgte ihm mit Blicken.

*Dann geschah ein Wunder.*

Adam verließ den Bürgersteig und marschierte mitten auf der Straße, in gleicher Distanz zu beiden Gehwegen, wie man sich auf einem Talweg zwischen zwei Bergrücken bewegt.

So.

So. Das ist meine Entscheidung, die von Adam Sijilmassi. Ich treffe keine Wahl. Zwischen dem *Makhzen* und dem fanatischen Pöbel wähle ich nicht. Ich nehme den Mittelweg. Den goldenen Mittelweg.

Wenn ich fliegen könnte, würde ich sehr hoch über ihnen schweben wie der *Garuda* der Hindu, der *Simurgh* der Perser, der *Rukh* ...

Von beiden Seiten der Straße beobachteten sie ihn. Schweigend.

Er sah geradeaus nach vorne und konnte folglich die Gesichtsausdrücke nicht studieren; Hunderte von Gesichtern, die zwei Mauern seines persönlichen *Wahl*gangs bildeten.

Vielleicht drückten die einen, die des *Makhzen,* eine Art Erwartung aus – nur Mut, wir verlieren die Hoffnung nicht, du wirst am Ende den Weg zu uns finden. Die anderen Gesichter verrieten bestimmt dumpfen Hass gegen alles, was ihnen nicht ähnlich war.

In ihm lebten zwei Gestalten, der verlorene Sohn und der Verräter, der Häretiker (der seine eigene *Wahl* trifft); er sah das alles beim Gehen in zwei unscharfen Bildern: einem Greuze, den er früher im Musée du Louvre bewundert hatte, und einer Darstellung des Heiligen Sebastian auf einem Kunstband; dann entsann er sich, dass der Greuze in Wahrheit den *undankbaren Sohn* darstellte: beide feindlichen Gruppen hätten sich auf diese Beschreibung einigen können. Wieder bin ich es, der sie zusammenführt.

Im Grunde könnten sich der *Makhzen* und Scheich Bassine eines Tages auf Folgendes einigen: alle auszumerzen, die mir ähnlich sind. (Großes allegorisches Wandgemälde: *Der Fanatismus und das eiskalte Ungeheuer stürzen sich mit Karacho auf die kleinen Voltaire-Anhänger aus der Umgebung.*)

Bilder einer Ausstellung: ich schlendere durch mein Leben.

Wenn wir schon dabei sind: er sah (sich) Charlton Heston mit entschlossenem Schritt geradeaus gehen, als verfolge er die Linie der Wasserscheide hin zu einem ihm gelobten Land, *Sidna* Moussa teilt die Wogen des Roten Meeres.

Doch leider brachen die Wogen über ihm zusammen. Als er auf der Höhe der Tür der Medina angelangt war, schrie ein entnervter *Soufi*-Lehrling etwas, vielleicht eine Beschimpfung in Richtung der Leute von Bassine; einer von denen stieß sofort mit rauer Stimme eine Beleidigung aus; darauf antworteten drei versprengte Lästerungen; entgegnet von fünfzehn Rüpeleien; als Reaktion darauf wurde der Scheich verunglimpft; Horror! ... tausend Flüche stiegen plötzlich unter Satans Sonne auf; der Anwurf wurde *in* tausend *petti* als unverzeihlich empfunden; solche Schmähungen werden mit Blut geahndet, oder mindestens mit einer Schlägerei, entschieden sie einhellig.

Der Ansturm brach los.

Beide feindlichen Reihen rannten herunter von ihren jeweiligen Gehwegen und drangen auf die Teerstraße, sie stürzten sich mit gleichem Elan und wildem Geschrei aufeinander. Gezeter, Gekreische, Geheul, Geschrei und Gebrüll, Geplärr und Gewieher vermischten sich mit den Koranversen, die beiden Seiten als Waffen dienten; heftige Schläge wurden ausgeteilt.

Es war eine denkwürdige Keilerei.

Sie fand *auf* Adam statt, der ab der ersten Sekunde vom Angriff der beiden schweren Brigaden zu Boden geworfen worden war, da sie genau auf seiner Höhe zusammenstießen: er befand sich mitten auf dem Schlachtfeld. Beide Armeen prallten auf ihm zusammen, er fiel, sie zermalmten ihn.

*Er sagte: „Ich werde auf einem Berg Zuflucht suchen, der mich vor dem Wasser schützt." Noah sagte: „Es gibt heute nichts, das vor dem Befehl Allahs schützen könnte, außer für den, dessen Er Sich erbarmt." Die Wogen trennten sie beide, und so gehörte er zu denjenigen, die ertränkt wurden.*

Nach mehreren Minuten Totalschlacht, begleitet von unaufhörlichem, ohrenbetäubendem Lärm, entschloss sich die Polizei unter dem Befehl von Kommissar Daoudi zum Eingreifen. Im Prinzip hätte sie nur die Armee von Bassine angreifen müssen; aber wie konnte man im Getümmel die Seinen erkennen? Also gaben sie – wie immer unter der Sonne Marokkos – die Büttel: sie schlugen alles nieder, was ihnen vor den Knüppel kam.

Der Kampf wurde doppelt brutal.

Adam war halb ohnmächtig, hatte es aber geschafft aufzustehen, besser gesagt er saß auf den Knien. Ganz benommen sah er im allgemeinen Gewirr einen stumpfen Gegenstand sich über seinem Kopf in die Luft erheben. War es die Polizei, ein *Soufi* oder ein Islamist? Er fiel hin: absurderweise waren seine letzten Gedanken: „... wie ein Hund ...", „... an einem toskanischen Strand ...", „tötet mich Gefährten!" Der Gegenstand fiel heftig auf seine Schläfe.

Alles schwarz.

Auf dem aufflammenden Bildschirm landet sehr langsam ein Vogel am Boden, dann ein weiterer, noch einer und noch einer. Sie falten ihre breiten Schwingen. Es sind Aasfresser. Seeadler? Am Boden liegt eine Leiche, die Leiche eines Feindes – doch wessen Feind war er? Wollte er nicht gerade in keiner Weise mit diesem Streit in Verbindung stehen?

Tex Willer liegt darnieder.

Die *Desperados* tauchen im Abendrot ab.

## 39

# Schweigen

Adam war nicht tot, aber es „hatte ihn böse erwischt“ (wie sich der Lokalkorrespondent des *Matin* ausdrückte), er lag in einer Art Koma, aus dem er erst eine Woche später aufwachte.

Er schlug die Augen in einem Zimmer im Krankenhaus von El-Jadida auf. Die Tür stand einen Spaltbreit offen und er sah (aber sah er?), dass sie in einen spärlich möblierten Gemeinschaftsraum führte, aus dem nach Exkrementen stinkende Schwaden wehten, vermischt mit Desinfektionsmittel. Nach ein paar Augenblicken stellte ihm eine Krankenpflegerin, die ins Zimmer getreten war und festgestellt hatte, dass der Patient die Augen offen hielt, in fast fröhlichem Ton eine Frage. Er antwortete nicht. Sie wiederholte die Frage und ging einen Arzt suchen.

Dieser war ein junger Mann in einem weißen Kittel; er untersuchte ihn sorgfältig und versuchte ebenfalls ein Gespräch in Gang zu bringen. Alles umsonst. Adam kniff die Zähne zusammen. Er schien jedoch dem Kommen und Gehen der einen und anderen mit Blicken zu folgen.

Zu Mittag aß und trank er ohne Murren was man ihm hinstellte.

In den nächsten Tagen sprach er kein einziges Wort, doch die Ärzte entschieden dennoch, dass er seine Genesung in seiner Familie fortsetzen sollte. Aber das war ja gerade die Frage, wo war seine Familie?

Es waren Nadir und seine Mannen, die ihn in die Rue du Mouflon zurückbrachten. Wer hatte sie benachrichtigt? Ein Rätsel. Sicher war Basri darin verwickelt. (Vielleicht brauchte der *Makhzen* einen Märtyrer. (Wer weiß schon, was die lokale Presse, gesteuert von Kommissar Daoudi, über die Leiden des letzten Sijilmassi berichtet hatte? Die waren doch ein Beweis für die Brutalität der Schergen von Bassine. Würden Sie solche Leute wählen?))

Nanna war zutiefst betrübt und pflegte ihn hingebungsvoll. Jeden Tag wechselte sie den Verband um seinen Kopf, bis er ihn nicht mehr benötigte.

Mehrere Familienmitglieder besuchten ihn. Es wirkte wie eine Totenwache. Beim Weggehen murmelten sie:

„Was für ein Unglück! … (So furchtbar! (Er hat doch nie jemandem etwas angetan ...))"

Nach seiner Genesung sprach er nicht mehr als mit dem medizinischen Turban auf dem Kopf im Krankenbett. An seinem Blick sah man genau, dass er verstand, was man ihm sagte; aber er beantwortete nicht eine Frage.

Vielleicht durchlebte er immer wieder, wie von einer in Endlosschleife laufenden Filmrolle, jenen Moment im großen Getümmel, mitten auf der Hauptstraße, als der Knüppel seine Schläfe traf. *Alles, was mit Gewalt in Berührung kommt, wird erniedrigt, welcher Art auch immer die Berührung ist. Schlagen oder geschlagen werden, das ist ein und dieselbe Befleckung.*

Habe ich alles hinter mir gelassen, um so zu enden, habe ich mein Leben verändert, um nach Azemmour zurückzukommen?

Erneut saust der Knüppel oder der Schlagstock auf ihn hinab ... Erneut taucht der Satz auf: *Alles, was mit Gewalt in Berührung kommt, ...*

Es fängt alles wieder von vorne an ... es läuft weiter ...

Da sagte er nichts mehr.

Der Sache überdrüssig besuchte ihn auch niemand mehr.

Manchmal setzte sich das kleine Mädchen neben ihn und tat so, als lese es eines der zahlreichen Bücher, die sich in einer Ecke des Zimmers türmten, ohne dass er sie je wieder anrührte. Manchmal schmiegte sie sich an ihn. Spürte er die Wärme des mageren Körpers der kleinen Waise?

Eines Abends verließ Adam das Haus, ging langsam durch die schmale Rue du Mouflon, schlenderte um die Ecke und entschwand.

Er kehrte nie mehr in den Riad seiner Vorfahren zurück.

40

# Epilog

Heute lebt Adam in einer Hütte zwischen zwei Dünen am Strand von Azemmour; er ist fast nackt, ungepflegt, dürr wie ein Sadhu ...

*Ich will unter der Erde leben / wie ein einsamer Mensch in seinem Grab.* In der Tat lebt er unter der Erde, oder so gut wie ... In einer Ecke der kleinen Hütte gibt es ein in den Sand des Strandes gegrabenes Loch, dorthin legt er sich zum Schlafen, zusammengekrümmt wie ein Fötus – wenn er überhaupt schläft; vielleicht dämmert er ständig in einem endlosen Traum dahin.

*Nichts sieht mich mehr, ich werde nichts mehr sehen.* Er bekommt keinen Besuch mehr. Seine Familie hat versucht, ihn einweisen zu lassen, aber die Prozedur ist sehr kompliziert und alles in allem kann man ihm ja nichts nachweisen; ist er *verrückt*? (Was bedeutet das überhaupt?) Daher ist er zu ihrem Geheimnis geworden, zu ihrem Makel, zu einem Tabu. Sie tun so, als sei er tot, da er ja nicht leben will.

Ehemalige Freunde, ehemalige Kollegen sind vorbeigekommen, haben versucht vernünftig mit ihm zu reden, *ihn zur Vernunft zu bringen*. Sie sind an den Strand gelangt, bis zu seiner Höhle gegangen, haben tröstende oder mahnende Worte gesprochen, Fragen gestellt ... Vergebens. Man kann nicht das geringste Gespräch mit ihm führen, denn er antwortet nicht. Hört er, was man ihm sagt? Das weiß keiner.

Wer gibt ihm zu essen? *Sehet die Vögel unter dem Himmel an: sie säen nicht, sie ernten nicht ...* Die Anwohner, Städter oder

Bauern, bringen ab und zu ein Stück Brot, Früchte, Dickmilch, Wasser vorbei. Sie haben die *Baraka* der Sijilmassi nicht vergessen. Vielleicht wirkt sie ja noch, vielleicht geht sie auf jene über, die jemanden aus der Familie ernähren ... Der Wahn des letzten Sijilmassi hat für sie etwas Göttliches. Vielleicht hat er die höchste Stufe erreicht, *el-Fnâ,* die Auslöschung des Ich?

Die kleine Khadija kommt regelmäßig vorbei mit ein paar in ein Stück Papier gewickelten Datteln oder Oliven, die sie vor den Eingang der Hütte legt. (Untersucht Adam manchmal diese improvisierten Verpackungen? Erkennt er die Seiten seines Notizblocks wieder? So verschwindet sein unbekanntes Werk nach und nach und erlischt, wie sein Menschengesicht selbst erlischt an diesem Strand am Meeresufer, wo es nach und nach der Bart überwuchert und sein Haar die Augen verdeckt ...)

Khadija betritt den Schlupfwinkel des Eremiten nie, sie läuft schnell davon, mit tränennassen Augen, ungelenk, manchmal stolpernd; sie erhebt sich dann wieder; ihre Sandalen versinken im feinen Sand.

Zu Anfang, als sie erfahren hatte, wo Adam sich versteckte, hatte sie monatelang ein genaues Ritual zelebriert: sie brachte ihre Schiefertafel, die sie wie einen Talisman an ihren schmächtigen Körper presste, und in ihrer kleinen Faust hielt sie ein Stück Kreide. Nachdem sie die Datteln oder Oliven sorgsam auf dem Boden abgelegt hatte, setzte sie sich auf eine weniger als hundert Meter entfernte Düne. Sie setzte sich und wartete. Wenn Adam endlich erschien, legte sie – ob er die milde Gabe gesehen hatte oder nicht – die Tafel auf ihre Knie, hielt die Kreide hoch und sah ihn intensiv an, als könne sie ihn so *aufwecken,* als werde er sie erneut unterrichten, ihr *Dinge* beibringen. Sie wartete auf ein Wunder, das nicht kam.

Manchmal kehrt Adam am späten Nachmittag dem Meer den Rücken und geht langsam auf die Stadt zu. Doch er betritt sie nicht. Er bleibt abseits der Straße aufrecht stehen und betrachtet (aber sieht er sie?) die ersten unfertigen Häuser aus grauem Betonstein und den blondfarbenen Stadtwall in der Ferne, auch die hier und da hingesäten Minarette, die wie gen Himmel gerichtete Sprengköpfe wirken und von denen manchmal eigenartige Gesänge aufsteigen, eine Männerstimme vermischt mit Mikrofonknistern. Versteht er dieses melancholische Lied? Weiß er noch, was ein Gebetsruf ist? Die gespaltene, rissige, verbrannte Erde in einer zwischen Gelb und Orange wechselnden Farbe scheint die Hitze auszudünsten, die sie tagsüber gespeichert hat. Adam nimmt sie über seine nackten, schwarzverfärbten Füße mit den schmutzigen Nägeln auf. Ein paar verdorrte Bäume scheinen die Köpfe niedergeschlagen hängen zu lassen: man könnte auch meinen, sie unterwerfen sich.

Sieht er all das?

*Bei Tagesanbruch hat der Sand die Farbe von Honig*. Hat er manchmal diesen Gedanken, was beweisen würde, dass er den Verstand nicht verloren hat, den *'Aql*, die Fähigkeit, eine Erinnerung und eine gegenwärtige Empfindung *zusammenzubringen*? Oder lebt er nur in einer ewigen Gegenwart ohne jede Vernunft?

Hätte man Philosophen und politischen Denkern diese undurchsichtige Geschichte erzählt, so hätten sie fatalistisch behauptet: Adam ist der Beweis, dass der *Makhzen* am Ende immer siegt. „Entweder sie drehen dich um oder sie schalten dich aus." *Letztendlich* ist der Staat eine Gruppe bewaffneter Männer. Er siegt immer.

Vielleicht. Aber das wäre ein wirklich erbärmlicher Sieg, ein illusorischer Triumph: man siegt nicht gegen jemanden, der den Kampf verweigert, der *ausgestiegen* ist.

Der Rückzug ist der wahre Sieg. Vielleicht hat er alles bezwungen, gegen alle Recht behalten: er, Adam, nackt am Strand, nackt wie der erste Mensch.

Er, der letzte Sijilmassi.

## Nachwort des Autors zur deutschen Erstausgabe

Leser und Literaturkritiker waren verwundert über die vielen literarischen Zitate in diesem Werk. Sie hatten den Eindruck, einer von zwei Sätzen sei ein Zitat. Das kommt der Wahrheit möglicherweise sehr nahe. Ich habe ihnen geantwortet, dass dies Absicht ist. Ich wollte etwas veranschaulichen, was mir wichtig ist: Unsere Identität ist teilweise geprägt von unseren Lektüren, von diesen Satzteilen, den Versen, den Worten, den Metaphern, die wir in Erinnerung behalten haben, manchmal unbewusst, und die eine Schablone bilden, mit deren Hilfe wir die Welt „lesen". Anders ausgedrückt: unsere Welt ist in Teilen das Ergebnis unserer Lektüren. Das ist im Prinzip kein Problem. Im Gegenteil, das ist eine Bereicherung für unsere Sicht auf die Welt, durch die Literatur und die Kunst im Allgemeinen. *Es lebe die Lektüre!*, könnte man rufen ...

Sicher. Aber was passiert eigentlich, wenn die Lektüre systematisch geschieht, seit der jüngsten Kindheit, in einer anderen Sprache als der, die in dem Land, in dem man lebt, gesprochen wird, in einer fremden Sprache? Gibt es dann nicht eine Art Entfremdung? Wird man dann nicht auf gewisse Weise sich selbst fremd, oder zumindest seinem Land?

Das ist lediglich eine Frage, ich habe darauf keine Antwort. Aber ich wollte diese Frage durch die Vielzahl der Zitate aus der französischen Literatur sichtbar machen – oder der populären französischen Kultur. Viele Marokkaner besuchen eine französische Schule (das war auch bei mir der Fall). Es wirft einige Fragen auf in psychologischer Hinsicht, im Hinblick auf die Identität, die Nation usw., wenn man aus einem anderen Land kommt, von einem anderen Kontinent, und um die Welt zu verstehen auf eine französische „Schablone" zurückgreift.

Noch einmal: ich habe darauf keine Antwort, aber ich wollte die Last der Fragen mit dem Leser teilen, indem ich ihn kontinuierlich in meine eigene Situation versetze, die Welt durch alle diese Zitate zu betrachten – vielleicht ist das meine Art, diese Bürde leichter zu machen.

*Fouad Laroui, Juli 2016*

# Glossar

*Allahuma hada munkar* – Muslimische Version von *Vade retro, Satanas!* Das drückt fromme Empörung aus, die vorgetäuscht sein kann.

*'Amma* – Die Masse, das (nutzlose) Volk (im Gegensatz zu *Khassa*, die Elite).

A*'oudou billah* ... – Religiöse Formel, die zahlreiche Dinge ausdrückt, zum Beispiel Empörung, entsetzte Überraschung etc.

*'Aql* – Die Vernunft.

*'Aroubi* – Bauer, Landei.

*Ash'arite* – Theologische Schule des Islam, gegründet von Abû Al-Hasan Al-Ach'arî (873-935).

*Baraka* – Göttliche Gunst, die bestimmten Individuen oder Klans oder Familien etc., gewährt wird. (Daran muss man nicht glauben.)

*Bila kayf* – Ohne (zu fragen) warum.

*Bissara* – Bohnenpüree.

*Bouna Adam* – Unser Vater Adam.

*Cheikh* – Ehrentitel, der den „Ältesten" vorbehalten ist, selbst wenn sie es nicht verdienen.

*Chnou?* – Was (Wie)?

*Chouf!* – Sieh! Oder auch metaphorisch: Hör mal!

*Darija* – Der marokkanische Dialekt.

*Derb* – Kleine Straße.

*Fatiha* – Sieben Sätze, die den Koran eröffnen. Einführung.

*Fitna* – Zwietracht.

*Flouss* – Das Geld, die Kohle.

*Foutouhât* – Eroberungen.

*Fqih* – Mann der Religion.

*Ghayba* – Verborgenheit (eines Propheten, eines Imams etc.).

*Guerrab* – Wasserträger. Farbenprächtig, malerisch etc. Die Touristen fotografieren ihn.

*Hadith* – Wort des Propheten, das von seinen Gefährten überliefert ist.

*Hadj* – Respektierter Mann (im Prinzip), der die Pilgerfahrt nach Mekka absolviert hat.

*Haïk* – Weißes Laken, das man sich umhängt, um auf die Straße hinauszugehen, wenn man eine Frau ist.

*Halqa* – Runde (um einen Erzähler, Musiker etc.).

*Hanout* – Lebensmittelladen, Trödelladen.

*Haram* – Was nicht geht.

*Harka* – Die Armee des Sultans.

*Imam* – Der Typ, der das Gebet führt, der die Predigt hält, der seine Meinung in religiösen Angelegenheiten abgibt etc.

*Istiqlal* – Nationalistische Partei Marokkos, geschichtlich betrachtet die erste Partei des Landes. (Das Wort bedeutet „Unabhängigkeit".)
*J'ma'a* – Konsens.
*Kharijite* – Muslimischer Dissident. (Das ist eine lange, sehr komplizierte Geschichte.)
*Khassa* – Die Elite.
*Kouffar* Plural von *Kâfir* – Ungläubiger, Atheist.
*K'toub, koutoub* Plural von *K'tab* – Buch.
*Mahdi* – Gesandter Gottes. (Der Sunnitischen Tradition zufolge wird der Mahdi in den letzten Tagen der Welt erscheinen, kurz vor der Rückkehr von Jesus.)
*Makhzen* – Für Marokko spezifische Staatsform, die den Palast, die Kurtisanen, den Staatsapparat, die ländlichen Eliten etc. umfasst.
*Ma ykoun bass* – Gott macht, dass es nicht schlimm ist.
*Mektoub* – Das was geschrieben steht, das Schicksal.
*Mellah* – Altes jüdisches Viertel in den marokkanischen Städten.
*Mirhad* – Toilette
*Moussem* – Jährliche Pilgerfahrt zum Grab eines Marabuts, zu der etliche Freuden, Schlemmereien, Fantasias etc. gehören.
*Nafs* – Das bestialische Gemüt des Menschen.
*Naskhî* – Schreibsystem für die Sprachen, die das Arabische Alphabet benutzen.
*Ouakha* – Einverstanden!
*Ouhibbouki* – Ich liebe dich.
*Ouissam* – Marokkanische Dekoration.
*Ouléma(s)* – Experten in religiösen Angelegenheiten.
*Oumma* – Gemeinschaft (von Gläubigen).
*Oustad* – Lehrer (manchmal benutzt als Respektbekundung, die dem Namen von jemandem, den man bewundert, vorangestellt ist).
*Qadi* – Richter.
*Rouh* – Die menschliche Seele, ewig und unsterblich.
*Ru'yâ* – Vision (während des Schlafs).
*Rukh* – Mythischer Vogel in der Iranischen Literatur.
*Salla-llahou 'alayhi wa sallam'* – Formel, die die frommen Muslime nach jeder Erwähnung des Namens des Propheten aussprechen.
*Samsar* – Makler, Immobilienagent, Kuppler.
*Shaytan* – Der Teufel.
*Shaytaniyya* – Teufelin, sympathischer als der Vorhergenannte.
*Sidna Moussa* – Unser Herr Moses.
*Siwak* – Arrak-Wurzel, die man benutzt, um sich die Zähne zu reinigen.
*Soufi* – Anhänger des Sufismus.
*Staghfirou 'llah!* – Formel der Ablehnung.
*Sufismus* – Mystische Form des Islam.
*Sunna* – Die Regeln oder „Gesetze" Gottes, die allen Propheten aufgegeben wurden.
*Tajsid* oder *tajsim* – Anthropomorphismus (der Umstand, Gott menschliche Züge zu verleihen).

*Taqiyya* – Der Umstand, seinen Glauben zu verheimlichen, um Verwicklungen zu umgehen.
*Tarîqa* – Der enge Weg der Mystik, im Gegensatz zur *shari'a,* dem breiten Boulevard des offenbarten Gesetzes.
*Vizir* – Premierminister des Kalifen oder des Emirs, vor langer Zeit.
*Wahhabi* – Anhänger eines sehr rigorosen Islam.
*Wali* – Heiliger Mann (nicht zu verwechseln mit „Präfekt", eine andere Bedeutung des selben Wortes – der Präfekt ist im Allgemeinen kein heiliger Mann).
*Zaouïa* – Religiöses Gebäude, in dem man einen religiösen Unterricht erhält, oft mystisch (Soufi).
*Zemmouri* – Einwohner von Azemmour.
*Zoufri* – Junggeselle (Entstellung des Französischen *z-ouvriers*).

NACHFOLGENDE LITERARISCHE REFERENZEN WERDEN IM ROMAN ZITIERT:

*Aber kaum hatte er sich ein wenig über den buchstäblichen Sinn der Offenbarung erhoben, um einige Wahrheiten zu erfassen, die im Gegensatz standen zu ihren Vorurteilen, da fingen sie bereits an, sich zu distanzieren.* – Ibn Tufail, *Hayy ibn Yaqzan, Der Philosoph als Autodidakt.*
*Ah, ça ira, ça ira, ça ira ...* – Frz. Revolutionslied; es entstand im Mai 1790 und wurde während des Föderationsfestes vom 14. Juli 1790 häufig gesungen.
*Alle glücklichen Familien gleichen einander. Jede unglückliche Familie ist auf ihre eigene Art unglücklich.* – Leo Tolstoi, *Anna Karenina.*
*Als der Abend dämmerte, erreichte der düstere Mann / den Fuß der Berge in einem breiten Tal.* – Victor Hugo, *La conscience.*
*Als er den Kopf erhoben hatte / Sah er ein Auge, weit offen in der Finsternis / das ihn starr in der Dunkelheit ansah.* – Victor Hugo, *La conscience.*
*Als Gregor Samsa eines Morgens aus unruhigen Träumen erwachte, fand er sich in seinem Bett zu einem ungeheuren Ungeziefer verwandelt.* – Franz Kafka, *Die Verwandlung.*
*Als ich ein kleiner Junge war, wohnte ich in einem alten Haus, und die Sage erzählte, dass darin ein Schatz versteckt sei.* – Antoine de Saint-Exupéry, *Der kleine Prinz.*
*A schwarz, E weiß, I rot, U grün, O blau ...* – Arthur Rimbaud, *Vokale.*
*Averroës, che'l gran comento feo ...* (Dt. So auch Averroës, den Kommentator ...) – Dante, *Die Göttliche Komödie.*
*... befleckt von Mond und Zweifel, ...* – Arthur Rimbaud, *Trunkenes Schiff.*
*Bei Tagesanbruch hat der Sand die Farbe von Honig.* – Antoine de Saint-Exupéry, *Der kleine Prinz.*
*„Bleiben wir hier", sagte er, „denn dies ist ein sicherer Zufluchtsort."* – Victor Hugo, *La conscience.*
*Casablanca erwacht* – Abgeleitet von Jacques Dutroncs Chanson *Il est cinq heures, Paris s'éveille.*

*Dabei waren sie begierig nach der Wahrheit, doch wegen ihrer eingeschränkten Natur befanden sie sich bei der Suche nach dem Wahren nicht auf dem richtigen Weg. Statt die richtige Tür aufzustoßen, suchten sie den Weg der Autorität.* – Ibn Tufail, *Hayy ibn Yaqzan, Der Philosoph als Autodidakt.*

*Da diese Ereignisse uns überfordern, tun wir am besten als hätten wir sie organisiert.* – Jean Cocteau, *Les Mariés de la Tour Eiffel;* dort heißt es allerdings „da diese Mysterien uns überfordern".

*... dagegen diejenige, in der ich zuvor wissen muss, dass etwas Pflicht sei, ehe ich es für ein göttliches Gebot anerkennen kann, ist die natürliche Religion.* – Emmanuel Kant, *Die Religion innerhalb der Grenzen der bloßen Vernunft: Die Metaphysik der Sitten.*

*Das Auge war im Grab und beobachtete Kain.* – Victor Hugo, *La conscience.*

*Das Laster gestützt auf das Verbrechen ...* – François-René de Chateaubriand, *Memoiren von jenseits des Grabes.*

*Das Leben dort, so ruhig und glatt ...* – Paul Verlaine, *Weisheit.*

*Das wahre Leben ist anderswo.* – Arthur Rimbaud, *Eine Zeit in der Hölle.*

*Da zuckte er vom schwarzen Zittern erschüttert.* – Victor Hugo, *La conscience.*

*Dein Haupt, deine Gebärde, dein Betragen sind schön wie eine schöne Landschaft; das Lachen spielt in deinem Antlitz wie frisch ein Wind in einem klaren Himmel.* – Charles Baudelaire, *An jene, die allzu fröhlich ist.*

*Der Hügel ist sehr hoch ...* – Guy Tirolien, *Prière d'un petit enfant nègre.*

*Den menschlichen Unrat* – Louis Aragon, *Journal du surréalisme, Nature humaine;* Originalzitat: *Certains jours, j'ai rêvé d'une gomme à effacer l'immondice humaine.*

*Der Wind erhebt sich! ... Leben: ich versuch es!* – Paul Valéry, *Der Friedhof am Meer* (dt. von Rainer Maria Rilke).

*Die Abenteuer des letzten Abencerragen* – Titel eines Romans von François-René de Chateaubriand.

*Die großen Vögel* – Charles Baudelaire, *Der Albatross* (dt. von Stefan George).

*Die seltsamen Ereignisse, denen diese Chronik gewidmet ist ...* – Albert Camus, *Die Pest.*

*Die Trauer ist ohne Grund.* – Paul Verlaine, *Vergessene Weisen* (dt. von Stefan George).

*Die Welt ist nach meinem Maß geschneidert ...* – Paul Eluard, *Sans age.*

*Die Worte, die armen Worte erleiden große Schmerzen.* – Charles Baudelaire, *Die großherzige Magd,* aus: *Die Blumen des Bösen.*

*Doch unsrer kindlichen Liebe grünender Garten ...* – Charles Baudelaire, *Moestra et errabunda.*

*Du bist für mich nur ein kleines Mädchen, ein kleines Mädchen wie hunderttausend andere auch. Ich brauche dich nicht. Und du brauchst mich auch nicht. Ich bin für dich ein Fuchs unter hundertausenden von Füchsen. Aber wenn du mich zähmst, dann werden wir einander brauchen. Du wirst für mich einzigartig sein. Und ich werde für dich einzigartig sein in der ganzen Welt ...* – Antoine de Saint-Exupéry, *Der kleine Prinz.*

*Du zitterst, Rumpf ... wie würdest du erst zittern, wenn du wüsstest, wohin ich dich führe.* – Henri de la Tour d'Auvergne, Vicomte de Turenne.

*Ein Irgendwer sprang vom Pont-Neuf ...* – Maxime Le Forestier, *Damals im Februar.*

*Ein Wesen war bei ihm, ganz nah, mit ihm verwachsen ...* – Marcel Proust, *Auf der Suche nach der verlorenen Zeit, In Swanns Welt.*

*Entscheidenden Abhandlung* – Averroës / Ibn Rushd: *Die entscheidende Abhandlung. Die Untersuchung über die Methoden der Beweise.*

*Er aber blieb düster und verstört.* – Victor Hugo, *La conscience.*

*Er entschied sich, ihm die Brust zu öffnen, um sehen zu können, was sich darin befand. Mit einer Steinklinge und Lamellen aus Schilfrohr machte er einen kleinen Schnitt zwischen den Rippen und erreichte schließlich die Lungenhülle ...* – Ibn Tufail, *Hayy ibn Yaqzan, Der Philosoph als Autodidakt.*

*Er erreichte das Ufer der Meere des Landes, das man seitdem Assur nannte.* – Victor Hugo, *La conscience.*

*Er ging, stumm, blass, wegen der Geräusche zitternd, heimlich, ohne hinter sich einen Blick zu werfen, pausenlos, ruhelos, schlaflos ...* – Victor Hugo, *La conscience.*

*Er sagte: „Ich werde auf einem Berg Zuflucht suchen, der mich vor dem Wasser schützt." Noah sagte: „Es gibt heute nichts, das vor dem Befehl Allahs schützen könnte, außer für den, dessen Er Sich erbarmt." Die Wogen trennten sie beide, und so gehörte er zu denjenigen, die ertränkt wurden.* – Koran, Sure 11, Vers 43. *Noah und sein Sohn.*

*Ertrunkener Menschen Schlaf rücklings zum Abgrund sank ...* – Arthur Rimbaud, *Trunkenes Schiff.*

*Es gab keinen Zweifel daran, dass sie Andalusierin war. Sie gehörte diesem wunderbaren hervorstechenden Typus an, der aus der Mischung von Arabern und Vandalen (Semiten und Germanen) entstanden ist und der außergewöhnlicherweise in einem kleinen europäischen Tal alle gegensätzlichen Perfektionen beider Rassen vereint.* – Pierre Louÿs, *Die Frau und der Hampelmann.*

*Es gibt eine Hierarchie in der menschlichen Natur. Einige Menschen nehmen nur das an, was demonstriert wird, andere sind durch Argumente der Dialektik überzeugt, wieder andere schließlich durch Rhetorik verführt.* – Ibn Tufail, *Hayy ibn Yaqzan, Der Philosoph als Autodidakt.*

*Es gibt keine Eklipse mehr auf der Stirn des Universums.* – Paul Eluard, *Sans age.*

*Es glänzt die Zeit und Wissen wird der Traum.* – Paul Valéry, *Der Friedhof am Meer.*

*Es glänzt der Himmel über dem Dach, so blau, so stille. Ein Baum wiegt draußen über dem Dach der Blätter Fülle.* – Paul Verlaine, *Es glänzt der Himmel* (dt. Wolf Graf von Kalkreuth).

*Es ist das Ziel dieser Schrift, dass wir in der Art und Weise einer religionsrechtlichen Abhandlung untersuchen, ob das 15. Religionsgesetz, das Studium der Philosophie und der Wissenschaft der Logik erlaubt, oder ob es dieses Studium untersagt ...* – Averroës / Ibn Rushd, *Die entscheidende Abhandlung. Die Untersuchung über die Methoden der Beweise.*

*Fang mich im Vorübergehen, wenn du dazu die Kraft hast ...* – Marcel Proust, *Auf der Suche nach der verlorenen Zeit, Die wiedergefundene Zeit.*

*Freier Mensch! das Meer ist dir teuer allzeit! Es ist dein Spiegel, das Meer; du kannst dich beschauen / In seiner Wellen unendlichem rollendem Grauen / In deinem Geist ist ein Abgrund nicht minder weit.* – Charles Baudelaire, *Der Mensch und das Meer*, aus: *Die Blumen des Bösen.*

*Hast du nicht gesehen, wie dein Herr mit den Besitzern des Elefanten verfuhr? Machte Er nicht ihren Anschlag zunichte?* – Koran, 105. *Der Elefant* (Al Fîl).

*... hat er immer noch keinen einzigen Menschen getroffen, weder einen normalen Sterblichen, noch einen Propheten.* – Ibn Tufail, *Hayy ibn Yaqzan, Der Philosoph als Autodidakt.*

*Herr Falkenberg hatte eines Tages beschlossen zu heiraten und sich so zu dreißig Jahren Folter verurteilt. Er hatte geglaubt, sich ungestraft an eine Kreatur zu binden, die zu lieben er unfähig war ...* – Drieu de La Rochelle, *Gilles.*

*Heute ist Mutter gestorben. Oder vielleicht gestern, ich weiß es nicht.* – Albert Camus, *Der Fremde.*

*Hinab in den Maelström ...* – Edgar Allen Poe, *Hinab in den Maelström.*

*Ich bin meine Welt.* – Ludwig Wittgenstein, *Tractactus logico-philosophicus,* 5.63 (Der Mikrokosmos).

*„Ich bin zu nah", sagte er mit einem Zittern.* – Victor Hugo, *La conscience.*

*Ich habe die Gestalt eines Menschen, um zu beweisen, dass die Welt nach meinem Maß geschneidert ist ...* – Paul Eluard, *Sans Age.*

*Ich hasse Reisen und Entdecker ...* – Claude Lévi-Strauss, *Traurige Tropen.*

*Ich hatte eine Farm in Afrika am Fuße der Ngong-Berge ...* – Karen Blixen, *Jenseits von Afrika.*

*Ich komme! Ich komme! Ach wie gerne hätte ich / Noch einmal meine Knochen hingeschleppt ...* – Jacques Brel, *J'arrive.*

*Ich will unter der Erde leben / wie ein einsamer Mensch in seinem Grab.* – Victor Hugo, *La conscience.*

*In fremdem Land in meinem Land* – Louis Aragon, *Gedichte.*

*Jede Weisheit, jede Richtung, jede Stütze liegt in den Worten des Propheten und im religiösen Gesetz. Etwas anderes ist nicht möglich.* – Ibn Tufail, *Hayy ibn Yaqzan, Der Philosoph als Autodidakt.*

*Jenes verzweifelte Verlangen nach Klarheit, dessen Ruf im tiefsten Inneren des Menschen widerhallt.* – Albert Camus, *Der Mythos des Sisyphos.*

*... Katarakte der Schlünde, und wirbelnden Wassertanz auf windstillem Plan.* – Arthur Rimbaud, *Trunkenes Schiff.*

*Legen wir uns auf den Boden und schlafen wir* – Victor Hugo, *La conscience.*

*Macht euch dumm ...* – Blaise Pascal.

*Mein entblößtes Herz ...* – Charles Baudelaire, *Mein entblößtes Herz.*

*Mittag, König der Sommer, über die Ebene erstreckt ...* – Charles-Marie Leconte de Lisle, *Mittag.*

*Morgen am Tagesanbruch, zur Stunde, wenn das Land hell wird, werde ich abreisen.* – Victor Hugo, *Morgen am Tagesanbruch.*

*Nicht mit dem Ersten dem Besten zu disputieren; sondern allein mit solchen, die man kennt und von denen man weiß, dass sie Verstand genug besitzen, nicht gar zu Absurdes vorzubringen ...* – Arthur Schopenhauer, *Eristische Dialektik* (Zitat nach *Topica* von Aristoteles).

*Nichts sieht mich mehr, ich werde nichts mehr sehen.* – Victor Hugo, *La conscience.*

*Oh hättet Ihr Euer Herz vergessen, ich hätte Euch nicht erlaubt es mir wegzunehmen.*

– Marcel Proust, *Auf der Suche nach der verlorenen Zeit, In Swanns Welt.*

*O Wonne, zu genießen der Ruh' friedlicher Fluren, Fern aller Menschen Kämpfe und fern ihrem Gewühle!* – Hector Berlioz, *Fausts Verdammnis.*

*Pflanzen und Tiere erschienen ihm so wie ein und dieselbe Sache* – Ibn Tufail, *Hayy ibn Yaqzan, Der Philosoph als Autodidakt.*

*Ruhiger Block, aus dunklem Unheil her gestürzt ...* – Stéphane Mallarmé, *Das Grab Edgar Allen Poes.*

*Sänge und Küsse und Blumen und Spiele am Rain ...* – Charles Baudelaire, *Moesta et errabunda* (dt. Stefan George).

*Schnee ist mein Herz, mein Leib weiß wie des Schwans Gefieder.* – Charles Baudelaire, *Die Schönheit.*

*Sie erschöpfen sich darin, Zweiglein zu sammeln in dieser elenden Welt, ganz in dem Gedanken, sie bis an den Grabesrand zu sammeln.* – Ibn Tufail, *Hayy ibn Yaqzan, Der Philosoph als Autodidakt.*

*Staat heißt das kälteste aller kalten Ungeheuer ...* – Friedrich Nietzsche, *Also sprach Zarathustra.*

*Stimmt es, dass das Jenseits, das ganze Jenseits, in diesem Leben stattfindet?* – André Breton, *Nadja.*

*... strich er sich mit der Hand über die Stirn, ließ sein Monokel fallen und rieb das Glas ...* – Marcel Proust, *Auf der Suche nach der verlorenen Zeit. In Swanns Welt.*

*Südliches Gefilde, beruhigender Raum ...* – Mohamed Khair-Eddine, *Agadir.*

*Tutti lo miran, tutti onor li fanno (...) Averroës, che'l gran comento feo ...* (Dt. Den alle ehren und bewundernd preisen ... den Kommentator, den Averroës.) – Dante, *Die Göttliche Komödie.*

*Um ihre Mundwinkel lagerten sich diese gewissen starren Falten ...* – Gustave Flaubert, *Madame Bovary.*

*Und als er sich niedersetzte, sah er am trüben Himmel das Auge an derselben Stelle hinten am Horizont.* – Victor Hugo, *La conscience.*

*Und dass am Tag meiner Hinrichtung viele Zuschauer da sein würden und dass sie mich mit Schreien des Hasses empfangen würden ...* – Albert Camus, *Der Fremde.*

*Und die Stadt ähnelte einem Teufelswerk ...* – Victor Hugo, *La conscience.*

*Und er floh düster weiter durch den Raum.* – Victor Hugo, *La conscience.*

*Und es kam zu mir einer von den sieben Engeln ... und sprach: Komm, ich will dir ... zeigen.* – Die Bibel, *Neues Testament, Johannes Offenbarung* 21/9.

*... und ihre Mundwinkel zitterten, während sie sprach ...* – Gustave Flaubert, *Madame Bovary.*

*... verbannt zur Erde aber und umhöhnt vom Volke.* – Charles Baudelaire, *Der Albatross.*

*Viele Jahre später sollte der Oberst Aureliano Buendía sich vor dem Erschießungskommando an jenen fernen Nachmittag erinnern, an dem sein Vater ihn mitnahm, um das Eis kennenzulernen.* – Gabriel Garciá Márquez, *Hundert Jahre Einsamkeit.*

*Vom hohen blauen Firmament* – Lecomte de Lisle, *Mittag.*

*Wäre Mademoiselle Cormon in der Literatur bewandert gewesen, ... hätte sie Ariost gelesen, wäre es dann wohl zu all dem Ungemach ihres Ehelebens gekommen?* – Honoré de Balzac, *Die alte Jungfer.*

*Wagemut, noch mehr Wagemut, immer Wagemut!* – Georges Jacques Danton im August 1792 vor der Nationalversammlung.

*Was ich getan habe, hätte kein Tier getan ...* – Henri Guillaumet.

*Wenn ein Problem auftaucht, stellt sich diese Fauna ausnahmslos auf die Seite des Auslands!* – Charles De Gaulle.

*Wenn leben und sterben nicht gedient haben ...* – Louis Aragon, *Le Roman inachevé, Les mots qui ne sont pas d'amour.*

*Wie ein Flug der Oxymoren heraus aus dem heimischen Aas.* – José Maria de Heredia, *Les conquérants.*

*Wir anderen, Kameraden, merk' dir das, ob wir wollen oder nicht, wir müssen weiter … Geh oder stirb!* – André Salmon, *Le Chass'Bi. Notes de campagne en Artois et en Argonne en 1915.*

*Wird auch der Tod einmal an sich halten? ...* – Maxime Le Forestier, *Damals im Februar.*

*Zufrieden mit dem, was sie haben, halten sie ihre Leidenschaft für Gott und ihre Begierde für Objekte des Kults.* – Ibn Tufail, *Hayy ibn Yaqzan, Der Philosoph als Autodidakt.*

*... zwischen bestimmten Orten und mir besondere Beziehungen herzustellen scheint ...* – André Breton, *Nadja.*

*Zwischen zwei Übeln stets das kleinere wählen ...* – Sokrates zugeschrieben von Plato (Protagoras).

## ANMERKUNGEN DER ÜBERSETZERIN:

*Dr. Knock* – Anspielung auf Jules Romain, *Knock oder der Triumph der Medizin.*

*DSM* – Englisch für „diagnostischer und statistischer Leitfaden psychischer Störungen".

*Fürst Myschkin* – Eine Figur aus Fjodor Dostojewskis Roman *Der Idiot.*

*Knüppel aus dem Sack ... – Père Dupanloup* – Schweinisches Lied.

*Tragischer Ball in Azemmour, ein Ertrunkener ...* – Bei de Gaulles Tod titelte die Satire-Zeitung *Harakiri* „Bal tragique à Colombey, un mort" – und wurde verboten. Daraufhin entstand die Satirezeitschrift *Charli hébdo.*

Titel des französischen Originals: *Les tribulations du dernier Sijilmassi*

Andreas Meyer VerlagsGmbH & Co. KG
Satz: MERLIN VERLAG, Gifkendorf
Umschlag: Designbüro Möhlenkamp & Schuldt, Marlis Schuldt und
Jörg Möhlenkamp, Bremen, unter Verwendung eines Fotos von Frans Sellies
Druck und Einband: Beltz Bad Langensalza GmbH, Bad Langensalza
1. Auflage, Gifkendorf 2016
im 59. Jahr des Merlin Verlags
ISBN 978-3-87536-322-7
www.merlin-verlag.com